CAUCHEMAR
À LOUER

DU MÊME AUTEUR

DANS LA MÊME COLLECTION

Avis de tempête
Sécurité absolue
Bunker
Baignade accompagnée
Les Emmurés
Iceberg Ltd

DANS LE LIVRE DE POCHE

Le Chien de Minuit
(Prix du Roman d'Aventures 1994)
Conan Lord
Le Sourire noir
La Main froide
La Route obscure
La Fille de la nuit
Le Nuisible
Le Murmure des loups
Le Château des poisons
Les Enfants du crépuscule
L'Armure de vengeance
Avis de tempête
Le Labyrinthe de Pharaon
Baignade accompagnée

SERGE BRUSSOLO

CAUCHEMAR À LOUER

SERIAL THRILLER
DIFFUSION HACHETTE

La « brussolite » est une affection singulière. Alors que la plupart des virus littéraires sont à même d'être soignés, celui-ci reste parfaitement incurable. Une fois goûté à cet univers, on ne s'en détache pas sans difficultés, et il suffit d'un brin d'accoutumance pour que le pli soit pris, pour que le mal soit fait [...] Redisons-le, Serge Brussolo est l'un des écrivains français qui sécrète l'imagination comme d'autres mangent ou respirent. Il la décline alors sans fin, en un admirable kaléidoscope romanesque, dont l'ampleur et la richesse devraient intimer silence à bien des fausses gloires.

Nicolas d'Estienne d'Orves. ***Le Figaro Littéraire.***

Serge Brussolo serait-il une sorte de Stephen King à la française ? Un arrière petit-fils de Gaston Leroux et d'Alexandre Dumas qui lorgnerait volontiers du côté du Docteur Mabuse ?

Jean-Maurice de Montrémy. ***La Croix***.

Incontestable phénomène littéraire, Brussolo est, à l'image d'un Simenon ou d'un Frédéric Dard, un forcené de l'écriture et un raconteur hors pair, quel que soit le genre qu'il aborde.

Bruno Corty. ***Le Figaro Littéraire***.

Serge Brussolo : une véritable bombe à fragmentation qui cumule les effets de choc du roman de terreur et d'épouvante, ceux du souffle de l'anticipation, la puissance de feu du roman populaire, la violence du polar pur et dur, la ruse du récit d'énigme, le glauque meurtrier du roman noir.

J.-P. Deloux. ***Le Magazine Littéraire***.

PRÉFACE

Né à Paris en 1951, Serge Brussolo va avoir la chance de connaître la grande explosion de la littérature populaire des années 60, notamment la naissance de James Bond et de Modesty Blaise. Il contractera alors une passion durable pour le genre. Le courant psychédélique post-soixante-huitard lui donnera le goût des expériences en marge. A sa sortie de faculté, après des études de lettres et de psychologie, il se lance dans la bataille de l'écriture, vivant dans des conditions précaires pour avoir le temps et la liberté d'écrire ses premiers textes. Commence alors pour lui une formation à la manière des auteurs américains : métiers impossibles, incongrus, hétéroclites, qui lui fourniront plus tard une excellente matière pour l'étude des milieux les plus disparates. Il fréquente les pôles extrêmes de la société, des zonards aux salons snobs. Conteur, bouffon, marginal, il devient objet de curiosité, une sorte de routard hantant l'Allemagne, l'Espagne et l'Italie. Il lui faudra attendre 1978 pour que sa première nouvelle paraisse, nouvelle fantastique, qui sera aussitôt saluée par la critique (Bernard Pivot en parlera à *Apostrophes*). *Funnyway* (Editions Denoël) sera en effet couronnée par le Grand Prix de la science-fiction française devenu aujourd'hui le Grand Prix de l'imaginaire.

D'autres prix littéraires (onze ou douze à ce jour !) récompenseront ses nombreux romans fantastiques publiés dans les célèbres collections *Présence du Futur* et *Anticipation*, et qui conduiront rapidement la critique à voir en lui « le Stephen King français ». Qualificatif éminemment réducteur et qui ne rend guère justice à notre auteur, puisqu'il est difficile d'imaginer un écrivain plus routinier et plus « sage » que King !

Pour Brussolo, le fantastique ou la science-fiction ne sont que des prétextes, des clefs permettant d'accéder à un univers psychanalytique où règnent le trouble, l'obscur, l'inavoué. Il se souciera d'ailleurs peu d'observer les règles du genre et s'appliquera plutôt à les pervertir au grand scandale des puristes.

Il donnera à *Présence du futur* ses plus grands textes hallucinés, littérature visionnaire bourgeonnant au carrefour du baroque et du surréalisme. Ne s'interdisant rien, osant tout, Brussolo deviendra l'auteur qui fait scandale dans un milieu de fausse audace, où I.A. (Intelligences artificielles) et *Cyber Space* tiennent lieu de pantoufles. Pendant dix ans, il allumera les controverses, la haine aveugle et l'adulation la plus absolue. Tantôt voué au bûcher, tantôt hissé sur un piédestal. On dira souvent qu'il est un genre littéraire à lui tout seul. C'est d'ailleurs ce que certains ne lui pardonneront jamais. Ce franc-tireur fait désordre dans le paysage, il refuse de se prosterner devant les idoles.

Il va casser la structure traditionnelle du récit classique pour lui substituer des schémas de quête, à la manière des *road story* américains. Il privilégie les fins ouvertes. En véritable adepte du baroque, il est hostile au mot fin, au récit bouclé. Il aime l'arborescence, la prolifération des possibles. La quête, la route, la déambulation exploratoire lui conviennent à merveille parce qu'elles incarnent justement les accidents imprévisibles qui peuvent faire bifurquer de manière aléatoire la vie du héros. Ce parti-pris fera dire « qu'il ne sait pas construire une histoire ». Déclaration qui fait sourire quand on pense à la maestria qu'il va déployer dans ses romans d'énigme, et qui le fera justement considérer comme un maître illusionniste.

On retiendra de cette période flamboyante des titres comme *Sommeil de Sang, Le Château d'encre, Le Carnaval de fer* ou encore *Le Syndrome du scaphandrier* (qui figure désormais dans le catalogue Folio/Gallimard !)

Brussolo va rapidement devenir un auteur « culte » dont on traque les livres épuisés chez les bouquinistes, l'une des têtes d'affiche de la collection ANTICIPATION au Fleuve Noir, pour laquelle il n'écrira pas moins d'une trentaine de romans.

A la fin des années 80, alors que la collection ANTICIPATION, à la suite de multiples et hasardeux remaniements, entame une longue agonie et que *Présence du Futur* cède, plus que jamais, au vertige d'une abstraction qui la conduira, elle aussi, sur les chemins d'un quasi-néant commercial, on lui demande de créer chez GDV-Hachette une collection de littérature d'épouvante, charnue, gouleyante, qui tienne en bouche, et qu'il animera *seul* à raison d'une parution tous les deux mois. Les conditions relèvent de l'aberration pure mais Brussolo aime les défis. Il tient notamment à voir si, comme Allain et Souvestre, les créateurs de Fantômas, il est capable de tenir le rythme des vrais auteurs populaires, ceux qui, au début du siècle, abattaient leurs 400 pages mensuelles !

En deux ans, le temps d'une douzaine de romans, il va atteindre des sommets dans l'art de l'épouvante, dépassant de loin ce qu'il avait ébauché dans de mauvaises conditions de travail au Fleuve Noir. Cette fois, il n'est pas pris dans le carcan du nombre de pages imposé, le *diktat* qui, dans la collection ANTICIPATION, l'avait conduit, le plus souvent, à mutiler lui-même ses textes pour leur permettre de rentrer dans le cadre des séries alors publiées par le « Fleuve ». Cette fois, il peut laisser courir son stylo sans garder en permanence l'œil braqué sur le compteur de mots, et cela pour notre plus grand bonheur. En une dizaine de romans, il va déployer devant nous toutes les couleurs de l'horreur. Une horreur démultipliée par le catalyseur d'un surréalisme halluciné. La plume trempe dans une encre baroque, elle fera se convulser de dégoût les adeptes du fantastique « basses calories ». Les textes qui suivent s'adressent davantage aux amateurs de gaufres liégeoises arrosées de crème fraîche — l'image est choisie à dessein, car Brussolo y révèle un imaginaire qui s'épanouit dans le baroque flamand (*l'Epave*), et le XIXe siècle (l'extraordinaire saga des *Démoniaques*).

La collection qui, encore une fois, n'hésite pas à fracturer les portes interdites, provoquera une levée de boucliers chez les petits marquis du genre, mais une véritable fièvre chez les passionnés des explorations ténébreuses où les gouttes de sang remplacent les cailloux blancs des contes de notre enfance. Car Brussolo refuse d'observer les contraintes de la décence et du bon goût. Il rend à la littérature d'épouvante sa véritable vocation d'avalanche, de mitraille qui laisse le lecteur écorché vif. Il explore le territoire noir de toutes nos pulsions enfouies et brosse d'étranges contes philosophiques sanglants, tels ces *Rêveurs d'ombre*, où une jeune femme se voit confier la mission de raconter des histoires aux morts qui s'ennuient sous terre. Cette fois encore (comme dans l'admirable *Ma Vie chez les Morts*) la métaphore n'est pas loin de percer sous la terre mal tassée du cimetière où officie l'héroïne !

A la différence d'un Stephen King qui, la plupart du temps, se place du côté des victimes, Brussolo, lui, prend le parti du monstre et nous rend complice de sa jubilation destructrice. Comme il l'a toujours fait, il nous donne l'occasion de contempler notre part noire, de vider nos abcès mentaux le temps d'une lecture cathartique. Il prêche la récupération des pouvoirs perdus, ces pouvoirs qui étaient les nôtres en un temps lointain et mythique, lorsque les arbres parlaient, les pierres voyaient, et conspiraient contre l'homme.

Toutes les puissance du délire sont convoquées en un sabbat littéraire dont certains lecteurs resteront à jamais nostalgiques, car, rarement, ils auront eu l'occasion d'approcher le démon de si près. *Krucifix, Le Vent Noir, Les Rêveurs d'Ombre*...

Autant de titres aujourd'hui introuvables où déferle le vent brûlant d'une imagination sans pareille. Car il est temps de dire tout haut ce que les lecteurs murmurent depuis des années : qui peut rivaliser avec Serge Brussolo sur ce terrain-là ? Mille fois imité, jamais (au grand jamais !) égalé, notre auteur continue à régner en maître absolu sur les terres de l'invention pure, d'un imaginaire qui, sans cesse, repousse ses limites.

Brussolo raconte comme Jérôme Bosch peint, remplissant ses textes de symboles, de discours secrets, de révélations palpitantes qu'il importe de déchiffrer. Tous ceux qui connaissent intimement Brussolo savent qu'il n'y a rien de gratuit dans son œuvre, tout y est signifiant, mais d'une signification qu'il s'agit de mériter. François Angelier, qui lui consacra sur France-Culture une série d'émissions dans le cadre des *Grands Entretiens*, l'a remarquablement mis en lumière, soulignant le fil rouge qui relie chaque texte, quel que soit le genre pratiqué. L'autobiographie affleure partout, masquée, décalée. Le récit le plus fou nous livre, au détour d'une page, un souvenir, une scène vécue. Le réel et l'imaginaire s'entremêlent de façon inextricable. (Dans *Cauchemar à louer*, les terreurs nocturnes du petit David font immanquablement penser aux angoisses du jeune Brussolo lorsque sa mère, atteinte de psychose hallucinatoire, errait des nuits entières dans la maison familiale en invectivant ses démons intérieurs.)

Mais le fantastique pratiqué par notre auteur est si peu « français » qu'il effrayera les éditeurs et lui vaudra bien des anathèmes ! Qu'importe, les lecteurs, eux, ne s'y sont pas trompés. Chaque année, lors du Salon du Livre de Paris, il faut les voir s'abattre telle une nuée de sauterelles sur le présentoir des éditions GDV et se disputer âprement les derniers volumes encore disponibles ! C'est pour eux — qui l'ont si souvent réclamée — que démarre cette série de rééditions.

En 1993, Brussolo met fin à l'expérience. Il a conscience d'avoir fait le tour des thèmes qui l'intéressaient. En outre il est harcelé par des « satanistes » qui voient en lui une sorte de grand prêtre, lui donnent rendez-vous dans les cimetières et l'invitent à présider d'étranges cérémonies. Une faune hallucinée pullule, s'agglutine autour de lui, lui téléphone, lui écrit. Certains, ayant réussi à se procurer son adresse, iront même jusqu'à faire le guet devant son domicile, dans l'espoir de l'apercevoir. Le climat devient malsain : le décès de sa mère le pousse à mettre un point final à cette période de sa vie.

Il éprouve le besoin d'explorer de nouveaux territoires.

Il va s'attaquer à la littérature générale et au roman historique, quoiqu'il soit difficile de coller des étiquettes sur ses romans, chacune de ses œuvres se déplaçant sur plusieurs genres à la fois. Auteur polyphonique, Brussolo est un mutant réconciliant les extrêmes, un maître expert en mélanges, à la manière des auteurs sud-américains toujours attentifs aux arrière-plans du réel, aux mythologies et au fantastique quotidien.

Le prix RTL-LIRE lui est décerné en 1995 pour *La Moisson d'hiver*. Son entrée dans la collection FOLIO prouve qu'il est tout à fait à l'aise dans l'analyse psychologique et le roman d'atmosphère. Pour certains critiques, Brussolo se situe dans la grande tradition des auteurs populaires comme Simenon ou Frédéric Dard.

Conteur doué d'une imagination surprenante et d'un époustouflant sens de l'intrigue, il s'épanouit dans la littérature criminelle et trouve son inspiration dans les « aberrations sociologiques » de nos sociétés. Il a reçu le Prix du Roman d'Aventures en 1994 pour *Le Chien de minuit* paru au Masque, et son roman *Conan Lord, carnets secrets d'un cambrioleur* a été élu Masque de l'année 1995. Ses thrillers explorent le suspense sous toutes ses formes, conciliant roman noir et énigme classique, thriller international et machinations savantes.

On peut affirmer aujourd'hui que Serge Brussolo pratique tous les genres avec un talent indéniable quel que soit le registre dans lequel il évolue.

Son entrée au *Masque* et au *Livre de Poche* sera un véritable succès et plusieurs de ses livres figureront sur les listes de meilleures ventes (cf. LIVRES-HEBDO).

Cauchemar à louer, écrit et publié il y a onze ans, est très représentatif du « fantastique de l'attente » si prisé par Brussolo. Les monstres ne sont, pendant la majeure partie du roman, que des silhouettes à peine entrevues. Et c'est justement leur absence — ou, si l'on préfère, leur présence furtive

— qui les rend terrifiants. Le grand art de Brussolo est de parvenir à faire peur avec des scènes d'horreur qui se déroulent toujours « hors champs », « dans la coulisse »... Rien, ou presque, ne se passe en direct sous nos yeux, à l'exemple des grandes batailles du Théâtre classique. Ce qui horrifie, c'est ce qui pourrait advenir ou ce qui s'est passé en notre absence. Quant au dilemne moral dans lequel se trouve impliqué David, il est lui aussi des plus cornéliens !

Cauchemar à louer est bâti comme une épure, sans graisse aucune, et joue continuellement avec l'ambiguïté des choses. Ainsi, qui sont les vrais monstres dans cette histoire, en définitive ? Les loups-garous ou les villageois qui exercent sur l'enfant un chantage ignoble ? Cette communauté rigide, égoïste, repliée sur elle-même, n'inspire guère la compassion, et l'on peut se demander si les garous ne leur ont justement été envoyés comme une punition nécessaire.

Face aux monstres, on voit se déployer un arsenal rigoriste, pour ne pas dire fanatique, qui finit par se révéler plus terrifiant que les exactions des lycanthropes. Confits dans leur bonne conscience, les bourgeois de Willoughby Point, à force d'avoir peur du dragon, sont devenus dragons eux-mêmes... A moins qu'une Instance supérieure (divine ?) n'ait justement créé le dragon que dans le seul but de flageller leur endurcissement. Comment savoir ? Eternelle histoire de l'œuf et de la poule... Comment ne pas trouver Andy et Isa plus sympathiques que les « honnêtes gens » de

Willoughby Point ? La lycanthropie n'est-elle pas pour eux une forme de revanche sociale ?

Dans le monde d'aujourd'hui, gouverné par le politiquement correct, il ne fait pas bon dire que la pauvreté peut rendre méchant, et qu'à force de se plaindre dans le vide, les miséreux finiront par montrer les crocs. Brussolo, qui a connu la misère des cités dortoirs, la pénurie de nourriture et les années de survie difficile (et il ne s'agit pas ici de la traditionnelle « vache enragée » dont on se souvient ensuite avec attendrissement, mais de la vraie pauvreté dans la faim, le froid et la maladie), sait bien que le manque de tout finit par éveiller en vous des tentations de saccage, mais cela, bien sûr, il ne fait pas bon l'avouer aujourd'hui, sans doute parce qu'il est plus rassurant de se représenter les pauvres comme des moutons bêlants. Andy et Isa ont lutté pour échapper à la fatalité de la zone ; on dira qu'en prenant possession de la maison maudite ils ont joué de malchance, et sont retombés plus bas qu'ils n'étaient... *mais est-ce bien vrai ?*

En définitive, la lycanthropie ne leur apporte-t-elle pas ce qu'ils désiraient réellement : une juste revanche ? La satisfaction d'un carnage bien mérité ? On peut y réfléchir et se demander — en riant jaune — si Brussolo ne voit pas dans la lycanthropie le moyen politique de réduire les inégalités.

Quant à la jouissance de l'animalité reconquise, elle éclate partout, avec une puissance dyonisiaque que l'auteur ne cherche nullement à dissimuler. On le sait, Brussolo a toujours écrit sur le corps : le corps souffrant, le corps sublimé, le corps en quête d'une illusoire mutation qui le réconcilierait avec la nature. Carapace, armure, œuvre d'art... il s'agit toujours pour lui de décliner les représentations de la chair, sa protection ou sa mise en gloire. La métamorphose est l'un de ces avatars, l'un de ces moyens. Elle prêche le retour des forces vives dans un monde de plus en plus étriqué, submergé par les machines et la fausse vie du virtuel à tout prix.

Peut-être devrions-nous prendre exemple sur Andy et Isa, et faire craquer aux coutures les peaux grises dans lesquelles on nous contraint à étouffer ? La lycanthropie, chez Brussolo, prend vite l'aspect d'un hymne à la régénération. La psychanalyse, réductrice, voit dans la dévoration l'expression d'une fixation au stade sadique-oral lié à l'allaitement, il est nécessaire lorsqu'on emprunte les chemins tracés par notre auteur de ne pas s'en tenir à des explications aussi confortables, on risquerait de passer à côté d'un trésor de métaphores perverses où les meurtres rituels ne cessent de nous renvoyer à la nécessité des diverses initiations — ou mutations — auxquelles l'existence nous contraint.

1

C'était l'une de ces journées où tout va de mal en pis, où les images qui vous entourent semblent une extension des cauchemars de la nuit, un épanchement de l'imaginaire dans le réel. La pluie noyait le paysage, encadrant la route de rideaux liquides derrière lesquels les maisons n'étaient plus qu'ombres fuyantes. Le père de David conduisait, les dents serrées, les mains crispées sur le volant. Le bruit de l'averse dominait celui de l'autoradio, écrasant la musique sous son martèlement humide. M'man, elle, demeurait silencieuse, tendue. Elle avait une confiance limitée dans les talents de conducteur de son mari, de plus elle n'ignorait pas qu'il avait bu en cachette avant de partir.

Elle l'avait vu s'isoler dans la remise du jardin, là où il cachait la bonbonne d'eau-de-vie de pomme. Lorsqu'il en était ressorti, il avait une seconde titubé dans l'allée des citrouilles — dont certaines portaient encore les cicatrices de la dernière fête d'Halloween — et avait retrouvé son équilibre en s'accrochant à la corde à linge. M'man avait poussé David sur le siège arrière, comme pour lui épargner cette scène honteuse. Souvent, lorsqu'elle suspectait son mari d'avoir bu, elle chuchotait à son fils des conseils désespérés :

« Si nous avons un accident, dépêche-toi de sortir de la voiture, ne t'occupe pas de nous. Même si nous sommes blessés ou inconscients, va-t'en le plus vite possible avant que le réservoir n'explose. Ne perds pas de temps à essayer de nous aider, surtout si la voiture est en flammes... »

David hochait la tête en silence, peu à peu gagné par la sensation d'être un pilote kamikaze sur le point d'embarquer.

Aujourd'hui, ils allaient visiter la nouvelle maison, celle que leur avait indiquée l'agence.

— On l'appelle « le pique-nique de Willoughby », avait expliqué l'agent immobilier. C'est un très beau point de vue. Au début du siècle, on y organisait des déjeuners sur l'herbe, très snobs, très *français*...

M'man avait gloussé un peu bêtement, P'pa haussé les épaules.

— Du moment que les touristes ne viennent pas nous faire chier, avait-il juré.

— S'il en vient, vous y trouverez votre compte, susurra le conseiller. Je suis sûr que madame votre épouse fait de très bons beignets et un excellent café. Avec quelques tartes maison et dix litres de citronnade, on peut se faire pas mal d'argent l'été.

P'pa avait levé un sourcil en grommelant :

— Hé ! On peut dire que vous êtes un sacré malin, vous.

Ils avaient ri, comme seuls savent le faire les adultes, et pourtant, dès qu'il avait franchi le seuil du petit bureau, David avait été saisi par un sentiment d'angoisse. Il ne savait pas pourquoi. Peut-être parce que l'idée de déménager l'effrayait ?

Mais un inexplicable malaise l'avait saisi lorsque le directeur de l'officine avait tiré la photo de *la maison* d'un classeur métallique écaillé. D'ailleurs, la psychologue scolaire l'avait déclaré à la dernière réunion de parents d'élèves : David était un enfant trop impressionnable pour son âge, trop imaginatif aussi.

— Une poule mouillée, ouais, avait grogné P'pa. De la graine de pédé.

— Il n'a que onze ans, avait plaidé M'man.

— Moi, à onze ans, je faisais la loi dans ma rue, trancha P'pa. Et les autres gosses m'obéissaient au doigt et à l'œil.

Toutefois, l'agence immobilière avait quelque chose d'étouffant. C'était un réduit noir, minuscule, coincé entre deux immeubles qui semblaient peser sur lui tels deux dinosaures de béton. A l'intérieur, les murs sillonnés de crevasses évoquaient les parois d'un œuf au bord de l'éclatement. Tout de suite, David s'y était senti... *en danger*.

Un chat noir, couturé de cicatrices, allait et venait sur la moquette qu'il avait abondamment compissée. Dans la vitrine, la bête avait lacéré à coups de griffes les différentes annonces qui avaient pris l'aspect de parchemins déchiquetés à peu près illisibles. A présent, l'animal feulait en frappant le tapis de sa queue pelée. Les traces de ses griffes se lisaient partout : sur les boiseries, les classeurs métalliques, le sous-main du bureau.

— Je suis sûr d'avoir ce qu'il vous faut, dit l'homme assis derrière l'ordinateur crasseux et que le mauvais éclairage transformait en ombre chinoise.

Il avait sorti un dossier rouge du classeur, et murmurait avec une curieuse gourmandise :

— Une maison de rêve. Une chouette affaire pour quelqu'un qui n'a pas peur de travailler de ses mains.

Une belle entrée en matière ! P'pa était fier de ses mains, calleuses, épaisses, à la peau plus rude que celle d'un iguane.

Ensuite ils avaient parlé argent, et David avait cessé d'écouter. Durant toute la durée des tractations, le chat l'avait fixé dans les yeux sans ciller, les griffes enracinées dans la moquette.

« Hey ! fit mentalement David. T'es le matou de Frankenstein ? T'es tombé dans un broyeur à ordures, on t'a acheté en kit, ou quoi ? »

Souvent, il s'exerçait à essayer d'établir un lien télépathique avec les animaux. Dans les bandes dessinées, ce mode de communication fonctionnait bien ; dans la réalité dès qu'on fixait un animal dans les yeux plus de dix secondes, on provoquait surtout des aboiements ou des feulements de rage. Mais peut-être fallait-il employer certains mots précis pour entrer en contact ? Une sorte de formule de politesse ? *Messire Chat ? Votre Seigneurie ?*

— Tu t'intéresses à Shagan ? fit la voix de l'agent immobilier. C'est une bête qui a eu bien des malheurs. Lorsqu'il était chaton, une bande de rats a essayé de le dévorer vif. Malgré sa petite taille, il a réussi à les tuer. *Tous.*

— C'est... c'est un sacré soldat, murmura David pour dire quelque chose.

— Oui, glousse l'autre. On peut dire ça.

Il avait l'air de s'amuser, mais David ne comprit pas pourquoi.

— Je vous donne l'adresse, les clefs et je vous laisse visiter en toute tranquillité, lança l'homme en se retournant vers P'pa. Chez moi, tout se passe dans la confiance. Je ne vous collerai pas aux talons pour vous faire l'article. Vous visitez, décontracté, en famille, vous prenez une décision en toute liberté et vous revenez me voir.

Il laissa tomber un énorme trousseau de clefs sur le sous-main lacéré.

— Vous pouvez y aller en toute confiance, répéta-t-il, le pique-nique de Willoughby est une superbe maison.

*

Ils avaient pris la route en début d'après-midi et, tout au long du trajet, le petit garçon avait eu l'impression de se déplacer au milieu d'un raz de marée ou d'avoir pénétré par mégarde à l'intérieur d'un aquarium. Le monde avait disparu, la route s'était délayée dans les coulées de boue ; seul subsistait ce chemin de terre sur lequel son père avait fini par s'égarer. Tout autour, le monde avait sombré. Les continents avaient fondu, sucres géants dissous par la montée des eaux. Les essuie-glaces s'agitaient sur le pare-brise telles les pattes d'un insecte géant accroché à une vitre.

— Pour un jour de merde c'est un jour de merde, grommelait son père penché sur le volant. Regarde-moi cette boue, on dirait que tous les saints du paradis nous pissent sur la tête !

— Andy ! avait glapi M'man en sursautant, ne blasphème pas ! Pas un jour comme aujourd'hui ! Entrer dans une nouvelle maison, c'est un peu commencer une nouvelle vie, c'est l'occasion de prendre de bonnes résolutions.

C'étaient peut-être les blasphèmes de P'pa qui avaient déclenché la *chose ?* Comment savoir ? Son cerveau embrumé par la colère et l'alcool avait émis une onde qui avait fonctionné à la manière d'un message attirant la créature en maraude et...

Non, c'était le hasard, seulement le hasard.

P'pa heurta le chien à la sortie d'un village dont David ne connaissait ni le nom ni l'existence. La bête surgit de l'averse, le poil mouillé, goudronneux. Fauve luisant qui semblait jaillir d'une mare d'huile de vidange. P'pa ébaucha un coup de volant maladroit, mais il avait toujours détesté conduire et n'avait guère eu l'occasion de passer expert en manœuvres désespérées. De plus, selon la formule consacrée, l'alcool de pomme ralentissait probablement ses réflexes. David sentit l'aile avant droite frapper l'animal de plein fouet. Le choc courut dans toute la carrosserie pour se répercuter dans ses mains, ses chevilles, son ventre. Pendant une seconde, il eut la sensation d'avoir lui-même frappé la bête à coups de pied, et il en éprouva une affreuse culpabilité. La vibration avait quelque chose de mou qui trahissait l'éclatement de la chair.

Des images atroces le submergèrent aussitôt, alimentées par le souvenir de toutes les bêtes écrasées qu'il avait pu voir au long des autoroutes. Ces carcasses que les poids lourds aplatissaient un peu plus à chaque passage, les réduisant bientôt à de simples silhouettes tatouées sur le goudron.

P'pa freina en catastrophe, et David se prit à espérer que le chien n'aurait aucune lésion grave. Peut-être pourrait-on le charger à l'arrière et le déposer chez un vétérinaire ? Non, c'était idiot, jamais son père n'accepterait de s'occuper d'une bête blessée. M'man penserait d'abord au sang susceptible de tacher les coussins.

Au même moment, l'animal se jeta contre la vitre latérale en poussant un hurlement de loup. Son museau éclaté n'était plus qu'une bouillie de viande d'où émergeaient les crocs. Ses pattes de devant labourèrent la portière comme pour forcer le passage, et son crâne percuta la vitre avec une force qui aurait dû l'étourdir.

Toute la famille eut un mouvement de recul. Le sang de la bête souillait le pare-brise de festons pourpres que la pluie délayait. P'pa relança le moteur en bafouillant une grossièreté. Quitter le véhicule aurait été un suicide. Le chien fou furieux ne cessait de se jeter contre la carrosserie comme un sanglier. Les chocs faisaient trembler le véhicule sur ses amortisseurs.

P'pa accéléra, les mains moites, terrifié à l'idée de s'embourber. Le chien ensanglanté courait, accompagnant la voiture dans sa fuite. Son horrible blessure n'avait aucunement diminué ses facultés physiques et il continuait à bondir, donnant des coups de museau dans les vitres latérales, essayant de pénétrer à l'intérieur de l'habitacle pour mettre en pièces le conducteur fautif. La sueur ruisselait sur le front de P'pa. Cédant à la panique, il enfonça l'accélérateur, espérant se débarrasser de la bête, mais l'animal se maintint à sa hauteur, comme s'il était doué du pouvoir d'augmenter indéfiniment sa vitesse. Peut-être la douleur et la rage décuplaient-elles sa puissance musculaire ? On pouvait entendre le bruit mouillé de ses pattes foulant la boue, et le frottement de son pelage contre la carrosserie.

Chaque fois qu'il bondissait, la boule de viande déchiquetée qui lui servait de crâne venait s'aplatir sur la vitre latérale avec un « floc » écœurant. Cette fois, P'pa enfonça la pédale d'accélération au ras du plancher. La voiture fit un bond, soulevant une gerbe de boue qui obscurcit la vitre arrière. Les phalanges verrouillées sur le volant, il roula à tombeau ouvert pendant près d'une demi-heure, persuadé qu'à la moindre velléité de ralentissement le chien regagnerait du terrain.

Maintenant, nous allons tomber en panne d'essence, pensa David, *ou rater un virage et basculer dans le fossé...*

Heureusement, rien de semblable ne se produisit et la peur reflua. Lorsque P'pa ralentit, ils scrutèrent tous le rétroviseur, s'attendant à voir surgir le chien d'une seconde à l'autre, mais le petit miroir ne reflétait que le ruban gris de la route détrempée.

— Bordel, haleta P'pa, qu'est-ce que c'était ? Tu as vu ça ? Il n'avait plus de tête et il courait tout de même...

Tenant le volant d'une main, il fouilla dans la boîte à gants à la recherche du flacon de rhum qu'il cachait parfois, mais sa femme était passée avant lui, et la flasque de métal était vide. Il jura. Toutes les trois secondes, David regardait par-dessus son épaule, s'attendant à voir surgir le mufle ensanglanté du chien par la vitre arrière.

— Qu'est-ce que c'était ? balbutia encore une fois P'pa en regardant les rigoles rougeâtres qui figeaient sur le pare-brise.

Personne ne lui répondit. M'man se signa en songeant qu'ils allaient arriver au village dans une voiture couverte de sang.

— La pluie lavera la carrosserie, marmonna P'pa en devinant ses pensées. J'espère que l'aile n'est pas complètement tordue sinon tout le monde va se foutre de nous.

Sur la banquette arrière, David s'était recroquevillé. Au fond de sa cervelle, une méchante petite voix chantonnait : *mauvais présage, mauvais présage, mauvais...*

A cet instant, il aurait dû savoir... Il aurait dû deviner et s'enfuir. Quitter la voiture et courir à travers la campagne. Ne pas marcher vers ce rendez-vous affreux que lui préparait le destin.

Tout de suite après était apparue la pancarte, écaillée, délavée, et son cœur avait fait un bond douloureux dans sa poitrine.

Willoughby.

— On y est ! souffla P'pa avec soulagement.

On y est, songea David, tandis que ses mains devenaient froides comme la peau d'un animal mort.

2

A cause de la pluie, ils traversèrent le village sans voir grand-chose. Les maisons, fusillées par l'averse, faisaient penser à des silhouettes entrevues sous le rideau cinglant d'une cascade. Les rues étaient désertes, les volets clos. Le plancher des vérandas sonnait avec un bruit de barrique creuse.

On s'est perdus, songea David. *P'pa n'a pas remarqué les pancartes, on a fini par pénétrer dans une zone militaire. C'est un village factice, un de ces trucs qui servent pour l'expérimentation des missiles. On construit des maisons, on les remplit d'objets, de mannequins, puis on les bombarde pour mesurer l'effet des explosions, ça s'appelle une simulation.*

La télévision avait diffusé un documentaire à ce sujet ; on y voyait de coquets bungalows balayés par un souffle invisible mais puissant. Ils s'envolaient, se défaisant planche à planche, tandis que les mannequins dressés au long des rues se démembraient au ralenti. Ces images avaient longtemps poursuivi David. Certaines nuits, il lui arrivait encore d'assister à l'effondrement des maisonnettes aux couleurs si pimpantes. Elles explosaient avec une grâce molle, sans flammes, sans fumée, et les têtes des mannequins roulaient dans les rues, telles des boules de bowling.

Un camp militaire, se répétait-il en aplatissant son nez contre la vitre, *un village-cible. Dans quelques minutes, un truc va tomber du ciel. Un missile, une fusée, un... machin ; la voiture se mettra à fondre, et l'acier mou nous enveloppera comme une coquille, et...*

La peur lui donnait envie de faire pipi. Le chien fou qui les avait attaqués était peut-être le molosse préposé à la garde du camp ? Les radiations encaissées au cours des différents essais nucléaires avaient sans doute modifié son corps, ce qui expliquait son incroyable résistance et...

Il s'ébroua.

Tu délires, constata-t-il, *tu es en train de perdre les pédales.*

Comme ils sortaient du village, la pluie s'arrêta d'un coup ; ils se découvrirent au seuil d'une forêt dense, aux troncs noueux, qui couvrait le versant d'une colline. Un panneau de fer rouillé indiquant le sommet égrenait les mots WILLOUGHBY POINT. L'averse, en nettoyant troncs et feuillages de la poussière qui les recouvrait, avait ravivé les couleurs de la forêt, lui donnant l'allure d'un décor.

— On se croirait dans un dessin animé, murmura M'man en prenant la main de David dans la sienne. Tu as vu comme c'est joli ?

Le garçon hocha la tête. Entre les troncs montait un brouillard de condensation qui stagnait à cinquante centimètres du sol. Les racines des arbres disparaissaient dans ce socle cotonneux, irréel, de telle sorte que la forêt tout entière avait l'air piquée à la surface d'un nuage.

— C'est juste un peu de brouillard, marmonna P'pa. La pluie a fait ressortir la chaleur de la terre, rien de plus.

Il y avait chez lui une défiance maladive envers ce qui était beau. Une sorte de hargne sourde qui lui faisait détester les œuvres d'art, les sculptures, les tableaux, tout ce devant quoi on s'arrêtait, le sourcil levé, l'œil en éveil, la bouche entrouverte.

« C'est du temps perdu ! décrétait-il, l'art c'est une affaire de feignants. Un prétexte pour se tourner les pouces. Et puis ça ne sert à rien. Quand je vois tous ces musées, et que je pense à ces gens qui ne savent pas où dormir...

— Mais c'est joli, protestait parfois David en brandissant une carte postale ou une image découpée dans un magazine.

— *Joli, joli,* nasillait son père en contrefaisant une voix geignarde, c'est un mot de bonne femme qui ne devrait jamais sortir de la bouche d'un homme. »

Il était parfois difficile de parler avec P'pa, ses cordes vocales semblaient avoir été taillées pour aboyer. Avec lui les conversations étaient piégées, il suffisait d'un mot anodin pour déclencher une réaction en chaîne. Une explosion nucléaire.

A présent, la voiture grimpait la pente. Son capot, fendant le brouillard, évoquait la proue d'un vaisseau viking. De part et d'autre du chemin, les arbres se dressaient telle la paroi d'une forteresse. Certains étaient si rapprochés qu'il aurait été impossible, même à un enfant, de se glisser dans l'espace séparant leurs troncs.

On dirait les barreaux d'une cage, pensa David.

Si des bêtes vivaient dans cette forêt, elles ne risquaient pas de jaillir d'un seul coup des taillis pour se jeter en travers du chemin. Les cochons sauvages, les daims eux-mêmes, étaient trop gros pour se faufiler entre des arbres aux fûts si serrés.

A mi-pente la voiture faillit s'enliser, de la boue macula la lunette arrière. Par bonheur les roues mordirent une branche brisée, et le véhicule put s'arracher à l'emprise du sol. Au moment où ils s'y attendaient le moins, la famille déboucha dans une clairière inondée de soleil qui faisait une tonsure au sommet de la colline.

La maison était là, posée sur le tapis de brouillard, massive et grise, percée de fenêtres étroites qui semblaient des meurtrières.

— Elle est drôle, fit M'man en ouvrant la portière. On dirait une citadelle. Andy, tu as vu ces fenêtres ? Elles sont minuscules.

P'pa serra le frein à main. Il ne tenait pas à ce que la voiture, aspirée par le terrain glissant, se mette à dévaler la pente.

— C'est sûrement une ancienne construction militaire, fit-il en se redressant. Je crois qu'il y a eu des Indiens dans la région. Une tribu assez sanguinaire. Enfin, il me semble...

David dressa l'oreille. L'idée d'habiter un fortin témoin d'anciennes batailles était loin de lui déplaire. En fouillant dans les buissons il arriverait peut-être à découvrir les vestiges de ces affrontements. Une flèche brisée, un tomahawk ? Non, c'était idiot, des légions de touristes étaient venues pique-niquer ici, il y avait belle lurette que leurs enfants avaient écumé les broussailles, il ne restait rien... ou alors des choses cachées, enfouies, difficiles à mettre à jour.

— Il faudra la repeindre, chuchota M'man en désignant la façade. Cette pierre grise, nue, c'est affreux. On dirait un monument aux morts.

Immédiatement, elle se mordit les lèvres comme si elle regrettait d'avoir prononcé ces paroles.

— C'est le vent, fit P'pa. En hauteur ça doit souffler dur l'hiver. La peinture a fichu le camp avec les bourrasques.

Ils étaient tous les trois immobiles, plantés dans l'herbe gorgée d'eau, n'osant faire un pas en avant. La maison, cubique, sans fioritures architecturales, les dominait de sa masse sans grâce.

— Elle avait l'air plus gaie sur les photos de l'agence, hasarda M'man.

David fronça le nez. C'est vrai que le bâtiment avait quelque chose de rébarbatif. Avec ses grosses pierres mal taillées, entassées à la diable, ses ouvertures réduites, il avait tout du fortin, de la position de repli conçue pour supporter de longs sièges. Même le soleil inondant la clairière ne parvenait pas à lui donner la moindre chaleur. La lumière mourait à sa surface sans même illuminer la pierre, et la façade, se moquant des rayons, demeurait un caillou gris, une sorte de cairn dont on hésitait à franchir le seuil.

— Alors ? s'impatienta P'pa. On entre ou on reste là toute la journée ?

La main de M'man serra celle de David, et le garçon constata que les doigts de sa mère avaient perdu toute chaleur.

P'pa poussa la porte qui n'était pas fermée.

— C'est bon signe, déclara-t-il, ça veut dire qu'il n'y a pas de voleurs dans la région et que tout le monde se fait confiance. J'aime bien, ça nous changera de la ville et des portes blindées !

A l'intérieur il faisait sombre et froid. David détecta une odeur de cendre, comme si le vent, s'engouffrant par les cheminées, avait éparpillé à travers les pièces la poussière des foyers à l'abandon.

— Ce n'est pas humide, constata M'man. C'est étonnant, si près de la forêt...

Elle avait raison. La pierre des murs était sèche sous les doigts, poudreuse même. David la goûta du bout de la langue. Elle avait une saveur amère.

— C'est immense, souffla encore M'man en poussant des portes au hasard. Même avec les vieilleries qu'ils ont laissées sur place, on n'aura jamais assez de meubles pour remplir tout ça !

— J'en fabriquerai, dit P'pa. Il y a du bois dans la forêt... et j'ai mes deux mains.

Maintenant ils parcouraient des salles désertes que les rayons de soleil barraient de longues diagonales dorées chargées de poussière.

— Il faudrait prendre des mesures, dit M'man, dresser un plan...

David profita que son père évaluait une pièce à grandes enjambées pour s'éloigner en catimini. Il entreprit de remonter un couloir étroit qui paraissait traverser la maison de part en part. Il avançait en touchant le mur, et ses doigts, qui exploraient la paroi, découvraient une multitude d'infimes cratères, comme si la pierre avait été criblée par la mitraille, comme si l'on avait fusillé des prisonniers au cœur même de ces couloirs, comme si...

Il s'arrêta, mal à l'aise, regardant autour de lui.

Ces trous qui creusaient les parois évoquaient les ricochets interminables de projectiles de gros calibre. S'était-on fait la guerre à l'intérieur de la maison ?

Il imagina des soldats, embusqués derrière des barricades de chaises, de buffets, tirant à salve nourrie sur des Indiens barbouillés de peintures de guerre. Il y avait eu des morts dans le couloir, des dizaines de cadavres qui avaient fini par bloquer le passage. Les soldats s'étaient repliés dans la cuisine, tiraillant au hasard pour protéger leur retraite

Excité, David mimait pour lui seul un combat imaginaire, se plaquait contre la muraille pour éviter les projectiles. Là, un type s'était écroulé, la poitrine transpercée par une flèche, et ses ongles avaient griffé la paroi, là une balle avait creusé un trou énorme, là...

« Ce n'est qu'un couloir aux murs abîmés, lui souffla la voix de la raison. Ce n'est qu'une vieille maison dont il faudra refaire les plâtres... »

Mais il n'avait pas envie de tenir compte de la réalité. Courant, se collant au chambranle des portes, zigzaguant pour échapper aux flèches, il s'enfonça peu à peu dans le labyrinthe du bâtiment. Il lui fallut un moment pour réaliser qu'il n'entendait plus les voix de ses parents et que la lumière se faisait de plus en plus rare. De l'ombre il était passé à la pénombre, de la pénombre à la quasi-obscurité, maintenant il se tenait au seuil des ténèbres et hésitait à aller plus loin.

Pourtant il ne faisait pas nuit. Il lui suffisait de lever la tête vers la découpe des minuscules fenêtres pour en obtenir la confirmation immédiate. Non, c'était autre chose...

La lumière n'arrive pas à entrer dans la maison, dit-il à voix basse.

Oui, c'était ça. Les rayons du soleil ricochaient sur la façade sans parvenir à s'infiltrer dans les pièces. Les fenêtres étaient petites, soit, mais le garçon eut soudain la conviction que leur taille n'entrait pas en ligne de compte. La maison était réfractaire à la lumière du jour, c'est pour ça qu'il y faisait froid. Au cœur de l'été le plus torride, ses pierres demeuraient sans aucun doute obstinément glacées, imperméables à la chaleur ambiante.

David fit marche arrière. Peu à peu ses yeux s'habituaient à la pénombre. Poussant une porte, il déboucha dans une cuisine géante. Il y avait là assez de casseroles pour « tambouiller » à l'intention de tout un bataillon. Une marmite énorme, noire, trônait sur une cuisinière de fonte dont la masse occupait le mur du fond. La poussière recouvrait de sa peluche grise le carrelage et la table. David avança à petits pas. Sur la toile cirée reposait ce qui avait été une tourte aux fraises. On en avait taillé une portion qui gisait dans une assiette sous la garde d'un couteau et d'une fourchette. Oui, c'était bien de la tourte aux fraises, à cette différence près que les fruits et la pâte avaient la consistance de la cendre de cigarette. David leva prudemment la main, tendit un doigt. Dès qu'il l'effleura, la part de gâteau s'effondra, perdant sa forme initiale, et il ne subsista plus qu'un petit tas grisâtre à l'odeur de mégot refroidi.

Qui donc, à l'intérieur de la maison, s'amusait à édifier de si fragiles sculptures de cendre ?

Non, non, ce n'est pas ça, chuchota précipitamment le garçon. *Le gâteau était là depuis si longtemps qu'il est tombé en poussière, comme les momies lorsqu'on les sort de leur sarcophage sans faire attention...*

Mais combien de temps faut-il à une tourte aux fraises pour se changer en cendre ? Dix ans ? Cent ans ? Mille ans ? Non, c'était trop. Pour qui l'avait-on cuite ? Et qui l'avait oubliée sur la table sans même en avaler la moindre bouchée ? Et d'ailleurs comment pouvait-on oublier une tourte aux fraises ?

Il nota que son intrusion n'avait dérangé aucun insecte, aucun rongeur. Dans les films d'épouvante, lorsque le héros pénétrait dans l'enceinte d'une maison abandonnée, son avance provoquait toujours la débandade d'une armée de cafards, de rats, que la caméra s'empressait de souligner. Ici il n'y avait rien, ni mouches, ni cancrelats, ni souris. Aucune bête n'avait tenté de s'approcher de la tarte, elle ne grouillait pas de vers. Aucune araignée n'avait tissé sa toile dans les recoins de la cuisine. Il n'y avait rien d'inquiétant aux alentours, si ce n'était ce gâteau foudroyé par une inexplicable décharge électrique, ce goûter que personne n'avait eu le temps d'avaler... et qui laissait supposer un brusque coup de théâtre, une catastrophe, un... drame ?

Ramassant un couteau noirci, David effleura la surface de la tourte. La pâtisserie s'effondra aussitôt. David se sentit pris en faute. Il aurait fait un sacré archéologue : La momie du roi à peine découverte, voilà qu'il la réduisait en poussière !

Il frissonna. Le monologue intérieur dont il avait l'habitude de ponctuer ses jeux ne suffisait pas à le rassurer, non plus que la voix virile qu'il adoptait pour deviser lorsque personne ne l'observait.

Lâchant le couteau, il sortit lentement de la cuisine. Pourquoi *lentement ?* Il n'en savait rien. Il agissait comme un dompteur soucieux de ne pas réveiller la colère de fauves assoupis alors qu'il était entouré de casseroles et de marmites au cul noirci.

« Nous décidâmes d'un commun accord de quitter le tombeau égyptien, dit-il en refermant la porte. Le professeur Mortimer Braxton posa en ma présence les scellés sur la porte de la chambre funéraire et... »

Mais il se tut. Le jeu ne fonctionnait plus ; l'excitation délicieuse des premières minutes avait fait place à une angoisse sourde.

« C'est à cause du cadavre de la tourte aux fraises, dit-il pour se faire rire. »

Il ne savait plus très bien où il était, ni où se trouvaient ses parents. Il eut envie de les appeler mais la crainte de se faire rabrouer l'en dissuada. Ils devaient être en train de prendre des mesures, de parler papier peint et couleur de plafond, toutes ces choses que David trouvait formidablement ennuyeuses.

« Là on mettra l'armoire, disait M'man, et là le canapé, et là... »

Pendant des jours et des jours, il allait falloir déplacer les meubles avant de déterminer leur position exacte. Son père lui demanderait de porter des caisses, des fauteuils, et lui hurlerait aux oreilles s'il se montrait maladroit.

« Tu dois remonter, lui souffla une voix intérieure. Il ne faut pas nager trop longtemps en eau profonde. »

Mais où se trouvait le couloir aux impacts ? Il l'ignorait. La maison était donc si grande ? A l'instant où il tournait le dos à la cuisine, il remarqua quelque chose sur le rebord d'une fenêtre. C'était un lézard gris plaqué contre le carreau. Il ne bougeait pas et, une seconde, David se demanda s'il s'agissait d'un animal ou d'une statuette. Mais qui aurait eu l'idée saugrenue de poser une statuette sur le rebord d'une fenêtre ?

La bête ne bougeait toujours pas et David ne put résister à l'envie de la toucher.

Je vais l'attraper par la queue, décida-t-il. *Au moins je ne rentrerai pas bredouille de la chasse...*

Mais à peine son index eut-il effleuré l'appendice caudal convoité que le lézard tout entier se changea en une flaque de cendre. Cette fois David fit un bond en arrière et se mit à courir. Il se cogna le front contre une porte fermée, faillit tomber assommé sur le sol, mais se redressa dans un effort de volonté désespéré. Quelque chose lui criait de ne pas s'attarder, de bondir hors de la maison et de se gorger de soleil. Hagard, il traversa des pièces encombrées de meubles poussiéreux. Il distingua même des vêtements oubliés sur le dossier d'une chaise, au pied d'un lit, et cette seule vision lui donna des ailes.

La bave aux lèvres, il déboucha comme un fou dans la grande pièce où ses parents achevaient de prendre des mesures.

— C'est toi qui fais tout ce vacarme ? gronda son père. Si tu veux courir va donc dans le jardin, bon sang !

— Ce n'est pas de sa faute, plaida M'man. Il n'a pas encore l'habitude de la campagne.

Sans se faire prier David se coula vers la sortie. Il reçut le choc douloureux du soleil au fond des yeux et s'ébroua. Il avait l'impression que ses vêtements empestaient la cendre froide. Il éprouva même le besoin de s'essuyer les doigts sur l'herbe mouillée.

Apercevant une fontaine au fond de la cour, il se précipita sur le robinet pour s'asperger le visage. Le contact de l'eau glacée, montant du ventre de la colline, lui fit du bien. En plein jour, il s'étonnait du mouvement de panique qui l'avait submergé au cœur de la maison. Enfin quoi ? Voilà qu'il perdait la tête pour une vieille tarte desséchée et une dépouille de lézard cuite par les rayons du soleil ? A l'école du quartier, Billy Shonacker lui avait pourtant montré les bêtes séchées qu'il conservait dans des boîtes d'allumettes. Chaque fois il avait accompagné la séance de la même recommandation : « Ne la touche pas, ou elle tombera en poussière. »

C'est ce qui s'était produit avec le lézard. Il l'avait touché et...

Tout bêtement.

Aspirant l'air à grosses goulées, il fit le tour de la maison. Les arbres montaient la garde sur tout le périmètre du terrain, serrés, trop proches, entremêlant leurs racines.

Les barreaux d'une cage, songea encore une fois David. Des tables et leurs bancs de bois avaient été fichés dans la terre, çà et là, délimitant l'espace où les touristes venaient jadis pique-niquer...

Pourquoi « jadis » ?

Le soleil séchait les gouttes de pluie sur les feuilles. De l'autre côté de la colline, quelque part, devait se trouver la mer, mais les arbres la cachaient au regard. C'est peut-être la croissance anarchique de la forêt qui avait éloigné les touristes ? Pourquoi grimper en haut d'une colline pour admirer l'océan si trois mille foutus arbres vous bouchent le paysage ?

David marcha vers la lisière du bois. De près, les chênes étaient encore plus impressionnants avec leur écorce noueuse, leurs racines comme des tentacules fichés en terre. Enfant des villes, David n'avait côtoyé que des arbres de square, de jardin public. Jamais il n'avait éprouvé à leur contact cette impression de force brutale.

— Ce sont de vrais arbres, murmura M'man qui s'était approchée dans son dos. Pas des arbustes asphyxiés par l'oxyde de carbone et la pisse de chien. Ils sont beaux, n'est-ce pas ?

Quand P'pa ne croisait pas dans les parages, David et M'man parlaient souvent des choses qu'il leur arrivait de trouver « belles » ou « jolies ». Instinctivement, ils baissaient la voix sur ces deux mots, mais ni l'un ni l'autre ne s'en rendait compte.

— On va vraiment venir habiter ici ? interrogea David d'un ton qu'il espérait serein.

— Oui, confirma M'man. Ton père a besoin de la campagne pour se détendre. Cette maison lui fera beaucoup de bien ; ici au moins il pourra installer l'atelier de ses rêves.

David eut envie de parler du cadavre de la tourte aux fraises, de la momie du lézard, puis réalisa qu'il ne restait aucune preuve de ses découvertes. Rien que deux tas de cendre. Il décida de se taire.

— Allez, on rentre ! fit tout à coup la voix de P'pa.

David s'arracha à la contemplation des arbres. Il avait du mal à se persuader qu'il allait désormais vivre ici. Cela lui semblait aussi incroyable que l'annonce d'un voyage organisé sur la lune. Il reprit sa place sur la banquette arrière. P'pa sifflotait entre ses dents. Pour la première fois depuis bien longtemps il paraissait détendu.

— Y a de l'espace, dit-il. J'installerai un foutu bel atelier. Oui, un foutu bel atelier...

Ils partirent sans fermer la porte à clef. David se retint de parler des vêtements entr'aperçus sur le dossier d'une chaise. Les précédents locataires étaient-ils à ce point pressés de déménager qu'ils avaient oublié leurs habits ? *Et la literie aussi. Rappelle-toi, il y avait des draps, un oreiller...*

Ils traversèrent la ville sans prendre le temps de s'arrêter. P'pa voulait rentrer avant la nuit.

— Alors on signe ? demanda M'man en posant la main sur l'épaule de P'pa.

— Ouais, fit celui-ci, on signe même des deux mains. Je crois que ça va être un nouveau départ. Une page tournée.

La pluie avait cessé et la campagne fumait. Les mains de P'pa jouaient avec le volant. Alors qu'ils atteignaient l'embranchement, ils aperçurent le cadavre du chien...

Il était vautré dans la boue, les pattes molles et la tête en bouillie. Ainsi couché, il paraissait encore plus imposant. M'man poussa un petit cri, tandis que David se redressait sur la banquette. L'exploration de la maison lui avait presque fait oublier l'épisode du chien fou. Ses doigts crissèrent sur le revêtement du siège. La bête allait-elle se relever pour les attaquer ? Elle mimait la mort pour mieux les piéger, dans un instant, elle...

— Andy, ne t'arrête pas ! supplia M'man.

Mais P'pa freina sans tenir compte de son gémissement.

— Bon sang ! grommela-t-il. Il faut que j'aille voir ça de mes propres yeux.

— Non, hoqueta David. Il n'est peut-être pas mort ? Si c'était une ruse...

Mais P'pa haussa les épaules et ouvrit la portière. David se ratatina sur la banquette. C'était sûr, le fauve allait s'arracher à la boue, bondir. Sa tête énorme emplirait tout l'habitacle de la voiture, il mangerait le volant, les sièges, ses dents creuseraient des trous dans la tôle...

P'pa avait fait le tour du véhicule pour prendre

une manivelle dans le coffre. Lentement, le bras à demi levé, il marcha sur la bête immobile.

M'man tremblait, les mains pressées sur la bouche, comme pour étouffer le cri qu'elle n'allait pas manquer de pousser.

Arrivé à un mètre du chien, P'pa lui lança un coup de pied dans les côtes sans obtenir de réaction. Il recommença, plus méchamment, puis s'assit sur ses talons.

— Il est mort, cria-t-il en faisant un geste avec la manivelle. Vous pouvez venir, cette saloperie s'est décidée à crever.

M'man hésita. Malgré sa peur, David sortit le premier. Il ne voulait pas se faire traiter de poule mouillée une fois de plus. Il avança doucement vers l'animal, s'assurant du coin de l'œil que la portière restait bien ouverte. La pluie avait lavé le cadavre, blanchi les blessures de la tête. Dépouillé de toute trace d'hémorragie, le chien devenait plus banal, plus « rassurant ». Ce n'était qu'une bête morte semblable à ces autres bêtes mortes qu'on voyait parfois accrochées à l'étal des boucheries.

Retenant sa respiration, David s'agenouilla. La chair éclatée du front laissait entr'apercevoir la luisance d'un os, mais il n'y avait plus de sang, l'averse avait tout nettoyé, peignant des rigoles régulières dans le pelage.

— C'est drôle ça, murmura P'pa. Regardez là, et là... et encore ici...

Il désignait des boursouflures, recousues à gros points par un vétérinaire malhabile, et qui zébraient le corps du chien à la hauteur du poitrail. David comprit qu'il s'agissait d'anciennes cicatrices dont les chairs s'étaient ressoudées en formant des crêtes violacées, assez disgracieuses.

— Il en est couvert, renchérit P'pa. Sur le dos, les cuisses, le ventre...

Son index sautait de plaie en plaie.

— Mais pourquoi ? interrogea M'man. Un accident de chasse peut-être ?

P'pa secoua la tête.

— Mais non, tu ne comprends pas ? C'est un cabot dressé pour l'attaque. Les paysans du coin doivent organiser des combats de chiens. Celui-là a dû s'échapper, survivre en chassant. C'est pour cela qu'il était si combatif, si hargneux... Il avait l'habitude de la bagarre, le principe de rendre coup pour coup, morsure pour morsure.

David regarda les crocs énormes qui dépassaient des babines du fauve. Certains étaient brisés.

— Des combats de chien, murmura rêveusement P'pa, j'en ai entendu parler mais je n'en ai jamais vu, ça me plairait bien d'y faire un tour...

— Andy, s'insurgea M'man. Ce sont des jeux cruels, tu ne vas pas...

Mais P'pa s'était déjà redressé. Ils regagnèrent la voiture, abandonnant le cadavre du chien à la tête éclatée. Cependant David ne se sentit vraiment rassuré qu'une fois la portière bouclée. L'idée d'assister à un combat de chiens l'épouvantait, mais il savait aussi qu'il n'oserait pas dire non si son père l'y invitait. P'pa était courageux, il n'avait pas hésité à sortir de la voiture pour s'approcher de la bête. Il s'était armé d'une simple manivelle et...

David se demandait si, une fois plus grand, il serait capable de tels actes de témérité. Cette interrogation qui demeurait sans réponse le tourmentait. Peut-être était-il trop gentil pour être vraiment courageux ?

Tout le monde (les voisines, l'institutrice, la bibliothécaire du quartier) répétait à sa mère qu'il était un *gentil garçon,* et cette qualité, dont il s'était tout d'abord satisfait, commençait sérieusement à l'agacer. Peut-être le courage impliquait-il une certaine dose de méchanceté ?

Le soir, dans son lit, il improvisait des scénarios de catastrophes pour tenter de déterminer quelles seraient ses réactions en « situation de crise ». Il aimait bien le terme « situation de crise », qui revenait souvent dans la bouche des présentateurs, à la télévision. Il imaginait que des voleurs s'introduisaient dans la maison. Des voleurs ou des maniaques sexuels.

Ils profitaient de l'absence de P'pa pour terroriser M'man, pour lui déchirer le haut de son corsage et la forcer à enlever son soutien-gorge. Bien sûr, ils ne prêtaient aucune attention à David qu'ils imaginaient effondré de terreur derrière un fauteuil. Et c'était là qu'il intervenait, pendant que l'obsédé lui tournait le dos et obligeait M'man à relever sa jupe pour lui montrer sa culotte. David s'emparait d'un couteau et l'enfonçait entre les côtes du voyou, en remontant vers le haut et en tortillant bien la lame pour occasionner de graves hémorragies, comme on le préconisait dans les romans de guerre. La lame filait dans la viande, transperçait le cœur...

A cet instant du scénario, David s'arrêtait un peu, vaguement nauséeux, et décidait de se contenter de cette ébauche sans creuser plus avant. Il avait à tout hasard dissimulé des couteaux sous des fauteuils, les maintenant en place à l'aide d'un croisillon de ruban adhésif. Il se répétait que cela pourrait servir, un jour, mais il savait qu'il ne suffisait pas de cacher des armes pour écarter le danger. Encore fallait-il oser s'en servir...

A une ou deux reprises, il avait tenté une simulation en poignardant un poulet mort entreposé dans le réfrigérateur, et cette manœuvre l'avait écœuré. *La lame pénétrant dans la chair molle et crue...* Non, il n'était sûr de rien. Parfois il regardait avec une certaine jalousie les voyous vautrés sur le perron des immeubles de la rue, persuadé que leur méchanceté leur assurait un capital de courage auquel lui, David, ne pourrait jamais prétendre.

P'pa était courageux, donc il avait le droit d'être parfois méchant. Cela prouvait simplement qu'il serait capable de défendre sa famille si le besoin s'en faisait sentir. Il n'avait pas eu peur du chien. Un autre père — celui de Billy Shonacker, par exemple, qui vendait des brosses à dents électriques en costume trois-pièces, et se rasait tous les jours pour se rendre à son travail — aurait probablement eu peur. Le père de Billy Shonacker était *gentil*. Il permettait à son fils d'amasser dans sa chambre les collections les plus répugnantes, ce que P'pa n'aurait jamais toléré. Oui, le père de Billy Shonacker était *gentil*, mais sans doute *lâche*... Personne ne pouvait se réjouir d'avoir un tel père, surtout lorsqu'on partait s'installer à la campagne.

Dans l'esprit de David, la campagne était inexplicablement associée à l'idée de danger. Peut-être à cause des serpents ? des plantes vénéneuses ? des paysans, que l'alcool frelaté avait rendus à moitié fous et qui, parfois, découpaient les touristes à la tronçonneuse ?

La nuit tombait. David laissa sa tête rouler sur la banquette, cherchant l'épaule de M'man. S'il lui fallait vivre à la campagne il devrait s'entraîner à devenir mauvais. A ne plus avoir peur du noir, à tuer les animaux, à...

Il s'endormit alors que la voiture atteignait les faubourgs de la ville.

3

C'était une cité sale, aux murs barbouillés par la fumée des hauts fourneaux. Dès qu'on se hasardait à l'extérieur, tous les objets sur lesquels on posait les doigts se révélaient enduits d'une pellicule de carbone qui vous faisait aussitôt les mains noires. Parfois le vent rabattait les exhalaisons des usines dans le labyrinthe des rues, et un brouillard empestant le caoutchouc emplissait les maisons, donnant aux aliments un goût de vieux pneu frit.

Les parents de David habitaient une bicoque coincée entre deux immeubles de brique rouge. C'était une maison plantée de travers, déglinguée, au sein de laquelle tous les nuisibles de la création avaient installé leur quartier général. Certaines fenêtres n'avaient plus qu'un volet, le toit avait perdu ses tuiles, quant à la plomberie, elle réservait les surprises les plus désagréables. P'pa l'avait louée à cause du jardin minuscule que défendait une palissade sur laquelle les voyous du quartier avaient gravé les pires obscénités.

— J'y installerai un atelier, avait-il décrété en prenant possession des lieux. Comme ça au moins, je pourrai bricoler sans que les voisins donnent des coups de poing dans les murs.

Mais l'atelier n'avait jamais vu le jour. Le propriétaire s'y était opposé, arguant du fait que la cabane que P'pa se proposait d'ériger « aurait dégradé le paysage » ! Et quand P'pa avait tenté de passer outre, des voyous — probablement payés par ledit propriétaire — avaient aussitôt détruit l'édifice.

Le jardin minuscule produisait des légumes chétifs, des choses décolorées qu'on osait à peine manger. Il était dangereux de s'y attarder car les types installés sur les toits des immeubles voisins avaient pris l'habitude d'y jeter leurs bouteilles de bière vides. Les flacons explosaient au sol, projetant des éclats de verre en tous sens. Les citrouilles, criblées de fragments, prenaient l'allure de grosses têtes labourées par la mitraille. Parfois ces mêmes bons à rien pissaient dans les bouteilles avant de les jeter dans le vide, et ponctuaient chaque explosion de gros rires. On ne pouvait rien faire contre eux, M'man l'avait expliqué, c'était un « mauvais quartier », où même les flics avaient peur de patrouiller.

La nuit, P'pa posait des cadenas, des chaînes sur les portes, les fenêtres. Il avait blindé la porte du rez-de-chaussée avec de la tôle de récupération sur laquelle figurait une publicité pour un lubrifiant automobile.

« Un jour, ça finira mal, répétait-il. Quand je suis au travail, je pense tout le temps à vous deux. Je me dis que, si ça se trouve, quelqu'un est en train d'essayer d'entrer par la porte de derrière et Isa ne l'entend pas. »

David était gêné quand P'pa appelait M'man par son vrai prénom, Isa. Les effusions de son père l'inquiétaient toujours un peu.

La baraque était promise à la démolition, tout le monde le savait dans le quartier, mais M'man se plaisait à répéter que ce vieux pingre de proprio continuerait à la louer jusqu'au moment où les bulldozers enfonceraient le mur de façade. La nuit, des couples de hasard faisaient l'amour, debout, contre la palissade dont les planches se mettaient à grincer. Le lendemain, on découvrait des capotes usagées sur les légumes du jardin, et M'man ne pouvait retenir une grimace.

Dans l'ensemble, ces petits tracas n'altéraient guère l'humeur de David. Il avait fini par s'habituer à la « baraque » comme on s'habitue à un vêtement reprisé dans lequel on se sent à l'aise. Lorsqu'il traversait le jardin, il emportait un couvercle de poubelle en guise de bouclier, au cas où l'un des tarés bronzant sur le toit de l'immeuble d'à-côté viendrait à le bombarder à coups de bouteilles vides. Ces sorties, que pimentait un zeste de danger, l'amusaient.

— Attention, gémissait M'man. Si tu reçois une canette sur la tête ton crâne éclatera.

David se faufilait, le « bouclier » brandi à bout de bras, attendant l'impact. A vrai dire, les grincements de la palissade le gênaient moins que les gémissements qui s'échappaient certaines nuits de la chambre de ses parents. C'était surtout Isa qui geignait. Quand cela se produisait, David savait qu'il ne pourrait pas la regarder dans les yeux pendant au moins quarante-huit heures.

Malgré tout, la baraque avait son charme bien à elle. Un parfum irremplaçable de grenier. Une atmosphère d'épave à la dérive. Combien d'après-midi David avait-il passés dans la cuisine, en compagnie de sa mère, à fabriquer des poisons artisanaux contre les cafards ?

« Aucun de ceux qu'on trouve dans le commerce n'est assez puissant, se plaignait M'man. Il faudrait mettre au point une super-formule, quelque chose de véritablement efficace pour en finir une bonne fois pour toutes avec ces bestioles ! »

David l'avait prise au mot. Sur un bout de toile cirée, il avait commencé à mélanger des poudres insecticides récupérées sur une étagère de l'appentis. Il y avait là de quoi occire les araignées rouges, les fourmis, les doryphores. Le plus sérieusement du monde, il avait dosé les proportions, noté les formules de ces cocktails mortels.

« Celui-là, on l'appellera *le bourreau écarlate* », décrétait-il en montrant à sa mère un pot de yaourt au fond duquel bouillonnait une mixture au parfum effrayant.

Il avait fini par se constituer un laboratoire dont il testait les élixirs sur quelques cafards retenus prisonniers dans un vieil aquarium. Montre en main, il chronométrait ensuite l'agonie des insectes qui, la plupart du temps, ingéraient le poison sans présenter le moindre trouble fonctionnel.

La pâte de Satan, destinée à l'extermination des souris, n'eut pas plus de succès. La farine vénéneuse, dont il suffisait de saupoudrer les toiles d'araignée, fit elle aussi un fiasco. David persévérait pourtant, car il connaissait la répugnance de sa mère pour la vermine. Il avait vu M'man éclater en sanglots en découvrant un cafard sur la savonnette de la salle de bains. Une nuit, elle avait poussé des cris effroyables parce qu'elle avait fini par se persuader qu'une souris était entrée dans son lit et rampait sous les draps.

P'pa, lui, ne levait le sourcil qu'au mot « rat ». Il avait fabriqué des pièges à l'aide de planchettes récupérées à l'atelier, mais les rongeurs trouvaient toujours le moyen de s'emparer des appâts sans se laisser surprendre par le ressort destiné à les étrangler. En dépit de ses multiples tentatives, les rats se moquaient de lui et continuaient à gambader à travers toute la maison. Souvent on les entendait frotter leur crin contre les plinthes et griffer le bas des portes.

« Dès qu'on aura assez d'argent, on fichera le camp, répétait P'pa. Ce qu'il nous faut c'est une maison à la campagne, de l'air pur, des légumes sains. »

Menuisier de profession, il avait dû se résoudre à travailler dans une fabrique de jouets rétro qui produisait des chevaux à bascule, des quilles, des maisons de poupée, alors qu'il aurait souhaité construire des objets *utiles :* des chaises, des tables, des armoires. Cet emploi l'emplissait d'ailleurs d'une honte secrète, et il avait horreur qu'on y fasse allusion devant lui.

Une fois, M'man, mal inspirée, avait demandé à David de courir à l'atelier avec la gamelle que P'pa avait oubliée en partant le matin. Le garçon avait découvert son père au fond d'un hangar tapissé de sciure, penché sur une marionnette aux membres grêles dont il retouchait la frimousse saugrenue.

— C'est joli ! avait-il eu le malheur de s'extasier.

Aussitôt le visage de P'pa avait viré à l'écarlate, et

ses grosses mains s'étaient refermées sur le pantin comme si elles voulaient le broyer. Andy Sarella détestait ce qu'on l'obligeait à faire. Il aurait voulu abattre des arbres à la cognée, les débiter en rondins, construire des ranches, des ponts enjambant des précipices.

« C'est vrai que ton paternel fabrique des jouets en bois ? s'était un jour étonné Billy Shonacker. Mince, il a plutôt une tête à construire des potences ! »

Après avoir prononcé le mot interdit — « joli » — David avait posé la gamelle sur le bord d'un établi et pris la fuite. En sortant, il avait pu se rendre compte que l'atelier tout entier était rempli de géants aux traits renfrognés, dont les mains façonnaient de délicats berceaux de poupée ou des animaux articulés.

« Ce n'est pas un travail d'homme, avait déclaré Andy le soir même, mais c'est le seul que j'aie pu trouver dans cette foutue ville. Aujourd'hui les chaises, les tables, les objets utiles sont fabriqués par des machines, on n'a plus besoin de gens comme moi. Pour que je retrouve ma dignité, il faudrait que je parte à la campagne, loin des cités modernes. »

« David, ton père aurait voulu construire des escaliers, expliquait patiemment Isa. Tu sais que c'est dur de construire un escalier ? Il faut que chaque marche s'emboîte à la perfection. Quand je l'ai connu il dressait des charpentes, c'était le meilleur artisan du village... le plus rapide aussi. »

David aurait aimé savoir sculpter des jouets. Il aurait fabriqué des fortins, et des bateaux. De superbes bateaux à l'ancienne, avec tout leur fouillis de mâts et de voiles, mais jamais il n'osa demander à son père de lui indiquer la marche à suivre.

Lorsqu'il y réfléchissait, il devait s'avouer, toutefois, qu'il avait éprouvé une certaine pitié en découvrant P'pa, penché sur ce pantin inachevé, là-bas, dans cet atelier rempli de sciure blonde. Une pitié mêlée de peur, car il se dégageait de son père une odeur de haine contenue qu'il connaissait bien. L'odeur qui se dégageait de lui avant chacune de ses « explosions nucléaires », quand il balayait la table d'un revers de main et envoyait dinguer la soupière à travers la pièce.

« Mon père ne se conduit jamais comme ça, observait Billy Shonacker. Ce sont des manières de barbare. »

Et David devait chaque fois se retenir de répliquer : « Oui, mais ton père est un *lâche*, pas le mien ! »

*

Ils avaient passé trois ans dans la baraque, trois ans à lutter contre les envahisseurs humains et animaux, contre les cafards mais aussi contre les détraqués qui volaient sur les cordes à linge les petites culottes d'Isa.

Peu de temps avant qu'on vînt à parler de déménagement, David avait mis au point sa fameuse formule *Le sourire du squelette* à base de mort-aux-rats et de poudre à fusil, qui avait failli mettre le feu à la maison en explosant au contact d'une étincelle due à un court-circuit. Cette fois, M'man avait perdu patience et l'avait giflé, ensuite elle avait couru s'enfermer dans sa chambre et avait passé l'après-midi à pleurer tandis que David essayait de nettoyer les dégâts. Trois cafards avaient grillé dans l'incendie, il en fut satisfait, s'interrogea sur l'opportunité d'aller les montrer à sa mère, puis décida de conserver ce triomphe secret.

La fabrique de jouets brûla deux semaines plus tard, et trois ouvriers trouvèrent la mort dans l'incendie. Cette fois, P'pa décida d'interpréter cette catastrophe comme un avertissement du ciel.

— Si nous nous entêtons à rester ici, cette ville aura notre peau ! déclara-t-il en abattant son poing sur la table. Il faut ficher le camp !

La perspective du départ à la « campagne » inquiétait David. La nature était un monde qu'il connaissait au travers des feuilletons télévisés et qui lui semblait, à franchement parler, aussi peu vraisemblable qu'un Disneyland.

« Nous irons cueillir des baies dans la forêt, disait M'man. Des framboises, des mûres, et nous en ferons des confitures, des dizaines de pots dans lesquels tu pourras piocher tout l'hiver. »

A l'annonce de ce programme, David faisait semblant de se réjouir. Il se méfiait des choses qu'on ramasse dans la nature. Chaque année des tas de gens mouraient dans d'horribles souffrances pour avoir cueilli des champignons vénéneux. Billy Shonacker lui avait raconté qu'un de ses oncles avait trouvé la mort de cette façon, en se convulsant sur le parquet et en aspergeant sa famille de jets de bile verdâtre. « Les yeux lui sortaient de la tête et il ne reconnaissait plus personne, détaillait-il. Ensuite il a commencé à se vider par le bas. »

Non, la nature, la campagne, ne se laissait pas docilement dépouiller. Elle s'amusait à tendre des pièges au promeneur naïf, à maquiller un champignon empoisonné en champignon comestible. Cette histoire de confitures maison finirait mal, à coup sûr. David, au contraire des adultes, préférait les produits des supermarchés dont les étiquettes riantes le rassuraient. Dans la compote *O'Granny* par exemple, on avait mis des tas de trucs appelés conservateurs, antioxygène, qui empêchaient la marmelade de pourrir. C'était en quelque sorte des médicaments qui garantissaient la bonne conservation du produit. Dans les machins qu'on fabriquait soi-même, *on ne mettait rien,* et David ne trouvait pas cela très rassurant.

D'ailleurs les légumes que P'pa essayait de faire pousser dans le jardin avaient mauvais goût. Les poireaux restaient jaunes, les pommes de terre étaient grises et plus dures que des cailloux. Quand M'man tentait de les transformer en purée, on avait l'impression de mastiquer du ciment grumeleux.

Mais Andy et Isa étaient nés à la campagne. Ils avaient toujours détesté les grandes villes et rêvaient à leur lieu de naissance comme à un paradis perdu. Cette particularité les immunisait peut-être contre les poisons de la nature ? Sans doute faisaient-ils partie de ces gens qu'un serpent peut mordre sans parvenir à leur causer le moindre préjudice ? David avait vu un documentaire sur une tribu indienne réputée insensible au venin du crotale ; on racontait qu'ils avaient l'habitude de s'en injecter dans les veines des quantités infinitésimales et que ces piqûres artisanales avaient fini par les protéger du mal. Mais lui, Dave, était né au cœur d'une ville, il était un enfant de l'asphalte et de l'oxyde de carbone. Toute cette verdure, toute cette chlorophylle dont on ne cessait de lui parler n'allaient-elles pas l'intoxiquer ?

« Quand on sort un animal de son milieu naturel, il meurt, lui avait déclaré sans ambages Billy Shonacker. C'est certain que les moustiques vont te tomber dessus par milliers, et que tu vas faire trois cent soixante allergies par semaine. Une fois, à la campagne, je me suis endormi à l'ombre d'un buisson ; quand je me suis réveillé, j'étais couvert de boutons. »

P'pa et M'man retournaient dans leur habitat naturel, mais lui, David, partait en exil. Déménager, c'était s'envoler pour une autre planète et, à l'idée de quitter la baraque, son cœur se serrait.

En recensant les valises et les cartons qui devraient servir à emballer les possessions de la famille, il avait trouvé une boîte de biscuits remplie de vieilles photos. Sur l'une d'elles on voyait Andy et Isa se tenant par la taille, souriant à l'objectif. M'man brandissait un moule à gâteau, P'pa un énorme marteau. Derrière eux, on distinguait une banderole qui disait *37e foire agricole de...*

Andy et Isa ne paraissaient pas tellement moins vieux qu'aujourd'hui, mais on sentait en eux quelque chose de... plus lumineux. Ils avaient au fond des yeux une étincelle qui ne brillait plus à présent. On les sentait confiants.

David avait couru montrer la photo à sa mère. Celle-ci avait aussitôt abandonné la vaisselle pour se laisser tomber sur un tabouret. Avec d'infinies précautions, elle avait posé le cliché sur la toile cirée recouvrant la table.

— C'était un an avant ta naissance, murmura-t-elle d'une voix assourdie. Au concours agricole. Ton père avait été proclamé roi du marteau, et moi j'avais gagné le prix de la meilleure pâtissière...

Des explications qui suivirent, David retint que P'pa avait été déclaré vainqueur à un concours de plantage de clous. Il s'agissait pour les candidats en présence d'enfoncer au moyen d'un unique coup de marteau — et sans en tordre un seul — le maximum de clous de charpentier. L'épreuve nécessitait une adresse diabolique et une grande force physique, chacun des clous en question mesurant une dizaine de centimètres. P'pa en avait enfoncé deux cent quarante sans reprendre respiration, laissant loin derrière lui tous les autres concurrents.

— Il était magnifique, expliqua Isa, les yeux perdus dans le vague. Il fallait le voir frapper. Toc ! Toc ! Toc ! Il était beau comme une machine. Son poing s'abattait et les clous disparaissaient au cœur de la poutre de chêne comme s'ils s'enfonçaient dans du beurre.

L'évocation avait laissé David songeur. Il voyait presque le ballet du marteau qui s'abattait en arrachant une étincelle à la tête de chaque clou. M'man, elle, avait confectionné le gâteau le plus délicieux du village grâce à une recette secrète héritée de sa grand-mère.

— Elle surnommait cette tourte « L'attrape-mari », avoua Isa en rougissant. Elle prétendait qu'il s'agissait d'une recette de sorcellerie déguisée, d'une sorte de philtre d'amour. Elle était un peu folle mais tellement gentille. Elle est morte trois mois avant ta naissance.

Quoi qu'il en soit, P'pa avait mangé du gâteau ensorcelé et...

A la suite de cette conversation, David avait conservé la photo. Il la contemplait de temps à autre avec la sensation d'épier deux étrangers en train de s'enlacer dans les buissons. Et il en concevait une honte diffuse. C'est vrai que M'man était jolie sur le morceau de carton écaillé. Jolie et... lumineuse. P'pa avait l'air d'un acteur sympathique pour film de lycéens. Le type décontracté qui sourit tout le temps, même quand il prend un direct en pleine poire. On ne détectait pas encore sur sa figure les rides qui, aujourd'hui, entouraient sa bouche.

Que s'était-il passé en douze ans ? Le départ pour la ville ? La vie, tout simplement ? Le chômage, les boulots de hasard... Peut-être qu'en retournant à la campagne, P'pa et M'man se débarrasseraient de la carapace d'usure qui les recouvrait ?

P'pa installerait un atelier dans l'une des salles de la maison. Quand il ferait beau, il travaillerait dehors. Parfois il s'enfoncerait dans la forêt, une hache sur l'épaule, pour aller abattre un arbre, et David l'accompagnerait. Tous deux, ils s'ouvriraient un chemin dans les broussailles épaisses, comme des explorateurs, traquant l'arbre adéquat, ni trop jeune ni trop vieux. Quand ils l'auraient enfin localisé, P'pa enlèverait sa chemise et commencerait à cogner. Au moment où le tronc ferait entendre le premier craquement annonciateur de chute, David mettrait ses mains en porte-voix et crierait « Timber ! » comme dans les films. Oui, ce serait une belle expédition, une sorte de chasse, de safari. Ensuite on ferait pétarader la tronçonneuse et...

P'pa allait se mettre enfin à fabriquer des trucs qui ne lui feraient pas honte, des choses utiles : des tables, des chaises à la manière paysanne. Les touristes adoraient ce genre de marchandises. Il suffisait de patiner les objets, de les consteller de fausses taches, de les travailler à la vrille pour les vieillir. Quand tout serait prêt, on planterait une pancarte sur le chemin : VENTE DE MEUBLES ANCIENS.

Tout irait mieux à la campagne, P'pa cesserait de donner des coups de poing sur la table, M'man n'éclaterait plus en sanglots sans qu'on sache pourquoi.

« Ouais, avait observé, Billy Shonacker. Mais tu vas sacrément t'emmerder. Pas de ciné, pas de parc d'attractions, pas de magasins de CD ou de vidéos. Tu seras forcé de t'habiller comme un bouseux. Tu finiras même par prendre leur foutu accent. Woouuhaaa ! L'angoisse ! »

A ce souvenir, David haussait les épaules. De toute manière, il avait toujours vécu dans l'austérité. P'pa détestait le cinéma et la télévision. Il ne tolérait guère que la radio, parce que les chansons l'aidaient à travailler et à soutenir la cadence. Souvent, en maniant le rabot, il reprenait le refrain d'un air à la mode d'une curieuse voix monocorde, atonale, qui paraissait sortir d'un ordinateur.

M'man ne s'était jamais rebellée contre cette vie sans distractions. Souris grise et docile, elle se métamorphosait une fois par semaine, le dimanche, pour se rendre à la messe. Alors seulement elle quittait ses habits de souillon — ses « vêtements de cochon », comme elle avait l'habitude de les surnommer — et sortait d'une valise un tailleur bleu ciel qu'accompagnaient un petit béret à voilette et des gants de coton blanc. Elle se préparait longuement, se lavant, se coiffant, se poudrant, avant de passer ses vêtements de cérémonie. Quand elle quittait enfin la chambre, sanglée dans son tailleur bleu, elle avait l'air d'une étrangère, et David se sentait chaque fois un peu intimidé. Sa bible de jeune fille à la main, elle prenait le chemin de *Church Avenu*e sans jamais insister pour qu'on l'accompagne. P'pa désapprouvait ce qu'il qualifiait de « mômeries », et avait formellement interdit à sa femme d'y mêler leur fils.

« Y a pas de paradis, grommelait-il quand il avait bu. Y a que l'enfer, partout. Faut s'y tailler une place à coups de poing, marcher sur les autres avant qu'ils ne te marchent dessus. »

Chaque dimanche, M'man s'éloignait sans se retourner, mince et séduisante dans son tailleur démodé qui la faisait ressembler à une hôtesse de l'air des années cinquante. David aurait aimé la suivre. Pas pour assister à la messe, qu'il soupçonnait au demeurant fort ennuyeuse, mais pour donner la main à cette étrangère presque belle qui laissait derrière elle un sillage d'eau de Cologne. Il aurait aimé que Billy Shonacker le voie, marchant à côté de cette femme encore jeune dont la poudre masquait soudain les flétrissures.

A la campagne, M'man n'aurait plus besoin de poudre pour retrouver sa jeunesse. Les vitamines lui redonneraient tout l'éclat de ses vingt ans. Oui, les merveilleuses vitamines dont parlaient les livres et les journaux. Elle croquerait des pommes, des fruits, à belles dents, et sa peau deviendrait rose et lisse. A la campagne, on n'avait plus besoin de produits de beauté, la beauté venait toute seule, avec le jus des tomates. L'air, le vent, eux-mêmes étaient chargés de vitamines.

Oui, le déménagement serait bénéfique aux parents, les tirerait de l'ornière où ils croupissaient depuis leur installation dans la baraque. Qu'avait-il à perdre, lui, David, dans ce changement ? Ses copains ? A part Billy Shonacker il n'avait réussi à se lier avec personne. D'ailleurs Billy lui-même ne s'intéressait réellement qu'à ses collections de bêtes séchées. Il ne voyait en David qu'un spectateur docile, un public propre à s'extasier devant ses dernières trouvailles. Billy l'oublierait dès qu'il aurait tourné les talons, David ne se faisait guère d'illusions à ce sujet.

*

Les préparatifs du déménagement débutèrent sitôt le bail signé.

— Il faut faire un tri, décida P'pa. Nous n'emporterons que le strict nécessaire, j'aime autant recommencer de zéro.

Ils vidèrent armoires et commodes, pour entasser les vêtements dans des boîtes en carton ramenées du supermarché voisin.

— Fais attention aux cafards, supplia M'man. Essayons de ne pas les emmener avec nous, ils nous ont pourri la vie pendant assez longtemps.

David, pour l'occasion, fut promu inspecteur de l'émigration. Il était chargé de vérifier qu'aucun insecte ne se glissait dans les plis des vêtements, puis de fermer les cartons au moyen d'un rouleau de bande adhésive pour empêcher toute intrusion.

— Ils sont étanches, M'man, triompha-t-il chaque fois qu'il finissait de scotcher une nouvelle bordée de colis.

P'pa avait décidé d'abandonner les meubles vermoulus. Il n'avait plus assez d'argent pour payer la location d'un camion de déménagement, et il expliqua qu'il faudrait se contenter du break familial pour assurer le transport de leurs affaires jusqu'à la nouvelle maison.

— Nous ferons plusieurs voyages, dit-il. De toute façon, il est évident que nous devrons nous contenter des objets de première utilité, c'est compris ?

En disant cela, il faisait allusion aux piles d'illustrés qui s'entassaient de part et d'autre du lit de David, et aux magazines féminins que M'man feuilletait le soir, assise dans un coin du vieux canapé.

— David, insista P'pa, tu as pigé ? Je ne veux pas

voir tes saloperies de maquettes en plastique, et ce planeur déglingué que tu as cloué au-dessus de ton lit !

David approuva furtivement. C'était bien ce qu'il avait redouté : le déménagement prenait peu à peu l'allure d'un exode, d'une fuite, au cours de laquelle on abandonne ses possessions, ses souvenirs. Dans les films de guerre, les choses se passaient toujours ainsi. Il fut décidé qu'on brûlerait au milieu du jardin tout ce qu'on ne pourrait pas emporter. P'pa entreprit aussitôt de briser les buffets et les commodes avec une jubilation hargneuse. Les morceaux de bois vinrent constituer un bûcher que David se vit contraint d'alimenter avec ses illustrés.

— Tu peux en garder quelques-uns, lui chuchota sa mère en le voyant contempler d'un œil navré la série complète des aventures du *Docteur Squelette* (vingt-cinq fascicules presque neufs échangés contre une photo dédicacée d'un chanteur !) Mais ne le dis pas à ton père.

David toutefois ne regretta plus rien quand P'pa mit le feu à la montagne hétéroclite qui occupait maintenant le centre du jardin. Une fumée noire s'éleva entre les deux immeubles, submergeant les voyous postés sur les toits. Un concert d'obscénités salua cette initiative, et des bouteilles vides se mirent à pleuvoir dans l'étroit carré du jardin, contraignant la famille à chercher refuge à l'intérieur de la maison.

— C'est fini, souffla P'pa en se frottant les mains, maintenant on recommence de zéro. On change de peau.

Le matin du départ, David se rendit chez Billy Shonacker pour lui faire ses adieux. Le déménagement coïncidait avec le début des vacances d'été, ce qui assurait au moins à David le soulagement de ne pas débarquer dans une école inconnue en cours d'année.

Billy le reçut dans sa chambre, au milieu des boîtes de carton numérotées contenant les divers spécimens de sa collection. Sur le rebord de la fenêtre séchait une étoile de mer qui, pour l'heure, dégageait une odeur de putréfaction avancée.

— Le seul intérêt de la campagne, observa Billy, c'est qu'on peut s'y procurer des tas d'animaux gratuitement.

Il parut réfléchir, puis ajouta :

— Ce qui serait bien, ce serait que tu me mettes de côté toutes les bestioles un peu bizarres qui te tomberont sous la main... Pour ma collection.

Il disait cela en l'air, pour donner à David l'illusion qu'ils allaient se revoir d'ici quelque temps, mais David savait qu'il n'en serait rien. Les déménagements vous séparaient des copains aussi sûrement que la mort. On s'écrivait durant un mois ou deux, puis les lettres s'espaçaient. On ne savait plus trop quoi se dire. On finissait par oublier. Dave avait déjà subi deux ou trois déménagements avant d'échouer dans la baraque ; il était plus jeune alors, mais il avait gardé le souvenir poignant d'amitiés déchirées, de séparations insupportables. Depuis, il prenait garde de ne pas trop s'attacher.

Billy cligna de l'œil.

— Allez, fais pas cette gueule, lâcha-t-il en guise de consolation, je suis sûr que tu vas te marrer. A la campagne les filles sont vachement baiseuses, c'est la nature qui les excite. T'auras perdu ton pucelage avant l'automne, hé ! veinard !

P'pa fit deux voyages pour charrier les cartons de vêtements et les ustensiles de cuisine. Chaque fois qu'il revenait, la voiture était plus couverte de boue qu'un char d'assaut au lendemain des grandes manœuvres. La baraque se vidait. Dans les pièces sans mobilier, les voix résonnaient étrangement.

— Mais là-bas, tu as croisé des gens ? demanda M'man. Tu as pu parler à des voisins ?

— Non, avoua P'pa. J'ai été trop pressé. Une fois installés, on aura tout le temps de faire connaissance.

— Ça n'a pas l'air très vivant, objecta M'man. Et si c'était une ville fantôme ? S'il n'y avait plus que des vieux...

P'pa essayait de la rassurer de son mieux et lui entourait les épaules de son bras noueux.

— Allons, souffla-t-il. Ne te fais pas de bile. Cette maison c'est un château et tu en seras la reine.

Le jour du départ, la voiture était si chargée que la carrosserie râclait presque l'asphalte. David se força à ne pas regarder en arrière lorsqu'ils tournèrent au coin de la rue. Au moment où ils quittaient les faubourgs, il se demanda ce qu'était devenu le cadavre du chien à la tête éclatée, et si sa carcasse avait commencé à sécher au soleil.

En voilà un beau spécimen pour ce crétin de Billy

Shonacker, pensa-t-il en se mordant les lèvres. *J'essaierai de le lui mettre de côté... du moins si je trouve une boîte d'allumettes assez grande pour ça.*

Au même instant, P'pa se mit à chanter, et le poids qui bloquait la poitrine de David s'allégea.

Une nouvelle vie. Ils allaient vers une nouvelle vie.

P'pa et M'man allaient changer de peau, tout serait comme avant, comme du temps des concours de gâteaux et de plantage de clous, comme sur les vieilles photos oubliées au fond des boîtes à biscuits. Mieux, plus brillant. Lumineux.

4

Lorsqu'ils arrivèrent à la maison, le soleil n'était pas au rendez-vous comme la première fois. Il faisait sombre et le vent, agitant les feuilles des arbres, produisait un bruit continu évoquant le mugissement d'une mer démontée.

Bien qu'on fût au milieu de la journée, il faisait presque noir à l'intérieur de la bâtisse. Ils essayèrent d'actionner les interrupteurs ; les lustres refusèrent de s'allumer ; il fallut recourir aux vieilles lampes à pétrole, emportées à tout hasard.

Ils entassèrent leurs affaires dans la grande salle dont les lampes-tempête n'arrivaient même pas à éclairer les recoins. Quand le déchargement fut effectué, ils entreprirent de faire le tour de la propriété... et réalisèrent qu'ils ne reconnaissaient plus rien.

— Dans mon souvenir, la chambre était à gauche, hasarda M'man. Et il n'y avait pas de couloir à cet endroit...

P'pa se grattait la tête, perplexe.

— Je ne sais plus, avoua-t-il. C'est tellement grand.

— Je suis sûre que nous sommes passés devant cette porte sans nous en apercevoir, insista M'man.

— C'est vrai qu'on n'y voit pas très bien, ici. J'espère que les coupures de courant ne sont pas trop fréquentes, sinon il va falloir faire provision de bougies !

David avait mis sa main dans celle de sa mère. Bien sûr, il ne se serait pas laissé pareillement aller devant Billy Shonacker, mais ici personne ne pouvait le voir, n'est-ce pas ?

Personne, vraiment ?

P'pa dut donner un coup d'épaule dans une porte pour la forcer à s'ouvrir. De l'autre côté s'étendaient trois ou quatre pièces encombrées de meubles dépareillés, anciens. Dans une chambre, ils découvrirent même un lit aux draps froissés, et une chaise sur le dossier de laquelle pendait encore un vêtement. Isa fit la grimace.

— C'est désagréable, fit-elle. J'ai l'impression d'être une intruse. A qui appartiennent ces choses ?

— Les précédents locataires les ont sûrement abandonnées, risqua P'pa. Ou alors il s'agit d'une succession dont personne n'a daigné s'occuper.

Cela leur était déjà arrivé une fois, David s'en souvenait. Ils avaient emménagé dans l'appartement d'une vieille femme morte peu de temps auparavant. Les placards étaient encore pleins de ses vêtements. Dans le garde-manger on avait même déniché un reste de ragoût dans une boîte en plastique. M'man avait tout entassé dans un sac poubelle et passé l'appartement à l'eau de Javel.

Ils demeuraient immobiles au pied du lit, un peu abasourdis, P'pa brandissant la lampe à bout de bras, soudain gauche.

— Ça fait une drôle d'impression, répéta M'man en baissant la voix.

David, lui aussi, se sentait emprunté.

Il n'osait tendre la main pour toucher aux choses qui l'entouraient. Les précédents locataires allaient-ils revenir pour récupérer leurs biens ? S'insurgeraient-ils contre les traces de doigts laissées sur la poussière ?

P'pa s'ébroua, mettant fin au sentiment d'oppression qui gagnait la famille.

— Et si on pique-niquait ? lança-t-il d'un ton faussement enjoué. Bon sang ! Il faut prendre des forces avant de déballer les paquets !

Ils battirent en retraite, trop rapidement peut-être, et M'man saisit au passage le panier contenant les sandwiches préparés le matin. Ils sortirent de la maison et s'installèrent à l'une des tables de bois dont les pieds avaient été fichés dans le sol. David remarqua que les légions de touristes qui les avaient précédés à cet endroit s'étaient appliquées à laisser partout leurs marques. Le bois de la table était constellé d'inscriptions taillées au couteau. Les yeux plissés, l'enfant déchiffra des noms et des dates qui s'étiraient sur les planches comme autant de blessures mal cicatrisées :

Trevor et Mary étaient ici
25 août 1959
A Jane pour la vie...

Il y avait aussi des cœurs traversés de flèches mais, dans l'ensemble, les inscriptions étaient anciennes. Il était manifeste que les touristes ne venaient plus ici depuis longtemps. La date la plus récente remontait à 1962. Le vent se leva, renversant les gobelets d'orangeade à moitié vides. Le ciel était presque noir à présent et le bruissement de la forêt insupportable.

— Un orage se prépare, dit M'man en levant les yeux. On ferait mieux de rentrer.

— Laisse tomber, fit P'pa avec agacement. L'eau nous lavera des saloperies de la ville. Ce sera comme un baptême. Le baptême de la nature.

Il mordait dans ses sandwiches en montrant les dents, pour prouver que l'air de la campagne lui avait ouvert l'appétit. David en fit autant, mais le pain gras tassait une boule élastique au fond de son estomac. Les arbres agitaient leurs branches comme des soldats entrechoquent leurs armes au-dessus de leur tête pour effrayer l'ennemi. Si l'on faisait exception du chemin serpentant au flanc de la colline, ils encerclaient la maison.

S'ils continuent de pousser, pensa David, *ils empiéteront sur la route, ils boucleront le cercle et nous serons coupés du monde.*

— Qu'est-ce que tu marmonnes ? grogna son père.

— Rien, mentit David. C'est les arbres. Ils ont l'air vieux.

Tandis qu'il feignait un enthousiasme admiratif, son regard rampait au ras de l'herbe, localisant les racines. Est-ce qu'elles bougeaient parfois, lorsqu'on cessait de les regarder ? Immédiatement, il s'en voulut de cette pensée idiote, mais surprit les yeux de M'man, tournés dans la même direction, et fut certain qu'elle se demandait la même chose. Une bourrasque se leva ; cette fois, la bouteille d'orangeade bascula sur le pantalon de P'pa.

M'man se redressa et entassa pêle-mêle dans le panier les assiettes de carton et les pots de condiments. D'une main, elle retenait sa jupe que le vent essayait de soulever avec un entêtement féroce.

— Allons, au boulot, encouragea P'pa. Expédions la corvée du déballage.

Ils rentrèrent dans la maison où régnait désormais une nuit épaisse et commencèrent à défaire les paquets. Ils ne parlaient pas ; seuls les bruits de la vaisselle entrechoquée peuplaient le silence. A un moment P'pa entonna une chanson, mais sa voix résonna si bizarrement dans la salle vide qu'il se tut.

— David, dit M'man, rends-toi utile, va débarrasser l'une des armoires que nous avons vues tout à l'heure. Il faut bien que je pende nos vêtements quelque part.

David comprit que sa mère répugnait à cette besogne. Sous l'ordre se cachait une supplication muette. Il hocha la tête et remonta le couloir pour tenter de localiser cette partie de la maison qu'encombrait encore le mobilier des précédents locataires. Une fois dans la pièce, il fut de nouveau saisi par la sensation de malaise qui l'avait assailli tout à l'heure. Les armoires énormes, noires, le dominaient comme des tours. Le lit aux draps froissés l'hypnotisait. Il s'en approcha. En se penchant, on distinguait des poils sur les draps, et des cheveux sur l'oreiller. L'étoffe dégageait une odeur de sueur animale que le temps n'avait pas réussi à dissiper. La veste posée sur la chaise était d'une coupe ancienne, mais cela ne voulait pas dire grand-chose, les paysans s'habillaient souvent avec des vêtements démodés.

David lutta contre l'envie qui lui venait de plonger les doigts dans les poches de la vareuse. Pourquoi hésitait-il ? Personne ne pouvait le voir. Il tendit la main, risqua deux doigts dans la poche gauche. Et si une araignée en sortait ? Une araignée ou un rat ? Il recula, heurta l'angle de l'armoire. L'une des portes du meuble s'ouvrit sous le choc, dévoilant une rangée d'étagères couvertes de vêtements entassés en vrac. La plupart étaient déchirés aux coutures et n'avaient plus de boutons. *Ils empestaient la sueur*. David les jeta sur le sol en les saisissant entre le pouce et l'index.

Dans le bas du meuble, il découvrit des livres d'enfants. Les aventures de Timmy au zoo, à la plage ou à la montagne. Une série de petits albums aux pages lavables, qu'il avait lui-même feuilletés quand il était plus jeune. Il y avait aussi des crayons de couleurs et des cahiers de dessins couverts de gribouillis d'enfant. Sur la première page, le gosse avait dessiné une maison entourée d'arbres et un magnifique soleil. Il y avait aussi quelque chose qui ressemblait à une voiture et des paquets qu'un bonhomme aux membres approximatifs semblait occupé à décharger.

Ce dessin était répété un grand nombre de fois mais, au fur et à mesure qu'on avançait, le soleil devenait plus petit, les arbres plus grands. L'intérieur de la maison était figuré par une sorte de labyrinthe noirâtre aux enchevêtrements oppressants. Sur les dernières pages du cahier s'étalait une sorte de bonhomme noir ou d'animal dressé sur ses pattes de derrière, et dont la tête s'ornait d'yeux rouges. L'auteur des dessins avait gribouillé ces esquisses avec tant de force qu'il avait crevé le papier.

David rejeta le cahier au fond de l'armoire. Des barbouillages de gamin ! Il aurait voulu mettre la main sur quelque chose de plus intéressant. Des petits soldats, par exemple. Ou un vaisseau interstellaire. Un casque de cosmonaute... Il rêvait d'un casque de cosmonaute.

Il haussa les épaules et retourna dans la grande salle où ses parents s'agitaient mécaniquement, le visage luisant de transpiration. Il leur dit qu'il avait débarrassé l'armoire, mais personne ne fit attention à lui.

P'pa avait ôté son tee-shirt pour manipuler les caisses, et des rigoles de sueur coulaient le long de ses flancs. M'man, elle, avait retroussé sa robe en haut de ses cuisses, pour s'agenouiller à son aise. Et d'où il se tenait David pouvait distinguer le triangle blanc de sa culotte. Il détourna la tête.

— Je peux vous aider ? risqua-t-il, mais encore une fois personne ne parut l'entendre.

Andy et Isa respiraient lourdement en dégageant une odeur d'adulte faite de tabac et d'aisselle moite, de bière et de déodorant bon marché.

— Je vais faire l'inventaire des meubles, proposa David. Et aussi un plan. Il en faudra un si on ne veut pas se perdre.

Après une seconde d'hésitation, il ajouta :

— Et je vais choisir ma chambre.

C'était un peu une provocation lancée à dessein, mais P'pa ne parut pas la remarquer. M'man alignait des tasses à café sur le sol en les comptant à voix basse. La sueur avait collé des mèches de cheveux sur ses joues. Chaque fois qu'elle arrivait au bout d'une rangée, elle recommençait aussitôt, pour vérifier qu'elle ne s'était pas trompée. David se demanda pourquoi elle s'inquiétait tant du nombre de tasses, de toute manière ils ne recevaient jamais personne ! Il préféra s'éloigner. La lumière de la lampe-tempête faisait danser des ombres difformes sur les murs et creusait désagréablement les traits de M'man. Soudain elle avait l'air plus vieille, différente,... *étrangère.*

David se jeta dans le premier couloir venu, une torche électrique au poing. Jadis, dans la baraque, il avait désiré de toutes ses forces une chambre située aux antipodes de celle des parents. Pour être tranquille, bien sûr, pour pouvoir écouter la radio ou lire en paix, bien calé contre ses oreillers, mais aussi pour ne plus entendre leurs disputes... ou les gémissements qu'ils émettaient parfois au milieu de la nuit. Aujourd'hui que cela devenait réalisable, David n'était plus très sûr de son désir de solitude. Les couloirs lui semblaient longs, nombreux ou trop tortueux. Bon sang ! On avait envie de tracer des repères à la craie sur les murs, et de planter des panneaux indicateurs à chaque carrefour. « Pour la cuisine, direction nord/nord-ouest. Pour la salle de bains,... »

Mais y avait-il seulement une salle de bains ?

En jetant un coup d'œil à sa montre-boussole, il s'aperçut que le temps avait filé avec une étonnante rapidité, et qu'à l'extérieur la nuit était probablement en train de tomber. Tout se passait comme s'il était resté des heures à feuilleter le cahier de coloriage et à faire l'inventaire de l'armoire, alors que ces actions ne lui avaient paru prendre qu'une dizaine de minutes. Cette constatation le troubla et il revint sur ses pas. S'était-il assoupi sans en avoir conscience ?

Dans la salle, P'pa et M'man dormaient, allongés à même le sol. Andy la face contre terre, Isa sur le dos. Ils paraissaient souffrir de la chaleur et transpiraient. M'man avait déboutonné le haut de sa robe, de la sueur coulait entre ses seins. Elle respirait vite, la bouche ouverte, comme quelqu'un qui a la fièvre. David s'agenouilla pour la toucher. Sa peau était brûlante, ses globes oculaires s'agitaient sous ses paupières closes. P'pa gémissait en grinçant des dents. De temps à autre, ses ongles griffaient le dallage avec un bruit de craie dérapant à la surface d'un tableau noir.

Ils sont malades, pensa David. *Empoisonnés. Ils ont mangé quelque chose de vénéneux... Des fruits, peut-être. Des baies cueillies dans les buissons entourant la maison. Je le savais... La nature est dangereuse.*

Il connut un moment de panique, puis se raisonna. Ses parents n'étaient pas malades, ils dormaient, tout simplement. Victimes de la fatigue, de l'effet conjugué de la bière et de la chaleur orageuse.

L'ennui c'est que lui, David, avait plutôt froid entre les murs gris, et que la grande pièce lui semblait aussi peu tropicale qu'un réfrigérateur. Perplexe, il alla chercher un pull dans le tas de vêtements extraits des colis. Malgré tous ses efforts, il ne put localiser aucune boîte de bière vide sur le sol. Si son père dormait en ce moment, ce n'était pas du sommeil de l'ivresse. Il fut tenté de le secouer mais renonça aussitôt. Pour se réchauffer, il entreprit d'amener dans la salle les caisses qui encombraient encore le couloir. Il s'était préparé à les traîner sur le sol, il découvrit avec stupeur qu'il pouvait les soulever sans peine, comme si leur poids s'était mystérieusement allégé.

Cool ! souffla-t-il. *C'est l'effet des vitamines. Te voilà devenu plus fort que ce vieux Superman !*

Il blaguait pour endiguer son trouble, mais il voyait ses mains se saisir sans aucune peine de la caisse marquée OUTILLAGE, et la soulever comme si elle était vide. Or *elle était pleine.* On entendait cliqueter à l'intérieur les outils de P'pa, tous ces trucs de métal — les ciseaux, les rabots, les marteaux,... — qui pesaient une tonne.

Le cerveau engourdi, David avançait comme dans un rêve, la caisse calée sur la poitrine. Il lui semblait qu'il aurait pu, sans beaucoup d'effort, charger le break familial sur son épaule et s'en aller en sifflotant, déménageur surdoué capable de jongler avec dix pianos.

Je suis en train de perdre la boule, constata-t-il avec un rire nerveux. *Il y avait du LSD dans les sandwiches au thon. Je suis en plein trip hallucinatoire, comme disent les journalistes. C'est le pied, Dave, le pied !*

Il avait entendu parler d'une histoire analogue, deux ans auparavant. Un malade s'amusait à injecter de l'acide lysergique dans les cakes aux fruits des supermarchés. Des gosses étaient devenus dingues et il avait fallu les enfermer chez les fous en attendant que leur cerveau veuille bien arrêter de faire des bulles. C'était le même truc qui recommençait. M'man avait acheté du poisson drogué sans s'en rendre compte et...

Il charria une nouvelle caisse. Il avait l'impression de peser beaucoup moins lourd qu'à l'accoutumée. Son corps était une plume ; d'un simple coup de talon il aurait pu bondir au plafond. Il se sentait dans la peau d'un cosmonaute foulant le sol d'une planète à faible gravité. On racontait que sur la lune un simple bond vous propulsait dix mètres en l'air et qu'il fallait bouger avec beaucoup de prudence si on ne voulait pas s'envoler.

Il étendit les bras. Quelque chose le portait, l'attirait vers le haut. Ses mains ne pesaient plus rien, il était aussi léger qu'un oiseau.

Il dérivait à travers la maison obscure. Soudain il fut dans la pièce encombrée de meubles. Une seconde, il eut l'illusion que la veste oubliée flottait au-dessus de la chaise, que les pieds de la lourde armoire ne touchaient plus le sol. Cela dura le temps d'un clignement de paupières, mais il ne put se départir de la certitude d'avoir bel et bien aperçu les pieds de l'armoire immobilisés à deux ou trois centimètres *au-dessus* du carrelage. Il ferma les yeux, les rouvrit. L'armoire reposait de nouveau par terre...

Il suffirait d'une pichenette pour la faire s'envoler, lui chuchota une voix intérieure. *Vas-y ! Bouscule-la un peu et tu la verras monter au plafond comme un ballon de baudruche.*

Toutefois, il demeura immobile, les bras collés le long du corps, ne voulant rien tenter qui l'aurait fait basculer dans la folie. Il respirait avec peine, son cœur cognait à ses tempes. La peur et l'euphorie se partageaient son esprit.

Tout cela n'était qu'un rêve. En ce moment, il dormait dans la grande salle, avec ses parents, écrasé de fatigue, la tête calée contre une caisse de vaisselle. Et soudain il eut une illumination. Ce vieux crétin de Billy Shonacker l'avait pourtant prévenu ! Comment avait-il pu oublier ? C'était l'oxygène ! L'oxygène de l'air qui lui bousculait les neurones. Il n'était pas habitué à une telle pureté, à un tel manque de pollution. Son organisme accoutumé à l'oxyde de carbone et aux goudrons des usines réagissait mal, s'emballait, tournait à la machine folle. Les pilotes de chasse connaissaient bien ce phénomène, cette ivresse de l'altitude qui leur faisait perdre la boule. Il ne fallait pas s'inquiéter, tout rentrerait dans l'ordre dès que son organisme aurait franchi le cap de la cure de désintoxication, dès que les poisons de la cité auraient quitté ses veines.

Il s'assit prudemment sur la chaise. La lampe s'était éteinte dans sa main, et pourtant il régnait dans l'enceinte de la chambre une clarté dont il ne parvenait pas à déterminer l'origine. Il leva la tête vers l'étroite fenêtre. Dehors il faisait nuit noire. Normalement, la pièce dépourvue d'électricité aurait dû se trouver plongée dans les ténèbres. Or David distinguait les objets qui l'entouraient dans une sorte de halo verdâtre, évoquant ces phénomènes de phosphorescence naturelle qu'on observe dans certaines cavernes.

Il plissa les yeux, décidé à ne plus s'étonner de rien. Quelque chose scintillait à la tête du lit, une lézarde de lumière verte, un zigzag inscrit sur le papier peint tel le signe de Zorro. David quitta la chaise. Il lui fallait maintenant grimper sur le lit, et la chose lui répugnait. Au moment où il posait un genou sur la couche, il fut submergé par un remugle de fauverie. Une puanteur de paille imbibée d'urine qui lui rappela une visite au zoo, et la cage de ce tigre devant laquelle il avait tenu à s'arrêter. Il avait été suffoqué par la même odeur. Sciure et paille imbibées de pissat. Et aussi le relent puissant, insupportable, de la merde de carnivore gavé de viande crue. Ici, il n'y avait pas de bête ; seulement le matelas, un matelas de crin sur lequel, des années durant, s'étaient vautrés des corps mal lavés.

Il rampa sur les draps raides, vers la tête du lit. Au-dessus de l'oreiller, la lézarde flamboyait, irréelle.

Il s'agissait en fait d'une déchirure du papier peint, d'un accroc bâillant sur la muraille. Entre les lèvres de la plaie, on pouvait palper la surface rêche de la pierre, et c'était cette pierre même qui brillait, illuminant la pièce d'une lueur de ver luisant.

Interloqué, David souleva un peu plus le papier, déchirant la tapisserie aux grosses fleurs naïves. Sous le revêtement jauni, les pierres du mur scintillaient, éclairées de l'intérieur. Cette luminescence embrasait la chambre d'un éclat aquatique inexplicable.

Il s'agissait peut-être d'une moisissure, d'un phénomène de radio-activité ? On prétend que le radium brille dans le noir... *Certains lichens ont la propriété de...*

L'esprit de David puisait au hasard, brassant souvenirs de lectures et images documentaires. Car il existait bien une explication, n'est-ce pas ?

Alors qu'il allait battre en retraite, ses doigts effleurèrent le trou poudreux d'un cratère juste au-dessus de l'oreiller. Quelque chose de dur et de froid occupait le centre de l'impact. David gratta du bout des ongles, puis sortit son canif dont il déplia la grande lame. Au bout d'une minute il réussit à dégager du mur une bille de métal aplatie. Une balle. Une balle qui brillait au creux de sa paume. Mais cela n'avait rien d'étonnant puisque la maison avait été le théâtre de combats entre Indiens et colons. Ce n'était qu'une balle parmi tant d'autres. Un vestige sans grande importance. Déçu, David referma le poing sur son trophée. La lumière verte sourdant des déchirures de la tapisserie palpitait sur un rythme hypnotique. L'enfant s'éloigna à reculons.

Si tu passais devant un miroir, pensa-t-il, *tu apercevrais ton squelette au travers de ta viande, comme à la radiographie.*

Dans le couloir, la phosphorescence filtrait des déchirures de la tapisserie. A certains endroits la lumière palpitait avec l'ardeur d'une coulée de métal en fusion. David réalisa qu'il ne sentait plus le bout de ses doigts. Partout où sa chair avait effleuré la muraille, les terminaisons nerveuses étaient anesthésiées. Il se mordit l'index sans parvenir à éprouver la moindre douleur. Sa chair était comme du bois, insensible et glacée. D'ailleurs il grelottait.

Titubant, il regagna la grande salle. Ici, la lumière de la lampe-tempête ne permettait pas de distinguer les effets de la phosphorescence, mais la gravité s'était encore allégée depuis tout à l'heure. Des tasses et des soucoupes de fine porcelaine dérivaient à quelques centimètres au-dessus du sol, poussées par les courants d'air sinuant sous les portes.

P'pa et M'man dormaient toujours, abîmés dans un sommeil cataleptique. Ils transpiraient d'abondance et avaient tenté de se dépouiller de leurs vêtements comme si ces derniers les empêchaient de respirer. M'man avait rabattu le haut de sa robe sur ses hanches et dégrafé son soutien-gorge qui flottait doucement au-dessus de son torse. David se frotta le visage. S'il ne voulait pas mourir gelé il devait se procurer une couverture.

D'un effleurement il déplaça une énorme malle remplie à ras bord. Le poids du bagage était presque nul. Le couvercle à peine rabattu, des draps et des serviettes s'en échappèrent tels des oiseaux captifs et se mirent à flotter à hauteur d'homme. Mais David n'avait plus le temps de s'étonner de ces prodiges.

S'enveloppant dans un plaid écossais, il prit le chemin de la sortie. Lorsque ses pieds touchèrent enfin l'herbe du seuil, l'étrange sensation de flottement se dissipa, et tout le poids de son corps lui retomba sur les épaules. L'effet fut si brutal qu'il faillit plier les genoux, comme si on venait de lui accrocher aux omoplates un sac rempli de pierres. Dehors, il faisait chaud, lourd. Les étoiles brillaient dans le ciel pur. La lumière de la lune jetait sur la clairière un halo qui teignait en noir les feuilles des arbres.

David se traîna jusqu'à la table de bois sur laquelle ils avaient tenté de pique-niquer quelques heures plus tôt et se laissa choir sur le banc. La fraîcheur de l'herbe mouillée traversait la toile de ses tennis.

Il ne s'est rien passé, se répétait-il. *C'était juste un moment de fatigue. Il va falloir oublier tout ça et n'en parler à personne si tu ne veux pas finir chez les dingues. C'est juste à cause de l'oxygène. Billy Shonacker t'avait prévenu, un intoxiqué des villes ne trouve pas sa place à la campagne en deux temps trois mouvements. Va falloir t'habituer et prendre patience. Peu à peu tu guériras, oui, tu guériras...*

Respirant à petits coups, il posa sa tête sur ses bras repliés. Cinq minutes plus tard, il dormait.

5

Ce fut la poigne de P'pa, lui secouant l'épaule, qui le tira du sommeil. Il faisait jour, une petite brume de chaleur flottait au ras du sol, lui couvrant les pieds.

— Mon Dieu ! gémit M'man, il a dormi dehors. Regarde, Andy, la couverture est trempée de rosée.

— C'est pas plus mal qu'il s'endurcisse, rigola P'pa. Alors, soldat, tu montais la garde ?

David se redressa. Des courbatures lui raidissaient les bras, les épaules, et il avait mal aux fesses d'être resté si longtemps sur le banc. P'pa lui ébouriffa les cheveux. Il paraissait de bonne humeur. Il marcha vers la forêt en inspirant à pleins poumons, comme les sportifs à la télévision. Immobile, face aux arbres, il se frappa la poitrine des deux poings, à la manière des gorilles, et modula une imitation du cri de Tarzan.

— Arrêtez de faire les clowns, protesta M'man. Et toi, Dave, va te changer, tes vêtements sont humides, tu vas attraper la mort.

David prit le chemin de la maison. Il se sentait cotonneux, la tête emplie de brouillard. Plus perclus qu'une sentinelle au terme d'une nuit de veille forcée. En pénétrant dans la grande salle, il réprima un réflexe d'appréhension, mais tout était en ordre. Aucune armoire ne lévitait au-dessus du sol. Les tasses et les soucoupes reposaient sur le dallage, alignées comme à la parade. Il se dépouilla de ses vêtements, éternua, et se dépêcha d'enfiler un sweat-shirt sec.

J'ai eu un moment d'égarement, pensa-t-il en inspectant le décor du coin de l'œil.

Un moment d'égarement... c'était généralement ce que disaient les types dans les journaux, après avoir vidé leur calibre 12 sur l'inspecteur des impôts.

A l'école, David avait connu des gosses qui se défonçaient à la colle, comme Perdito Pérez qui sniffait une saloperie de décapant dans un sac en papier reconverti en inhalateur. Parfois, Perdito perdait la boule, il avait des hallucinations. Il prétendait que le squelette pendu dans un coin de la salle de sciences naturelles lui faisait des signes et claquait des mâchoires de façon menaçante. Un jour, il avait tenté de griller une grenouille au-dessus d'un bec Bunsen. *Une grenouille vivante...*

Dans sa classe, on murmurait que les vapeurs du dissolvant étaient en train de lui ramollir le cerveau, et qu'avant peu on l'enfermerait chez les dingues. David, lui, n'avait jamais donné dans ce genre de truc ; par conséquent, il s'expliquait mal les images saugrenues qui l'avaient assailli au cours de la nuit. Peut-être provenaient-elles de sa trop grande imagination ? Il avait lu, quelque part, que les artistes étaient sujets aux hallucinations. Il avait entendu parler d'Edgar Poe et de son corbeau Nevermore, de cet auteur français, Maupassant, qui rencontrait son double à chaque coin de rue.

Peut-être était-il comme eux, victime de la « malédiction du génie » ?

D'ailleurs la psychologue de l'école l'avait encouragé à déverser le trop-plein de ses bouillonnements imaginaires dans une activité créative, la peinture, la bande dessinée, le théâtre, rien de tout cela ne tentait David.

Habillé, il sortit de la maison. P'pa et M'man chahutaient en riant. Andy avait saisi Isa par la taille et la faisait tournoyer, comme dans les comédies musicales.

— Arrête ! Tu es fou ! se plaignit M'man, mais on sentait bien qu'elle protestait pour la forme.

Ils s'installèrent autour de la table à pique-nique, et M'man caressait la joue de David en souriant.

— C'est drôle, dit-elle, tu as dormi la tête sur la table et l'un des graffitis s'est imprimé en creux sur ta peau.

David porta la main à sa mâchoire et perçut le contour d'une espèce de cicatrice indolore.

— Qu'est-ce qu'il y a d'écrit ? demanda-t-il.

P'pa s'approcha et fit la grimace.

— C'est à l'envers, faudrait un miroir, gouailla-t-il. Mais je suis sûr que c'est une cochonnerie, si ça se trouve ça va rester indélébile, tu garderas ça toute ta vie. On te surnommera « mur de chiotte »...

Il éclata de rire, content de sa blague. M'man lui roula des yeux sévères, en se mordant les lèvres pour ne pas pouffer à son tour. David feignit de trouver la plaisanterie tordante. Décidément les parents étaient bizarres, ce matin !

Ils mangèrent des gâteaux, burent du lait tiède. M'man souligna que les provisions s'épuisaient et qu'il fallait au plus vite remettre la cuisine en état. Sitôt le déjeuner expédié, ils réintégrèrent la maison pour procéder au nettoyage de l'office. Dans la lumière du matin la pièce paraissait moins sinistre. La tourte de cendre reposait toujours sur la table, mais P'pa la fit basculer dans un sac poubelle sans y accorder la moindre attention. Ce geste eut un effet bénéfique sur David. Peut-être prêtait-il trop d'importance à des objets sans intérêt ? Il s'hypnotisait sur des détails que sa foutue imagination grossissait de manière démesurée et...

Perdito Pérez, un jour qu'il avait ingurgité un morceau de buvard mouillé à l'acide, s'était mis à fixer une tache d'encre minuscule sur la page d'un cahier. Il prétendait qu'elle était aussi vaste qu'un océan et que des bateaux de pirates s'y faisaient la guerre. Plissant les yeux, il avait lu le nom des navires peint sur chacune des proues, puis il s'était mis à décrire les costumes des pirates, leurs armes, et les dessins des ciselures sur les crosses des pistolets... A la fin, il avait piqué une crise de nerfs, persuadé qu'il était en train de se noyer au fond de la tache d'encre. Il avait fallu l'emmener à l'infirmerie.

La tourte de cendre dans la poubelle, David se mit à respirer plus facilement.

Durant toute la matinée, il aida ses parents à remettre la cuisine en état, et à nettoyer le réfrigérateur qui puait le renfermé. P'pa prétendait qu'on y avait stocké un saumon préhistorique dont la puanteur avait fini par provoquer la fuite des touristes. Ils s'amusèrent beaucoup, transformant chaque corvée en une espèce de jeu. Mais le point culminant fut atteint lorsqu'ils essayèrent d'allumer l'énorme cuisinière qui occupait tout le mur du fond. P'pa tournait les manettes, faisant semblant d'être un capitaine donnant des ordres à la chambre des machines.

— Larguez les amarres. En avant, un quart ! clama-t-il en ouvrant l'arrivée de gaz.

M'man craqua une allumette, l'approcha du fourneau. Il y eut une explosion qui les couvrit de suie. En une seconde, ils se retrouvèrent noircis de la tête aux pieds, tandis qu'une épouvantable fumée emplissait la cuisine.

— Mais qu'est-ce qu'on a fait cuire là-dedans ? s'étonna M'man, un ours avec sa fourrure ?

Ils durent provoquer un courant d'air pour aérer la pièce. Un peu plus tard, P'pa confectionna des toques de cuisinier français à l'aide de sacs en papier, et proclama David sergent-marmiton. Ils étaient tous plus sales que des charbonniers. Les ustensiles pendus au long des murs se révélèrent couverts d'une graisse noire sur laquelle les doigts dérapaient.

— Mais ils ne faisaient donc jamais la vaisselle ? s'insurgea M'man. Nous avons emménagé dans un repaire de bohémiens. Je suis sûre qu'ils cuisaient les animaux avec la peau et les poils.

A midi ils s'arrêtèrent pour souffler. David se laissa tomber sur un tabouret, baissant les yeux chaque fois que P'pa s'approchait de M'man pour lui déposer un baiser dans le cou. Jamais il n'avait vu son père et sa mère aussi détendus, si prompts à rire des mauvaises surprises du quotidien.

Du temps de la baraque, l'explosion du fourneau aurait engendré un drame, des reproches mutuels, une scène ponctuée de gifles et de larmes. Ici, tout s'était déroulé dans la joie. *On se croirait dans un de ces feuilletons débiles où tout le monde s'aime*, songea David en frottant ses mains noires sur son sweat-shirt. Curieusement, cette constatation fit déraper l'impression de bien-être qui s'épanouissait en lui depuis un moment. Il se sentit décalé, en dehors de la situation. Tout à coup son père et sa mère lui semblaient aussi lointains que des acteurs sans épaisseur s'agitant sur l'écran d'un poste de télévision. *Aussi faux*.

Il fit la grimace. Qu'allait-il encore chercher ? Ils étaient heureux, voilà tout, soulagés d'avoir fui la baraque, de se découvrir seigneurs d'une maison plus vaste qu'un château. Mais l'angoisse demeura là, tassée au creux de son estomac telle une pâtisserie trop grasse. Et si les parents étaient en train de lui jouer la comédie ?

L'idée s'imposa avec une force qui lui donna le vertige. Jamais il n'avait vu son père si blagueur, si amoureux. Depuis le matin, il avait l'impression d'observer un couple de collégiens taquins, multipliant les agaceries, les baisers. C'était... trop de bizarreries en si peu de temps. Les yeux plissés, il entreprit d'observer Andy et Isa à la dérobée. En vain.

— Tout le monde au bain ! décréta M'man. Je ne sers pas à manger aux charbonniers. Ceux qui voudront un sandwich devront se décrasser d'abord.

D'un pas autoritaire, elle prit la tête de la troupe qu'elle conduisit au cabinet de toilette. En pénétrant dans la pièce carrelée, David crut que sa mâchoire allait se décrocher sous l'effet de l'étonnement.

La salle de bains était une *vraie* salle, pas un réduit où l'on se cognait au lavabo. Vaste comme un gymnase, elle abritait trois baignoires et cinq ou six cabines de douche. Dans un coin trônait un fauteuil de coiffeur et à côté se trouvait tout un assortiment de tondeuses aux dents rouillées. De grands miroirs grossissants montés sur rotule flanquaient les lavabos de marbre rose. P'pa siffla entre ses dents.

— Je l'ai découverte ce matin pendant que vous dormiez comme des pachas, dit M'man en plantant ses poings sur ses hanches. J'ai tout astiqué pour vous faire la surprise et j'ai désinfecté les sanitaires. Savez-vous qu'il y a trois petits coins par étage ?

— Tu veux dire trois chiottes ? insista P'pa, incrédule.

— Oui, fit M'man, et trois autres cabinets de toilette.

— Mais pourquoi trois baignoires dans la même pièce ? interrogea David.

— Hé ! Pour se surveiller mutuellement, bien sûr, rigola P'pa. Au cas où quelqu'un aurait une crampe et se noierait. Je suppose que le maître-nageur s'installait dans le fauteuil de barbier avec une longue-vue et tenait à l'œil tout son petit monde.

— Arrêtez vos bêtises, coupa M'man faussement grondeuse. Maintenant on se lave.

Et elle entreprit de faire passer sa robe au-dessus de sa tête sans se préoccuper de la présence de son fils. David se tétanisa. Il connaissait la pudeur légendaire de M'man qui, à la différence de la mère de Billy Shonacker, ne se promenait jamais en combinaison ou en petite tenue à travers la maison. Mais sans prêter aucune attention à ce prodige, P'pa avait ouvert les différents robinets des baignoires, faisant couler l'eau à torrent. Quand M'man fit glisser sa culotte, David se tourna face au mur. Heureusement la vapeur envahissait la pièce, dissimulant son trouble. P'pa s'était débarrassé de son pantalon et de son caleçon pour sauter dans la baignoire en poussant des rugissements d'adolescent frimeur.

— Comme dans un palace, dit-il en s'allongeant dans la baignoire. Il ne me manque plus qu'un cigare et un journal financier.

David alla s'enfermer dans l'une des douches. Jamais auparavant les parents n'avaient fait montre d'une telle impudeur. A l'école, on racontait que la mère de Stevie Malloy faisait du nudisme sur une plage de Californie, que celle de Marshall Colson était serveuse *topless* dans un bar de routiers ; quant au père de Maxie Leyton, on prétendait qu'il participait à des concours de gonflette, le corps huilé, presque à poil, la bite pliée en trois dans un étui pénien en peau de léopard... P'pa et M'man ne leur ressemblaient guère. Jamais

David n'avait pu les surprendre en tenue négligée. Leur éducation campagnarde avait fait d'eux des pudibonds qui s'enfermaient dans la salle de bains pour procéder à leurs ablutions. Et voilà que soudain...

Il ouvrit le robinet de la douche, se trompa de manette et faillit s'ébouillanter. Derrière lui, Andy et Isa chahutaient en s'aspergeant.

Quand il sortit de la cabine, il dut accomplir un effort prodigieux pour ne pas remarquer le pubis noir de M'man qui faisait une tache sur l'eau savonneuse. Il bondit sur son vieux peignoir usé et s'en enveloppa.

— Je pense qu'à un moment ou un autre on a dû essayer de transformer le bâtiment en établissement thermal, observa P'pa en sortant de la baignoire. Mais c'était loin de tout, les curistes ne sont jamais venus.

David feignit de s'absorber dans la contemplation des miroirs grossissants. L'un d'eux lui renvoyait une image monstrueuse de son profil gauche. M'man gloussa sous l'assaut d'un nouveau baiser.

Bon Dieu ! Ils n'allaient pas se peloter, tout de même ? !

Finalement, les choses rentrèrent dans l'ordre. Ils enfilèrent des vêtements propres, jeans et tee-shirts, tandis qu'Isa jetait les sales au fond de l'une des baignoires.

— A la bouffe ! clama P'pa. Quel est le menu ?

— Il ne reste plus grand-chose, répéta M'man. Demain il faudra descendre au village et faire des provisions.

Ils improvisèrent des casse-croûte avec un certain souci d'économie. Le réfrigérateur n'avait pas encore eu le temps de fabriquer de la glace, et les sodas étaient tièdes. Après le repas, P'pa annonça qu'il s'octroierait une sieste sur la pelouse. M'man l'approuva.

— Je vais faire un tour dans le bois, hasarda David. Je ne suis jamais allé dans une vraie forêt.

— D'accord, fit M'man, mais ne mange rien. Certains fruits sont appétissants mais vénéneux, tu sais ?

— Je sais, soupira David.

Il avait hâte de s'éloigner de la maison, de se retrouver seul pour ordonner ses pensées.

— Va, mon gars, lança P'pa en se couchant sur l'herbe. Si tu tombes dans un guet-apens, tire trois fois en l'air, ce sera le signal.

David fit semblant de rire et tourna les talons. Dieu ! Il ne s'était jamais senti aussi mal à l'aise depuis le jour où il avait découvert que les filles de la classe le lorgnaient par la fenêtre de l'infirmerie pendant la visite médicale !

Comme il atteignait la lisière de la forêt, il entendit à nouveau le petit gloussement bête d'Isa, et il serra les dents. Il avait à peine tourné les talons qu'ils se tripotaient déjà... P'pa et M'man lui faisaient soudain l'effet de deux étrangers, et il se sentait dans la peau d'un gosse qu'on vient d'adopter. S'ébrouant pour chasser ces pensées incohérentes, il pressa le pas. Il fut tout de suite surpris du peu d'espace séparant les troncs. C'est tout juste s'il ne fallait pas se mettre de profil pour se glisser entre les arbres.

« Je suis un naufragé, se raconta-t-il. Je viens d'aborder sur une plage inconnue, je dois partir à la découverte de l'île... »

Il avança maladroitement, laissant la clairière derrière lui. Dans son imagination la maison n'était plus qu'une épave, échouée sur l'herbe, et déjà recouverte de varech...

Il fut très vite en sueur tant la progression se révélait malaisée. Le passage était si étroit que ses épaules s'écorchaient sur l'écorce des troncs. Sur le sol, les racines avaient fini par tisser un réseau de nodosités sur lequel il ne cessait de trébucher. Une odeur de sève et d'humus montait de la terre, l'enveloppant d'une haleine moite qui l'oppressait. Il progressait de biais, une épaule en avant, les mains tendues. A plusieurs reprises, il buta sur des troncs soudés qui formaient une muraille infranchissable, et dut les contourner. Au-dessus de sa tête, le feuillage tamisait la lumière, laissant filtrer une pénombre glauque. A présent, il avait le visage et les doigts couverts de sève. Ses pieds douloureux allaient au hasard, écrasant des champignons qui projetaient dans les airs un nuage de spores au parfum de moisissure. Il s'adossa à un arbre, fatigué, les cuisses nouées par l'effort. Il avait peur de regarder derrière lui et de ne plus apercevoir la clairière. Pourquoi s'était-il obstiné à aller de l'avant ? Et depuis combien de temps marchait-il ? Sa montre-boussole s'était arrêtée, pourquoi ? Jusque-là elle avait toujours fonctionné à merveille ! Il eut envie d'appeler à l'aide mais eut peur de passer pour une poule mouillée. Il mourait de soif et se maudissait de n'avoir pas songé à prendre sa gourde de camping.

C'était une forêt de fous ! Comment autant d'arbres avaient-ils pu pousser sur une si petite éminence ? L'humus recouvrant la colline était-il à ce point fertile ?

Quand il eut repris son souffle, il décida de continuer son exploration. Sous ses semelles, le terrain s'inclinait en pente vive. Une bonne astuce aurait consisté à descendre jusqu'en bas de la colline et à remonter par la route... Oui, c'était une chouette stratégie, moins pénible en tout cas que la perspective de faire demi-tour pour recommencer à zigzaguer entre les troncs trop rapprochés.

Il haletait, la bouche séchée par l'effort. Des ronces tricotaient maintenant une barrière de barbelés fibreux entre les arbres. Leurs épines s'accrochaient à son pantalon, lui lacérant les mollets et l'intérieur des cuisses. Il devait se déplacer les bras levés pour échapper le plus possible à leur morsure.

La panique montait en lui. Le jeu n'avait plus rien d'agréable. C'était de cette manière qu'on se perdait en forêt et qu'on vous découvrait à la fonte de neige, racorni comme une momie. *Merde !* Il commençait à avoir la trouille, mais la pente, de plus en plus abrupte, l'entraînait. Il rebondissait d'arbre en arbre, se meurtrissant les épaules. Les ronces avaient déchiré son pantalon, balafré ses chevilles qui saignaient. « Si tu tombes dans un guet-apens... », avait dit P'pa. Dieu ! Il était bel et bien tombé dans un guet-apens mais personne ne pouvait venir à son secours à moins de chevaucher un bulldozer et de brandir une tronçonneuse dans chaque main ! Où était la maison ? La nuit allait le surprendre au beau milieu de la forêt, emprisonné entre les troncs. Il se tordit la cheville, et plongea la tête la première, dans un buisson de ronces.

C'est alors qu'il aperçut le totem...

Instantanément, la douleur reflua. On avait sculpté l'un des arbres pour lui donner l'aspect d'un animal à la morphologie indéfinissable. Le mât, tailladé, était tapissé de mousse jusqu'à mi-hauteur. Planté entre les oreilles de l'animal fétiche, on distinguait un croissant de lune dans son premier quartier. David se redressa, plein d'un effroi mêlé d'admiration. C'était un vrai totem, pas une supercherie taillée en atelier au moyen d'une scie électrique à l'intention des touristes naïfs.

Le poteau était là depuis plusieurs siècles, il en aurait mis sa tête à couper. Tout le prouvait : les fissures du bois, les trous creusés par les vers, les mille blessures de la statue. Personne n'était donc descendu jusqu'ici ? Aucun archéologue ? Aucun guide ? D'un seul coup, sa fatigue s'envola, sa peur aussi. Il lui semblait distinguer un autre totem, un peu plus loin. Un totem au croissant de lune inversé. Les deux mâts disparaissaient dans le fouillis des ronces et il était à peu près impossible de s'en approcher pour les toucher. David tenta de louvoyer entre les troncs.

Subitement, quelque chose jaillit de terre avec un claquement, projetant des débris de mousse et de bois en tous sens. La chose frôla la poitrine de l'enfant qui se rejeta en arrière. Le cœur battant, il retomba au milieu des ronces tandis qu'une gigantesque mâchoire d'acier se refermait à cinquante centimètres de son visage dans un nuage de poussière...

Le garçon demeura statufié, n'osant plus bouger un doigt. Il avait sous les yeux un piège à coyote d'une taille peu commune. Deux mâchoires d'acier dentelées qu'actionnait un ressort se déclenchant sur simple pression. Un double arc de fer aux dents plus dangereuses que celles d'un requin. Le piège mesurait un mètre de rayon. S'il ne s'était pas déclenché inopinément, ses mâchoires se seraient refermées sur la poitrine de David, lui broyant le sternum, les côtes, le coupant en deux...

Effondré dans les ronces, le garçon haletait. Il avait conscience d'avoir uriné dans son pantalon sous l'effet de la peur mais ne pouvait détacher son regard du piège géant que l'oxydation recouvrait d'une croûte rougeâtre. Qu'est-ce qui avait déclenché le ressort ? Les vibrations ? Un bout de bois projeté par mégarde ? Une chose était sûre : le piège était là depuis longtemps... Des années et des années si l'on en jugeait à l'épaisseur de la rouille tapissant ses mâchoires. Qui l'avait forgé ? Des trappeurs ? Et pour attraper quelle sorte d'animal ? Un ours ? David se releva au ralenti et s'adossa à un arbre.

Si les mâchoires de fer avaient claqué sur lui...

Bon sang, sa tête aurait sauté dans les airs, sectionnée à la base du cou par les dents de la machine. Un mètre de rayon... Un piège conçu pour un fauve colossal. Dave se saisit d'une grosse branche et s'en servit pour fouiller l'herbe aux alentours. Il se mit à distribuer des coups à droite et à gauche avec l'impression d'être en train de se déplacer dans un champ de mines. Il n'avait plus du tout envie de jouer à l'éclaireur. Soudain, il s'immobilisa. Il venait de repérer entre les ronces les dents d'un autre piège. Tout le périmètre semblait miné, comme si l'on avait voulu établir un barrage défensif. David essuya la sueur qui lui dégoulinait sur le visage avec le bas de son tee-shirt. Il commençait à comprendre ! Les totems venaient de lui fournir l'explication qu'il cherchait.

C'était à l'intention des Indiens que les fermiers des alentours avaient jadis posé ces pièges. Pour les empêcher de quitter la colline sur laquelle s'était installée la tribu. S'il voyait juste, les machines broyeuses dormaient là depuis deux siècles, la gueule ouverte, dans l'attente d'une proie. N'importe quel musée d'anthropologie aurait donné une fortune pour les exposer !

Il s'assit sur ses talons. L'excitation revenait, chassant la peur. Il venait de découvrir un sanctuaire inviolé, les vestiges d'une lutte âpre et inhumaine que le temps n'avait pas suffi à désamorcer. Mais il ne pouvait pas rester là, à attendre que la nuit le surprenne. Comment pourrait-il bouger dans l'obscurité avec la menace des pièges sans cesse présente ? Il se déplaça un peu, les nerfs tendus à l'extrême

La luminosité baissait déjà, il devait être près de six heures. Lorsqu'il atteignit le second totem, il distingua un troisième piège... tordu, démantelé, comme si une bête titanesque s'y était débattue, forçant l'acier pour échapper à sa morsure. Les mâchoires faussées pendaient, inertes, au-dessus du ressort brisé. Quelque chose s'était fait prendre, quelque chose que l'étreinte de l'acier n'avait su retenir. Un animal assez puissant pour forcer le piège, le faire éclater. Un ours ? cela paraissait invraisemblable, il n'y avait jamais eu d'ours dans cette région.

David descendit de quelques mètres, toujours frappant les taillis. Depuis cinq minutes il avait la sensation d'être observé. La nervosité le plaçait dans un état de perception affinée. Un regard inconnu lui donnait des démangeaisons dans la nuque mais il hésitait à se retourner. Il eut envie de crier « Je sais que vous êtes là », mais se mordit les lèvres au moment où les mots se pressaient sur sa langue. A partir de là, le terrain semblait « propre », sans surprise. Quand il eut la certitude d'avoir définitivement franchi la ceinture de pièges, il pivota d'un coup sur lui-même.

Il aperçut la silhouette nue et luisante d'un garçon embusqué à la fourche d'une branche. Un Indien... Un Indien guère plus âgé que lui, au corps constellé de cicatrices tribales et de peintures guerrières. Ses cheveux enduits de graisse étaient ramenés en queue sur la nuque, et son sexe disparaissait dans un mince étui pénien de bambou. La vision dura le temps d'un battement de cœur. L'instant d'après, la silhouette avait disparu, avalée par le toit de feuilles.

David souffla un juron. Il conservait sur sa rétine l'image d'une tête osseuse et féline aux lèvres violacées. Inquiétante et dure.

Un quart d'heure plus tard, il atteignit le bas de la colline. En trois enjambées, il franchit la lisière de la forêt et tomba à genoux dans un champ d'avoine. Ses vêtements imbibés de transpiration étaient à tordre. Maintenant il ne lui restait plus qu'à rejoindre la route en lacets et à reprendre le chemin de la maison. La nuit tombait, des nuages noirs se bousculaient à l'horizon au-dessus des toits du village.

Il lui fallut une demi-heure pour atteindre la maison. Personne ne lui demanda ce qu'il avait fait durant tout ce temps et, par un réflexe qu'il ne s'expliqua pas lui-même, il décida de n'en rien dire.

Il était épuisé, sale. Tandis que M'man préparait les derniers sandwiches, il alla prendre une douche dans la salle de bains gigantesque du rez-de-chaussée.

L'eau tiède dilua la poussière et le sang qui le recouvraient, ravivant les démangeaisons de ses écorchures. Pendant qu'il se séchait, il leva plusieurs fois les yeux en direction de la fenêtre, s'attendant à voir apparaître le visage cruel du jeune Indien aux lèvres violettes.

— A table ! claironna M'man en s'avançant sur le seuil. J'ai fini la dernière boîte de pâté. Si ton père ne se décide pas demain à descendre au village, il faudra se résoudre à tirer à la courte paille pour savoir lequel d'entre nous sera mangé !

6

Cette nuit-là, David ne cessa de se débattre au milieu de cauchemars où des pièges d'acier claquaient sans relâche, mutilant les Indiens qui avaient jadis vécu sur la colline. Il voyait les dents de fer se refermer sur des mains, des pieds. Une squaw ramassant du bois roulait sur le sol, coupée en deux par la machine infernale, un enfant courant derrière un chien était décapité, un...

Malgré la peur suscitée par ces images, il ne parvenait nullement à s'éveiller et se retournait d'un flanc sur l'autre, prisonnier du sommeil. Les pièges continuaient à claquer, mâchoires rouillées embusquées sous le tapis de feuilles mortes. Un Indien se débattait dans les spasmes de la mort, les crocs métalliques de l'engin fichés dans son sternum. Le ressort grinçait, poursuivant son mouvement de traction, rapprochant obstinément les deux parties du piège telle une bouche qui se ferme. David entendait craquer les os de la cage thoracique, voyait la chair s'ouvrir...

Quand il s'éveilla enfin, il empestait la sueur et son cœur cognait dans sa poitrine. Il se rappela qu'aujourd'hui la famille descendait en ville, et se prit à espérer que cet intermède lui apporterait la distraction dont il avait besoin. Ils déjeunèrent chichement dans la cuisine qui puait toujours la suie. M'man se contenta de partager les restes d'un paquet de biscuits secs qu'on fit passer tant bien que mal en les arrosant des dernières gouttes de sirop d'érable stagnant au fond du flacon. La disette menaçait. Dans la glace de la salle de bains, David se découvrit les yeux cernés, le visage creusé par la fatigue.

— Je n'ai pas la tête de mon âge ! grommela-t-il en s'aspergeant la figure d'eau glacée.

— On part ! clama P'pa de l'autre côté de la porte. L'autobus pour Bouseux-la-Ville prend la route dans deux minutes !

David se sécha et remonta le couloir en trois enjambées. Dès qu'il eut franchi le seuil, il comprit que quelque chose n'allait pas. Les parents étaient figés au milieu de la pelouse, comme des statues de square, le nez levé, une expression d'étonnement sur les traits.

Un rapide coup d'œil circulaire permit au garçon de mesurer l'ampleur du désastre. On avait peint des inscriptions sur la façade. De grandes lettres dégoulinantes qui disaient : *Tirez-vous, bande de merdeux !* ou encore *Allez vous reproduire ailleurs, race de branleurs !*

Pire, on avait chié sur le capot de la voiture et pissé sur les sièges par l'entrebâillement des glaces latérales. David rentra la tête dans les épaules, se préparant à la redoutable explosion paternelle qui n'allait pas manquer de suivre. Bon sang ! Il ne voulait pas voir ça, P'pa était capable de saisir une batte de base-ball et de descendre en ville pour fracasser les vitrines de la rue principale. Une fois, il avait fendu d'un seul coup de poing le pare-brise d'un mec qui, grillant le feu, avait failli renverser David. Le type avait accéléré sans demander son reste.

— Oh ! fit simplement M'man.

— Une blague de gosses un peu simplets, dit doucement P'pa. Ils avaient dû annexer la maison comme terrain de jeu ; notre arrivée les gêne.

Incrédule, David se dévissait le cou, regardant alternativement Andy et Isa.

— Des gamins un peu frustes, confirma M'man.

— Il ne faut pas leur en vouloir, conclut P'pa en chaussant ses lunettes de soleil. Une réaction de rejet est inévitable dans un premier temps, d'ici quelques semaines tout ira mieux.

David n'en croyait pas ses oreilles. P'pa avait pris du *Valium* dans son café ou quoi ? Qu'attendait-il pour se mettre en colère ? Qu'une bande de péquenauds sortent du bois pour le couvrir de goudron et le rouler dans la plume ?

— Je vais nettoyer, dit M'man. Il ne faut pas accorder trop d'importance à ce genre de chose. Restons zen.

Pendant qu'elle allait chercher un seau et une serpillière, P'pa ouvrit les portières. A l'intérieur de la voiture, l'odeur d'urine chauffée par le soleil prenait à la gorge. David enfonça rageusement les poings au fond de ses poches.

— Quand je vivais à la campagne, il m'arrivait aussi de faire des conneries du même tonneau, commenta P'pa. Un étranger se pointait, et tout de suite je lui trouvais une sale gueule. Avec les copains, on fourrait des crapauds morts dans sa boîte à lettres, on pissait dans ses carafes de lait. Des bêtises de mômes, quoi.

David se tortilla, mal à l'aise. M'man revint avec une éponge, des gants de caoutchouc, une bouteille de *bleach*. Le nettoyage de la voiture prit une demi-heure.

— Allez, on tire un trait sur tout ça, dit P'pa en se glissant au volant. Il faut montrer à ces gens que nous sommes une famille respectable, honnête, et que nous venons ici pour vivre en paix.

Il souriait en disant cela. Un grand, beau sourire, franc, comme ces mecs qui prêchent la parole du Christ dans les supermarchés et essaient de vous coller dans les mains une bible réécrite par un gourou au nom imprononçable.

M'man s'assit à côté de lui. La voiture puait le *bleach* à présent. David songea que les inscriptions maculant la façade ne partiraient pas aussi facilement. L'automobile s'engagea sur la pente. M'man fredonnait un cantique. Elle portait ce matin une petite robe courte à bretelles, et avait ramené ses cheveux sur sa nuque, en queue de cheval. Cette coiffure lui donnait l'air d'une adolescente.

— On commence même à bronzer, constata-t-elle en examinant ses bras.

Le break atteint le bas de la colline, s'engagea sur la route. David voyait grossir les maisons du village avec appréhension.

On va rencontrer les descendants des poseurs de pièges, pensa-t-il. *Ce sont les ancêtres de ces mecs qui ont forgé ces saloperies capables de couper un homme en deux. Des tarés ! C'est exactement ça, on est venus habiter un village de tarés !*

Sur ses cuisses, ses mains devenaient moites au fur et à mesure que la voiture se rapprochait des premières bâtisses. Ils s'engagèrent dans la rue principale. Les maisons de planches à clin alternaient avec les bâtiments de brique rouge. Il y avait beaucoup de vérandas, et des rideaux à fleurs aux fenêtres. Dans l'ensemble, les magasins paraissaient bien tenus ; leur devanture était propre

David laissa fuser un soupir de soulagement. Il s'était attendu à une sorte de cité fantôme aux baraques déglinguées, un village du bout du monde peuplé d'idiots bavochants, produits de trois générations d'incestes.

P'pa gara la voiture sur la place et descendit. M'man repéra tout de suite la grande épicerie à devanture rouge sur le seuil de laquelle un gros homme ficelé dans un tablier blanc semblait monter la garde.

— Bonjour, dit P'pa en enlevant ses lunettes noires. Je suis Andy Sarella, et voici ma famille. Nous venons de nous installer dans la maison de la colline. Nous voulons vivre et travailler ici, je pense que nous serons amenés à nous voir fréquemment.

Le gros homme grimaça un sourire de bienvenue, mais David remarqua qu'il ignorait la main tendue de P'pa.

— Je m'appelle Isa, dit M'man, et voici mon fils David.

Elle souriait comme pour une pub de dentifrice... et ses seins nus ballottaient sous sa robe.

Depuis quand ne portait-elle plus de soutien-gorge ?

— C'est une belle région, fit papa. Si verte...

L'épicier avait visiblement du mal à se dégeler. Au-dessus de son sourire commercial ses yeux restaient durs, emplis de dégoût. Peut-être était-il choqué par l'absence de soutien-gorge de maman ?

— Qu'est-ce que je peux faire pour vous ? lâcha-t-il au bout d'un moment.

Aussitôt Isa déballa sa liste. Dès lors la conversation prit l'allure d'une énumération monotone qui eut le mérite de meubler le silence.

— Je peux faire un tour ? demanda David en tirant sur la chemise de son père.

— Bien sûr, sourit P'pa. Faut bien que tu rencontres tes futurs copains.

David sortit du magasin où flottait une odeur de charcuterie mexicaine. Ses nerfs étaient si tendus qu'il sentit ses jambes flageoler.

Des fabricants de pièges, oui.

Des hommes durs, cruels. Ils avaient probablement décidé en commun de cette épouvantable stratégie : encercler les Indiens d'un réseau de machines infernales, tisser tout autour de la colline une frontière de ressorts et de dents.

Des bouseux vindicatifs, ne faisant pas de détail, et dont il faudrait se méfier...

David remonta la rue principale, les mains dans les poches, essayant de se donner l'air dégagé. Ce ne serait pas évident de se faire des amis ici ; il en avait le pressentiment. On allait lui en faire baver. P'pa était complètement à côté de la plaque !

Alors qu'il passait devant une maison de pierre rose, il aperçut la première grille, cachée par un volet. Il comprit qu'il suffisait d'un geste pour la rabattre et obturer la fenêtre. C'était une grille aux barreaux entrecroisés, énormes. Les sourcils froncés, il se mit à détailler chaque maison. Autour de lui toutes les fenêtres étaient munies de grilles cadenassées. Les portes des maisons semblaient bizarrement volumineuses. Trop épaisses ? Il s'approcha d'une véranda fleurie et distingua des boulons sur le pourtour du battant. Crénom ! C'était une porte blindée ! Une vraie porte de prison qu'on s'était contenté de barbouiller de couleur vive.

Maintenant, il marchait plus vite, faisant le tour des pâtés de maisons. Sur les autres faces des bâtiments, les grilles étaient encore en place, solidement enchâssées dans l'encadrement des fenêtres. Ainsi équipée, chaque demeure avait l'air d'une prison. Toutes les portes étaient en acier renforcé et l'on sentait dans l'architecture la volonté de réduire autant que possible les ouvertures. La ville était constituée d'une juxtaposition de petites forteresses maquillées à la peinture rose et décorées de géraniums.

David s'arrêta, étourdi. Devant lui se dressaient les ateliers d'une forge d'où s'échappait un concert de coups de marteau. Des grilles, encore marbrées par la morsure bleue des flammes, refroidissaient contre un mur. Il y en avait assez pour équiper les cellules d'une prison d'Etat, et le moins qu'on puisse dire c'est qu'on les avait conçues pour résister aux efforts de bagnards particulièrement baraqués.

Un jet d'étincelles fusa des profondeurs du hangar, comme un avertissement. David battit en retraite. Dans la cour d'une maison, il vit un poulailler dont les barreaux entrecroisés constituaient une cage inviolable. Des poulets déplumés se pavanaient au centre de cette prison dans laquelle on aurait plus volontiers imaginé un tigre ou un gorille. Les renards étaient donc si féroces dans le coin ? David se passa la main sur le visage. Il transpirait dur et respirait mal. Un chien s'approcha derrière un grillage, les crocs découverts. Il était constellé de cicatrices recousues par une main inexperte.

Un chien de combat, songea David. *Comme celui qui nous a attaqués l'autre jour...*

Des combats de chiens, c'était bien là une distraction de poseurs de pièges. On aimait le sang dans cette ville. Le sang, et pas beaucoup les étrangers. Il se força à bouger car il devina qu'on l'épiait. Des rideaux remuaient derrière les fenêtres grillagées. Peut-être même les commères avaient-elles commencé à se téléphoner de maison en maison : « Vous avez vu ces gens ? Le gosse qui fouine partout, et la mère qui jette ses seins à la tête de nos maris ? »

Un peu plus loin, un meuglement lui signala la présence d'une étable. Une odeur de bouse et de paille mouillée flottait dans l'air. Tournant la tête, il aperçut des stalles que fermaient des grilles montant à plus de deux mètres de hauteur. Ce n'était plus une étable, c'était un zoo ! Un zoo assez solide pour abriter un troupeau de rhinocéros !

Le souffle coupé, il s'approcha de la barrière. Les

vaches qui remuaient dans la pénombre étaient, elles aussi, couvertes de cicatrices. Plusieurs arboraient des cornes brisées. Les sutures qui serpentaient sur leur cuir donnaient l'impression d'animaux ayant réchappé au tumulte sanglant d'une corrida, et placés là en convalescence.

Mais c'était idiot ! On ne faisait pas de corridas avec des vaches laitières. Quant aux rodéos, les animaux n'en sortaient pas lacérés de la tête à la queue...

L'enfermement les rendait sans doute folles, et elles se jetaient sur les grilles pour essayer de retrouver leur liberté ? Non, c'était encore plus stupide.

La région était infestée de renards et de coyotes, de lynx aussi, et ces fauves s'infiltraient dans la ville à la nuit tombée... Cependant l'espacement des barreaux n'était pas assez réduit pour tenir un coyote à l'écart. Il lui aurait suffi de s'aplatir au ras du sol pour se glisser entre les trous de la grille. Alors quoi ?

David sentait la migraine l'envahir. Cette ville tenait à la fois du zoo et de la prison. Tout le monde y vivait en cage, les animaux comme les habitants.

Il décida de revenir à la voiture. Ses parents, les bras encombrés de sacs à provisions, bavardaient avec deux hommes sur le seuil de l'épicerie. Le premier, gros et chauve, arborait une étoile de shérif plutôt terne. Il ne portait pas d'uniforme mais une salopette de travail sur laquelle il avait enfilé une saharienne de l'armée. Il transpirait d'abondance et dégageait une odeur d'étable. Le second, aux cheveux grisonnants collés à la brillantine, avait tout l'air d'un pasteur. Ni l'un ni l'autre ne souriait.

P'pa était occupé à débiter son discours de présentation. La froideur des deux hommes ne paraissait pas l'atteindre. M'man se tenait en retrait, la tête penchée, dans une pose gracieuse... un peu provocante. Vu sa taille, le pasteur devait bénéficier d'une vue plongeante dans son décolleté, et cette idée agaça David.

— La colline, grogna le shérif, drôle d'endroit pour s'installer. Les arbres attirent la foudre, on ne vous l'a pas dit ? Il y a déjà eu des accidents, des touristes réduits en cendre.

— Le sous-sol est probablement chargé en minerai de fer, dit le pasteur. Il est possible que ce magnétisme attire les éclairs. Mais, bien sûr, l'agent immobilier ne tenait sans doute pas à vous le faire savoir.

— C'est un bel endroit, dit doucement P'pa.

— Un charnier, vous voulez dire, corrigea le shérif. Il y a eu un tas de combats autour de la maison, dans le temps. La terre est pleine de cadavres de soldats et d'Indiens. C'est toute cette pourriture qui donne de la vigueur aux arbres.

— L'air est si pur, observa M'man. On y respire si bien.

— Je me souviens que l'un des précédents occupants, alors qu'il bêchait son jardin, a sorti du sol un crâne humain, énonça le pasteur.

Mais sa tirade ne parvint pas à altérer le sourire d'Andy et d'Isa.

— Voici mon fils, David, lança P'pa, ce sera pour

lui un magnifique terrain de jeu. David, je te présente le shérif Barlow et le révérend Hossecker.

David tendit la main et repéra, sur l'avant-bras du shérif, une longue blessure aux bords déchiquetés.

— B'jour m'sieur, dit-il.

— Salut, marmonna le shérif. Tu as fait le tour de la ville ?

— Oui, lâcha David. Pourquoi vous avez des barreaux à toutes les fenêtres ?

Les mots avaient franchi ses lèvres avant qu'il ait eu le temps de se raisonner. Barlow et Hossecker échangèrent un bref coup d'œil ; l'odeur de sueur qui émanait d'eux s'aviva.

— C'est à cause des bandes de motards, dit le shérif. Des salopards qui défoncent tout sur leur passage. Ils traversent la ville une ou deux fois par an et font pas mal de ravages.

Regardant P'pa au fond des yeux, il ajouta :

— Y a eu quelques mauvaises histoires à ce propos avec de jeunes couples tombés entre leurs mains. Des gens de la ville qui s'étaient installés à l'écart, sans savoir. Les femmes, surtout, ont eu du mal à s'en remettre, vous me comprenez, *n'est-ce pas* ?

David serra les mâchoires. Le gros plouc le prenait donc pour un bébé ? Comme s'il n'était pas en âge de piger que les filles avaient eu à subir un viol collectif !

— Il règne ici un calme trompeur, susurra pompeusement le pasteur. Cette campagne est restée assez rude, vous savez...

— A votre place, je chercherais quelque chose de

moins isolé, insista le shérif. Vers Calumet Point, y a de jolis coins, et les touristes sont plus nombreux.

— Merci, dit P'pa en remettant ses lunettes. Mais je crois que nous allons nous plaire ici. Et puis il ne faut pas toujours chercher la facilité, n'est-ce pas, mon révérend ?

Hossecker grimaça. Il n'était pas rasé ; des poils drus, blancs, hérissaient son menton.

David se saisit des paquets posés sur le sol. Il décida d'enfoncer une nouvelle banderille.

— Les vaches, dit-il, elles sont toutes blessées. Et les chiens aussi.

Barlow recula d'un pas.

— Il y a des bêtes dans les collines, cracha-t-il. La nuit, elles se glissent dans la ville.

— Des bêtes, répéta Hossecker, et sa main ébaucha le début d'un signe de croix aussitôt réprimé.

M'man avait ouvert le coffre. Ils y entassèrent les provisions tandis que P'pa faisait ses adieux aux deux notables. Un peu plus tard, alors qu'il mettait le contact, il murmura :

— Des gens simples mais francs, j'aime ça.

M'man sourit et posa des lunettes noires sur son nez.

— Ils essaient de nous éprouver, dit-elle. Il faudra mériter leur confiance.

David se tassa sur la banquette arrière au milieu des sacs de nourriture. Il avait soudain envie de saisir ses parents par les cheveux et les secouer pour leur passer le goût de sourire comme des imbéciles. Bon sang ! Tout allait mal, ils ne s'en rendaient pas compte ?

— Des bêtes féroces, des loubards, des viols ! lança-t-il, vous trouvez ça réjouissant ?

— Chéri, fit M'man en se retournant pour lui caresser la joue, c'était déjà comme ça en ville, pourquoi veux-tu qu'on s'alarme ?

— Tu as déjà oublié les camés, les rats, les cafards ? rigola P'pa, et les grilles que j'avais installées aux fenêtres du rez-de-chaussée ?

Comme ils sortaient de la ville, David eut un haut-le-corps : quelqu'un se tenait au seuil de la forge. Un garçon torse nu en tablier de cuir, les mains noircies de charbon. Ses cheveux étaient ramenés en queue de cheval sur la nuque et de grosses lèvres violettes barraient son visage félin.

C'était l'Indien... L'Indien entr'aperçu dans la forêt, à cette différence près qu'aujourd'hui il ne portait pas son accoutrement de sauvage et cachait ses fesses à l'intérieur d'un jean reprisé aux genoux.

Son regard dur était fixé sur la voiture ; ses poings plantés sur ses hanches faisaient saillir les muscles longs de ses bras. Même à cette distance, on distinguait les cicatrices barrant sa poitrine. Cinq estafilades verticales inscrites sur sa peau mate en sillons boursouflés.

— Tu as vu ? triompha M'man, le valet de forge est indien !

— Ça prouve qu'ils ne sont pas racistes, dit P'pa avec un insupportable contentement. J'étais sûr qu'ils avaient un bon fond.

— Ils nous détestent, cracha David, j'aurai jamais de copains tant qu'on restera ici.

— Chéri, soupira M'man. Ne sois pas négatif. Va

au drugstore, une pile de BD de science-fiction sous le bras, et tu verras rappliquer tous les petits bouseux du coin.

De la SF ! ragea intérieurement David, *tu parles ! Il me faudrait au moins une brouette de bouquins de cul, oui !*

Pendant que la voiture roulait vers la maison, il essaya de rassembler les éléments qu'il avait pu recueillir. *Des bêtes, le shérif avait parlé de bêtes vivant sur la colline.* Il faudrait s'en méfier, monter la garde et ne plus dormir la porte ouverte. Il se souvint tout à coup du piège tordu découvert entre les totems. Un grizzly, peut-être ? Un vieux grizzly qui sortait de temps en temps de sa caverne. A coup sûr, les odeurs de cuisine allaient l'attirer vers la maison ; un beau jour, il ferait irruption dans la clairière alors que la famille serait bêtement installée autour de la table à pique-nique. Quel carnage ce serait !

P'pa avait bien sûr un vieux fusil mais il ne s'en était pas servi depuis des années. Quant aux munitions entassées au fond d'une boîte, elles étaient ramollies par l'humidité. David se couvrit de sueur en réalisant que la porte de la maison n'était pas blindée et qu'aucune des fenêtres ne comportait de grillage. *N'importe qui pouvait s'introduire à l'intérieur du bâtiment.* Un motard défoncé à mort et la bite à l'air, une bête en maraude, les babines retroussées sur une double rangée de crocs plus durs que l'acier. P'pa et M'man étaient inconscients, stupidement cools. Carrément débiles !

S'il essayait de les mettre en garde, ils ne l'écouteraient pas, la campagne leur avait ramolli le cerveau, ils étaient en train de virer babas cools, tels ces types qui partent « fabriquer des chèvres et élever des fromages dans un trou perdu où ils finissent par crever de faim et de froid », comme disait Shonacker. David devait les protéger contre leur gré, installer un système d'alarme peut-être ? Avec de la ficelle tendue sur des piquets, des boîtes de conserve. On pouvait encadrer la maison, la placer au centre d'un dispositif qui produirait un effroyable vacarme à la moindre intrusion. Cette idée lui fit retrouver son calme et, pendant tout le trajet, il échafauda les plans de son signal d'alerte rouge.

La corvée de déchargement des provisions expédiée, il collecta toutes les ficelles du déménagement, fourra dans un sac une dizaine de boîtes de conserve extraites de la poubelle, et s'enfonça dans la forêt. Son idée était simple : si la bête dont parlaient Hossecker et Barlow était assez grosse pour démanteler un piège de fer, elle se prendrait fatalement dans une ficelle tendue à cinquante centimètres du sol sur le périmètre de la maison.

Il suffisait d'installer à intervalles réguliers des grappes de ferrailles diverses susceptibles d'engendrer un tintamarre à la moindre secousse, ainsi on l'entendrait s'approcher et on aurait le temps de... *le temps de quoi, au fait ?* De dire une dernière prière avant qu'elle n'enfonce la porte d'un coup de patte ?

David frissonna à cette perspective. Il faudrait nettoyer le vieux fusil, mettre les munitions à sécher au soleil, essayer de convaincre P'pa de blinder la porte comme il l'avait fait pour la baraque. Mais comment ? En insistant sur les viols ? En prétendant avoir vu des motards rôder dans le coin ? Ouais ! C'était un bon truc !

« J'ai vu un motard qui reluquait la maison à la jumelle, il avait ouvert sa braguette et s'astiquait la... » Non, il ne fallait pas trop en faire, juste assez pour semer l'inquiétude. Il n'était pas question d'acheter des grilles à la forge, cela aurait réclamé trop d'argent, mais on pouvait toujours récupérer de la ferraille dans une décharge. Car il y avait forcément une décharge dans le coin. P'pa était habile de ses mains, il plierait l'acier, le découperait, transformerait la porte d'entrée en battant de coffre-fort.

David s'était avancé sous le couvert d'une dizaine de mètres, guère plus. Il ne voulait pas recommencer l'affreuse expérience de la veille. Sortant son canif, il entreprit de tailler des piquets qu'il plantait tous les quatre mètres. Cette besogne le mit en sueur car le bois des branches était dur. La lame du couteau dérapa à plusieurs reprises sur l'écorce gorgée de sève, manquant de lui entailler les phalanges. Il enfonçait les pieux en se servant d'une grosse pierre en guise de marteau car il ne voulait pas toucher aux outils de son père.

Malgré la difficulté de la tâche, il se sentait gagné par l'euphorie. Il allait protéger les parents à leur insu. Finalement, il était le seul à assumer ses responsabilités dans la famille. P'pa avait des gros bras, soit, mais il ne se servait pas assez de sa tête ! C'était ça son problème.

Couvert de sève, de mousse, il déboucha dans une trouée caillouteuse, minuscule clairière tonsurant la forêt sur une dizaine de mètres. Dans cette portion d'espace, autour de laquelle se pressaient les troncs trop rapprochés des arbres, on avait entassé un monceau de détritus qui aurait fait le bonheur d'un brocanteur. Il y avait des meubles brisés, fendus, éclatés. Les plaies des vernis et des revêtements laissaient apercevoir la chair pâle du bois naturel.

David s'immobilisa au pied du monticule. Au milieu des objets hétéroclites — lampadaires tordus, chaises métalliques écrabouillées — il y avait beaucoup de chiffons. Des vêtements réduits en charpie, des habits de gosses. De petites robes blanches maculées de taches roses, des jeans, des maillots de tailles différentes, et qui avaient appartenu à deux enfants au moins — un garçon, une fille. A vue de nez, on pouvait raisonnablement risquer douze ans pour la gamine, six pour le marmot. Tout cela semblait avoir séjourné à l'intérieur d'un broyeur à ordures, ou subi le maelström d'un cyclone.

David fit un pas en avant. Quelque chose crissa sous sa semelle : la vaisselle cassée jonchait le sol d'un pavage de mosaïque. Il tendit la main pour s'emparer d'une BD bouchonnée dont la pluie avait décoloré les images. Des histoires d'amour à l'eau de rose pour adolescentes travaillées par la puberté. Des serments, des baisers, des cadeaux, *jamais rien de sérieux.* Il connaissait le topo, seule l'intéressait la date de parution. Il la trouva, elle remontait à moins de trois mois...

Il siffla entre ses dents, perplexe. Une tornade s'était abattue sur la colline trois mois plus tôt et... Non ! C'était idiot, les tornades détruisaient d'abord les maisons avant de s'en prendre au mobilier, or la maison était intacte.

S'aidant des guéridons, des buffets, il escalada le monticule. Arrivé au sommet, il se figea. En haut de la pyramide de débris, se trouvait un réfrigérateur grand modèle à la porte dégondée, aux coins cabossés. L'objet était criblé d'impacts de coups, comme si on l'avait utilisé dans la confection d'une barricade, et surtout...

Surtout, il présentait, en son angle supérieur droit, la marque d'une morsure gigantesque qui avait profondément entamé le métal.

David réprima un mouvement de recul qui faillit l'expédier cul par-dessus tête au bas du tas d'ordures. Les tempes bourdonnantes, il s'abîma dans la contemplation des marques de dents trouant le métal du congélateur. On avait mordu le fer émaillé, on l'avait presque mâché ! D'un seul coup, les balafres du mobilier brisé prenaient une autre signification. Ces stries parallèles scarifiant le bois des tables et des armoires n'étaient pas le résultat d'une manipulation hasardeuse, *c'étaient des traces de griffes !* Cinq sillons creusés avec rage et labourant les surfaces les plus résistantes. Les cinq griffes d'une patte énorme.

David s'épongea le front d'un revers de manche. La bête était entrée dans la maison, il en était sûr à présent. Les locataires, parents, enfants, avaient essayé de s'en protéger en dressant d'inutiles barricades, rien ne l'avait arrêtée...

Dans ce cas, il fallait bien admettre que les macules roses constellant les robes, les maillots de corps, étaient des taches de sang ! Du sang délavé par la pluie, décoloré par le soleil, mais du sang tout de même. David essayait de contrôler ses tremblements. Dieu ! Il crevait de trouille ! Pour un peu il en aurait fait dans sa culotte. La panique lui interdisant tout mouvement. Seuls ses yeux furetaient de droite et de gauche.

Soudain il aperçut la griffe.

Elle était plantée dans l'accoudoir d'un fauteuil labouré. Une griffe brisée mais terriblement longue, un ongle de prédateur fait pour déchirer. Une arme naturelle plus aiguisée qu'une lame. L'attaque avait été si violente qu'elle s'était cassée en se fichant dans le bois dur du fauteuil.

C'était plus que David n'en pouvait supporter. Il comprenait maintenant la raison de toutes ces grilles parsemant la ville. Il comprenait pourquoi on avait transformé chaque maison en citadelle, chaque étable en zoo. La bête descendait en ville... Elle griffait les façades, elle essayait de s'introduire dans les maisons. Elle glissait ses pattes entre les barreaux des cages, et tentait d'égorger les animaux. Voilà pourquoi les bêtes affichaient tant de cicatrices, pourquoi elles avaient développé une agressivité anormale. Elles vivaient dans l'attente de la nuit, dans l'attente du fauve qui descendait de la colline en quête de nourriture.

Quand une famille emménageait dans la maison aux fenêtres étroites, le monstre reportait tout naturellement son appétit sur ces proies plus faciles à vaincre, sur ces benêts sans défense, assoiffés d'air pur et d'herbe verte. Après avoir observé leurs habitudes, il sortait de la forêt pour enfoncer la porte. Il se ruait ensuite, d'une pièce à l'autre, tuant, saccageant. C'était un animal énorme que rien ne pouvait arrêter. Il emportait ses proies dans sa gueule — le père, la mère, les enfants —, les entreposant au fond d'une caverne, à l'abri de la chaleur, et s'en repaissait pendant des semaines.

David dut s'adosser à un tronc pour ne pas tomber. Ses jambes ne le portaient plus. Il fallait prévenir P'pa, le mettre devant le fait accompli, lui fourrer les preuves sous le nez : le réfrigérateur, la griffe...

Les épaules de l'enfant s'affaissèrent. Il prévoyait déjà les objections saugrenues : « David, tu t'emballes, ce ne sont que des ordures. Une bête est venue, soit. Elle a flairé une odeur de nourriture dans le frigo et s'est un peu énervée dessus. Tu as déjà vu des chats et des chiens faire leur cirque sur une poubelle, non ? A la campagne il y a toujours des bêtes, mets-toi ça dans la tête, mais elles s'en prennent aux animaux domestiques : aux poules, aux lapins, jamais aux hommes. On n'a jamais vu un coyote entrer dans une maison pour dévorer un bébé, jamais. »

P'pa et M'man avaient des œillères, comme tous les adultes. Pour eux le danger, c'était la ville, la drogue, les seringues de camés qu'on retrouvait dans les bacs à sable des squares et sur lesquelles les mômes se piquaient, attrapant le sida.

David respira lentement pour faire refluer la panique. L'animal existait, il en était certain à présent. Barlow et Hossecker avaient essayé de les mettre en garde plus ou moins habilement. Ils connaissaient l'existence du monstre. Sans doute avaient-ils renoncé depuis longtemps à essayer de l'attraper. Ils avaient posé une ceinture de pièges et...

Mais les pièges étaient vieux, rouillés...

Cela impliquait que la bête, elle aussi, était là depuis longtemps.

Il y en avait peut-être plusieurs ? Elles se reproduisaient, elles...

David fit le tour du monceau de débris. La forêt était trop silencieuse, il s'en était déjà fait la remarque l'autre jour. Pas un chant d'oiseau, pas la moindre galopade d'écureuil. Où étaient donc passées les mille bestioles qui vivent d'ordinaire au creux des bois ? Avaient-elles fui, avaient-elles été dévorées, toutes, sans exception ? C'était à cause de cela que le prédateur écumait la ville : il lui fallait des proies pour se nourrir.

Parfois, toujours la nuit, il descendait s'embusquer dans les fossés bordant la route. Il attaquait une voiture : des jeunes revenant d'un bal, un poivrot zigzaguant sur sa bicyclette. D'un coup d'épaule, il déviait le véhicule de sa trajectoire et s'abattait sur son gibier.

Pourquoi les gens de la ville ne demandaient-ils pas l'aide de la milice, de l'armée ?

Parce que personne ne croyait à l'existence de l'animal, tiens ! Ils avaient adressé des rapports, des suppliques, on s'était moqué d'eux... comme P'pa et M'man se moqueraient tout à l'heure de leur fils s'il tentait de leur démontrer l'existence du fauve.

David s'assit sur ses talons, il devait continuer à planter les piquets. Le signal d'alarme permettrait peut-être à la famille de sauter dans la voiture et de filer avant que la bête n'enfonce la porte. Il y avait aussi la possibilité de fabriquer des pièges à feu. Billy Shonacker s'était amusé à en bricoler dans sa cave, pour tuer les rats. Un système astucieux mettait le feu à un gros pétard qui transformait le rongeur en une bouillie sanglante. La mère de Billy était toutefois intervenue pour qu'il abandonne ce mode d'exécution, principalement à cause des explosions qui se produisaient parfois à 3 heures du matin, réveillant le voisinage. A deux reprises la police s'était pointée, croyant à des coups de feu.

Mais où se procurer de la poudre en quantité suffisante ?

La tête bourdonnante, il reprit sa besogne. Il ne se sentait pas en danger. La bête ne sortait que la nuit, il en avait l'intime conviction. Le fait même que le shérif Barlow ne soit pas armé prouvait que personne, au village, ne redoutait une intrusion du fauve durant la journée.

*

A midi, les appels d'Isa l'arrachèrent à son travail. Il regagna la maison pour manger, malgré l'angoisse qui lui serrait l'estomac. En avalant sa soupe de haricots à la tomate il se demanda s'il devait parler du tas d'ordures, mais le sourire niais de P'pa l'en dissuada. Il constata que son père était torse nu ; sa mère, elle, portait un mini-short et un haut de maillot de bain. Il y avait en eux un alanguissement qui parut suspect à David. Une sorte d'abandon auquel ils ne l'avaient, ni l'un ni l'autre, habitué.

— On est bien, soupira M'man en s'asseyant sur l'herbe.

Elle avait posé son assiette en équilibre sur ses genoux et mangeait avec ses doigts. De la sauce tomate coulait de sa bouche, maculant ses seins. David remarqua que P'pa n'avait toujours pas déballé ses outils. La plupart des boîtes du déménagement n'avaient pas été ouvertes. Andy Sarella allait sans doute passer l'après-midi vautré sur l'herbe, comme un chat occupé à digérer. Cette brusque paresse surprenait David. Jusque-là, il n'avait jamais connu son père qu'un outil au poing, clouant, rabotant.

Le compte en banque familial à sec ne constituait pas un bon tremplin pour une longue période de vacances ; P'pa aurait dû au contraire se démener, installer ce foutu atelier dont il n'avait cessé de leur rebattre les oreilles au cours des dernières années. Il croyait donc que ses meubles « anciens » allaient se fabriquer tout seuls ?

Le repas terminé, David s'éloigna en maugréant. Décidément, les adultes étaient une race incompréhensible, tantôt édictant des lois qu'il ne fallait transgresser à aucun prix, tantôt s'accordant toutes les licences. C'était à n'y rien comprendre.

Son matériel sous le bras, il traversa la route pour attaquer l'autre versant de la colline. Ici, la forêt était moins fournie, le terrain caillouteux. Il lui fut facile de se déplacer, mais il rencontra des difficultés pour planter ses piquets. Malgré ses recherches, il ne put détecter la moindre crotte de lapin. Les branches des arbres restaient vides d'oiseaux, et seul le bruit du vent jouant dans le feuillage meublait le silence.

Il plantait son quinzième piquet quand il aperçut la pyramide, en bas, dans la plaine. C'était une sorte de cabane comme en bâtissent les gosses, à cette différence près qu'elle paraissait plus grande, plus solide. On avait cloué les planches de manière à former un cône dont la silhouette rappelait un tipi indien. Des symboles incompréhensibles en recouvraient les parois. La tente étant fichée au cœur d'un champ d'herbe folle, Dave fut certain qu'on ne pouvait la distinguer de la route car les bosquets la dissimulaient aux regards.

Abandonnant ses piquets, il entreprit de dévaler la pente sans provoquer de chutes de pierres. La cabane l'électrisait, il avait envie d'y jeter un coup d'œil. Depuis des siècles, il rêvait d'en construire une semblable mais P'pa — à cause des jets de bouteilles et de la mauvaise foi du propriétaire — lui avait interdit de commencer des travaux dans le jardin.

Alors qu'il atteignait le pied de la colline, il sentit quelque chose se refermer sur ses chevilles, lui entamant la peau à travers ses chaussettes, et il fut soulevé de terre. Avant qu'il ait eu le temps de réaliser ce qui lui arrivait, il se retrouva pendu à une branche, la tête en bas, les articulations douloureuses et à demi assommé par le choc. Un voile rouge devant les yeux, il entendit qu'on s'approchait de lui. *Un piège,* pensa-t-il, *je suis tombé dans un piège. Il y avait un nœud coulant sur le sol, je ne l'ai pas vu et...*

La corde lui sciait les chevilles ; il sentit un filet de sang lui couler sur le mollet avant de s'insinuer à l'intérieur de sa cuisse.

— C'est le moutard des nouveaux, dit une voix d'adolescent. Qu'est-ce qu'on en fait ?

— Faut le décrocher et prévenir Anatos, répondit une autre voix. Prends ton vélo et file à la forge. Plus tôt ce sera fait...

Des mains rugueuses saisirent David aux épaules, le libérant de ses entraves. Il retomba sur le sol. Ses chevilles à vif lui faisaient mal. Deux garçons, vêtus de haillons crasseux, tondus comme des skinheads, le regardaient. L'un d'eux, le plus grand, portait un anneau à l'oreille gauche, l'autre arborait un tatouage artisanal sur le biceps. Le dessin représentait approximativement un piège à loup surmonté de l'inscription TRAQUEURS.

— Faut voir s'il est vert, dit le voyou à l'anneau. S'il est trop mûr c'est foutu, tu sais ce qu'a dit Anatos.

— Okay, amène-toi, rugit le tatoué en forçant David à se relever, et en l'immobilisant d'une clef au bras.

David était trop surpris pour songer à se débattre. La puanteur des deux vagabonds le suffoquait. Quel âge avaient-ils ? Quinze ou seize ans, guère plus. Toutefois, les crânes tondus les vieillissaient. Ils traînèrent David vers la baraque conique, le jetèrent sur le sol et commencèrent à lui arracher ses vêtements. L'enfant tenta de se débattre, mais les deux vagabonds étaient trop forts pour lui. En quelques secondes, ils le dépouillèrent de son pantalon, de sa chemise. Le plus grand lui arracha son slip d'un coup sec, comme il aurait décollé la peau d'un lapin. La panique s'empara de David.

Des pédés, pensa-t-il, *je suis tombé sur deux foutues saloperies de pédés, ils vont me...*

Mais déjà on l'avait plaqué à terre, lui maintenant fermement les bras et les jambes, l'écartelant comme une femme qu'on s'apprête à violer. Les mains calleuses de ses agresseurs lui meurtrissaient la peau.

David ouvrit la bouche pour hurler mais on lui fourra un chiffon empestant l'essence entre les dents. Il crut qu'il allait étouffer. Il tremblait de tout son corps. Penchés au-dessus de lui, les deux adolescents l'observaient, l'œil plissé par l'attention.

— Il n'a pas de poil sous les bras, dit le garçon à l'anneau d'un ton de chirurgien établissant un diagnostic.

— Et trois brins de duvet à la bite, renchérit l'autre.

Des mains lui frôlèrent les joues, explorèrent ses jambes.

— Pas de barbe, fit le tatoué, ni de poil sur les pattes.

— P'tite bite, p'tites couilles, conclut l'autre. Il est vert, c'est un môme.

Ils le lâchèrent. Curieusement, ils paraissaient soulagés. David se recroquevilla sur lui-même, les mains en coquille sur le pénis.

— T'affole pas, rigola le plus grand. On va pas t'enculer.

— Ça risque pas, gouailla l'autre, d'ailleurs on préfère les chèvres !

— Je m'appelle Lenox, dit le garçon qui portait un anneau dans l'oreille. Lui c'est Buddy. On est les Traqueurs..

David fit un geste en direction de ses vêtements, mais Lenox le repoussa en arrière.

— Reste comme ça, ordonna-t-il. Anatos voudra vérifier par lui-même.

Buddy était sorti de la cabane. David le vit enfourcher un vélo et s'éloigner en coupant à travers champs. Il pédalait de toutes ses forces.

— T'as quel âge ? grogna Lenox.

— Presque onze ans, murmura David.

— T'es pas en avance, rigola le garçon. Moi à ton âge j'avais des couilles de taureau et du poil partout. Toi t'es lisse comme une donzelle. Un vrai rêve de pédophile. Enfin, faut pas se plaindre. Comme ça tu pourras peut-être nous servir à quelque chose.

David jeta un coup d'œil autour de lui. L'intérieur de la cahute était tapissé de masques de bois peinturlurés. Des gargouilles indiennes dont il n'aurait voulu pour rien au monde sur les murs de sa chambre. Lenox s'était saisi d'un vieux chapeau melon décoloré et s'en était coiffé. Un quart d'heure s'écoula ainsi, dans une immobilité parfaite.

De temps à autre, Lenox interrogeait David sur sa vie sexuelle, lui demandant s'il lui arrivait de bander et de cracher son jus.

— Ta seule chance d'être copain avec nous, c'est

d'être encore un môme, marmonna-t-il. La fille des précédents locataires était idiote, elle n'a rien voulu comprendre, elle croyait qu'on allait la violer. Son frangin était trop petit pour piger quoi que ce soit. Ça s'est mal terminé pour eux. Et pourtant on les avait prévenus.

Immédiatement l'image du tas d'ordures se matérialisa dans l'esprit de David. Les précédents locataires. Le frigidaire mordu, *mâché*. D'un seul coup il cessa d'avoir peur du voyou. Il y avait des choses plus dangereuses sur la colline, il le pressentait sans mal. Ces deux zonards allaient peut-être éclairer sa lanterne ?

Une pétarade retentit à l'extérieur. La roue avant d'une moto entra dans le champ visuel de David. L'instant d'après, un garçon au teint basané se baissait pour entrer dans la cabane. David reçut le choc d'un visage félin et dur, aux lèvres violettes. L'Indien de la forge.

— Je suis Anatos, dit-il d'une voix rauque en s'asseyant sur le sol. Je n'ai pas beaucoup de temps devant moi pour t'expliquer ce dont il retourne, mais tu n'es pas bête, je suis sûr que tu as déjà fait la moitié du chemin tout seul. Ce qui est important, c'est que tu sois encore un enfant. Cela peut te sauver et *nous* sauver si tu sais écouter. Dans le cas contraire, tu vas finir comme ceux qui t'ont précédé. En bouillie.

David fit un effort pour avaler sa salive. Le moment qu'il attendait depuis si longtemps était enfin arrivé.

— Tu l'as sûrement deviné, dit sourdement Anatos. *La maison de la colline est maudite*...

7

— Cela a commencé il y a un siècle, murmura Anatos dont la voix se changea en un bourdonnement à peine audible.

Il parlait comme quelqu'un qui redoute d'être entendu, en jetant parfois de rapides coups d'œil par-dessus son épaule. La sueur piquetait son front et, sur ses bras, les tendons saillants des muscles frémissaient sous l'effet de la tension nerveuse.

— Mais je ne te le raconterai pas, fit-il un ton plus bas. Tu vas le vivre toi-même, par la magie du peyotl...

Il fit un signe. L'un des deux vagabonds tira une boule noirâtre d'un sac de cuir fripé qui ressemblait à un scrotum tanné. Anatos s'empara du morceau de résine.

— Mâche, ordonna-t-il à l'enfant. L'esprit du passé s'épanouira en toi. Tu verras par les yeux des morts, tu vivras ce qu'ils ont vécu.

David eut un recul de défense, mais l'Indien le saisit rudement par la nuque et lui enfourna la boule visqueuse dans la bouche. Une saveur épouvantable ravagea le palais du garçon, lui insensibilisant la langue. Très vite la tête lui tourna, le décor de la cabane s'abolit, tel un hologramme qui s'efface.

— Laisse-toi aller, commanda Anatos. Les

images vont venir. Tu vas visiter le passé. Tu vas remonter le temps.

David sentit qu'il basculait en arrière mais ses omoplates ne rencontrèrent pas le sol. Il lui sembla qu'il tombait dans un abîme, qu'il était en partance pour le centre de la terre. Il tournoyait à l'infini.

— C'est comme si je tombais d'un immeuble de trente étages, balbutia-t-il, le front couvert de sueur froide.

Il tournoyait tel un oiseau qui ne sait plus se servir de ses ailes et s'abat en chute libre.

— Il y a un siècle, dit Anatos sans tenir compte de l'interruption, une tribu indienne, les Yanatos, vivait dans la plaine, au bord du fleuve. C'étaient des gens pacifiques qui n'avaient pas d'ennemis. Un été, une nuit de pleine lune, quelque chose tomba du ciel et s'écrasa au bord du fleuve, produisant une épouvantable secousse qui fit s'écrouler les tentes du village.

Sa voix n'était plus qu'un filet rauque, atonal. On sentait qu'il avait raconté cette histoire des milliers de fois, polissant les phrases et les mots, cherchant les expressions les plus frappantes, ciselant les images. Ce monologue l'occupait sans doute des journées entières alors qu'il peinait à la forge, penché sur l'enclume, tandis que les ricochets des étincelles lui brûlaient la peau des bras.

David comprit qu'il devait cesser de résister, se laisser aller, accepter le voyage. Accepter de couler dans ce fleuve qui l'aspirait. Quelqu'un venait à lui, un inconnu, un enfant d'une autre époque, d'une autre race, d'une autre langue. Et cet enfant lui tendait la main. Un fantôme charrié par le venin du peyotl, et qui l'invitait à voir par ses yeux.

Wahn-Ah-Too. C'était son nom. David était en train de se confondre avec lui. Il endossait un corps dont l'odeur l'incommodait, mais un corps plus souple et plus fort que le sien. Celui de Wahn-Ah-Too, l'enfant indien.

Je ne suis pas indien, protesta mentalement *David. Je ne veux pas devenir un autre, je ne veux pas...* Mais il n'avait plus le choix, il était déjà Wahn-Ah-Too. Il voyait par ses yeux, sentait par sa chair.

*

Cétait un autre temps, une autre époque, dont les images lui parvenaient, jaunâtres et déformées, telles de vieilles photos animées.

Un autre temps, une autre vie. David avait froid et peur. Son corps enduit de graisse d'ours portait à présent les cicatrices compliquées des scarifications tribales. Ses cheveux formaient deux nattes noires et huileuses de part et d'autre de son cou. *Et il avait la peau rouge...* Une voix lointaine (celle d'Anatos ?) lui répéta encore une fois qu'il s'appelait Wahn-Ah-Too, ce qui signifiait à peu près Daim furtif. C'était un nom temporaire, un nom d'enfant dont il changerait bientôt, à l'âge de la force.

Un grand trouble l'habitait. Un trouble causé par un événement formidable. Quelque chose était tombé de la lune, une météorite probablement, mais Wahn-Ah-Too ignorait ce mot que son esprit ne parvenait à traduire qu'au moyen de la locution « rocher-tombé-de-la-nuit ».

Il ne savait pas s'il devait se réjouir ou s'inquiéter, il n'était qu'un enfant, gouverné par des mouvements d'humeurs changeants. La nouveauté l'excitait, mais lui faisait peur aussi. Cependant, malgré son jeune âge, il serait bientôt un guerrier et devrait gagner sa première plume. Il avait jusqu'alors mené une vie paisible, un peu monotone, *mais la chose s'était produite,* il fallait bien en parler. La pierre s'était décrochée des étoiles. Un énorme caillou noirâtre qui avait creusé un grand cratère dans la plaine, carbonisant l'herbe de la prairie aux alentours, liquéfiant les roches. Pendant des jours et des jours, la boule tombée du ciel avait palpité telle une braise sur laquelle passe le souffle du vent. Sa chaleur avait vitrifié le sable aux abords de l'impact, et une partie de la plaine s'était changée en un vaste miroir glissant. La secousse de l'écrasement avait fendu le sol sur près d'un kilomètre, fauché les arbres de la forêt...

David-Wahn-Ah-Too et les autres papooses avaient tout d'abord trouvé cela joli, puis l'instinct leur avait commandé de se méfier.

Une semaine durant, l'aérolithe avait brasillé tandis que le vent charriait une odeur pestilentielle de soufre et d'ammoniaque. Enfin, la pierre avait commencé à refroidir, à perdre son éclat pour n'être plus qu'un débris déchiqueté, une espèce de gigantesque charbon céleste enfoncé comme la pointe d'une flèche dans la peau du sol. Les Yanatos s'en approchèrent timidement afin de déterminer s'il s'agissait d'une quelconque manifestation divine. La pestilence qui montait de la pierre les obligea à battre en retraite.

David-Wahn-Ah-Too devinait qu'il y avait là quelque chose de dangereux, de néfaste. Il savait aussi que personne n'écouterait un papoose n'ayant pas encore gagné sa première plume. Il n'avait pas droit à la parole. Comme les autres garçonnets, il devait rester muet.

Le sorcier grimpa sur la colline pour examiner les ombres tachant la surface de la lune. Il crut en discerner une nouvelle qu'il ne connaissait pas, et décida que c'était la trace qu'avait laissée le roc fiché dans la plaine lorsqu'il s'était détaché de sa planète d'origine.

— Une montagne s'est brisée, déclara-t-il. Elle s'est arrachée de la lune pour tomber sur notre terre. C'est une avalanche céleste, comme il s'en produit parfois dans la vie des mondes.

On l'écouta en hochant la tête car c'était un homme sage, au fait des mystères de la nature. Dans la tribu, toutefois, certains jeunes guerriers déclarèrent que la pierre noire devait être adorée à l'égal d'une divinité, car c'était la pointe d'une flèche envoyée par le dieu des combats. Cette flèche géante était le signal d'une guerre de conquête. Les Yanatos devaient s'élancer à travers les plaines pour s'emparer de nouveaux territoires.

Le sorcier les désapprouva et émit de grandes réserves quant aux émanations de la pierre de lune. Selon lui, il fallait s'en tenir éloigné, fuir son odeur comme son contact. Les plus jeunes (mais David ne faisait pas partie de ce clan) ne l'écoutèrent pas, et prirent l'habitude d'aller se prosterner chaque jour devant le totem déchiqueté tombé de la nuit.

C'est à cette époque que les chiennes de la tribu mirent bas et dévorèrent leurs petits.

Partout, aux alentours, on découvrit les restes de bébés animaux mis en pièces par leur mère. Les oiseaux de la forêt jetèrent les petits du haut des nids. Les buffles de la plaine piétinèrent leur progéniture avant même qu'elle ait pu se dresser sur ses pattes. Ces prodiges maléfiques n'épargnèrent pas les Yanatos. Les bébés qu'on allaitait mordirent jusqu'au sang les mamelons de leur mère, et certains tentèrent même de leur manger les seins. Il fallut en assommer un à coups de hache pour le détacher de la mamelle qu'il avait soudain entrepris de mâcher. La squaw mourut des suites de l'hémorragie ; quant au bébé, toute la tribu put voir que l'inconscience ne l'empêchait pas de claquer des mâchoires, tel un chien enragé.

David devinait qu'il devait se réveiller sans tarder. Maintenant le rêve allait devenir insupportable. Il lui fallait s'arracher à l'étreinte de la drogue avant que la terreur ne fonde sur lui. IL LE FALLAIT...

*

Oui, il y avait eu des signes. David Wahn-Ah-Too s'en souvenait avec une remarquable acuité. Les images remontaient du passé, portées par la puissance du peyotl. Il avait changé de nom, changé de peau. La mémoire collective de la tribu coulait dans ses veines. Il avait la peau rouge, la face camuse, des nattes raidies à la graisse de grizzly et un étui pénien entre les cuisses. Le fantôme de Wahn-Ah-Too était remonté d'entre les ombres pour lui raconter son histoire, pour lui prêter son corps et le faire pénétrer dans les coulisses des mystères de la colline. Et il était forcé d'écouter, lui, l'enfant blanc, si démuni, si désarmé. Il ne pouvait s'échapper, il devrait tout supporter, *jusqu'au bout.*

Il y avait eu des signes. Ceux-là, et beaucoup d'autres. Les femmes engrossées la nuit de l'impact accouchèrent avant terme d'enfants anormaux aux formes monstrueuses. D'ordinaire, ces cas étaient rares chez les Yanatos qui proscrivaient les mariages consanguins et formaient une race pure, solide, vierge de tares héréditaires. Malassow, le sorcier, en conçut une vive inquiétude. Six mois après la chute du météore naquit un bébé à deux têtes et aux dents si longues qu'elles lui avaient percé les joues.

On constata bientôt que les enfants engendrés pendant cette période venaient au monde avec des crocs de lynx dans la bouche. Cette dentition aberrante leur déformait la mâchoire et donnait à leur visage un aspect bestial qui épouvanta la tribu. David Wahn-Ah-Too fut mordu par l'un d'eux et eut beaucoup de mal à soigner cette blessure. Le conseil des anciens décida qu'il était préférable de les supprimer en leur faisant avaler une tisane empoisonnée.

Là encore on eut une mauvaise surprise.

Incroyablement résistants, les enfants digérèrent le poison sans s'en trouver incommodés. A présent, ils claquaient des mâchoires jour et nuit, mordant et déchirant tout ce qui passait à leur portée. On les enferma dans une cage où ils entreprirent aussitôt de se battre et s'infligèrent des morsures cruelles qui causèrent la mort de la moitié d'entre eux. Malassow fit immerger la cage une nuit durant dans l'eau de la rivière pour noyer les survivants.

Oui, en vérité, ce furent des jours noirs pour la tribu. Il fallait s'éloigner de la pierre de lune aux effluves maléfiques, transporter le campement à l'autre bout de la plaine, derrière l'écran de la colline. Les Yanatos roulèrent les tentes et partirent, fuyant le caillou criblé de cratères auquel le vent arrachait une poussière grise, collante comme la cendre.

Les animaux eux-mêmes avaient fui. Ceux qui furent trop stupides pour deviner le danger et demeurèrent à proximité du météore moururent d'un mal étrange. On les retrouva changés en statues de cendre qui s'effritaient et coulaient sur le sol dès qu'on y portait la main.

A l'abri de la colline, les Yanatos retrouvèrent une vie tranquille. Peu à peu les naissances anormales se raréfièrent et l'on élimina les bébés qui présentaient des anomalies physiques. La paix revint ; l'on se fit un devoir de ne plus jamais évoquer ces mauvais souvenirs.

C'est alors qu'arrivèrent les soldats.

Ils venaient « pacifier » la région pour préparer l'arrivée d'une caravane de colons. Dès qu'ils virent les Indiens, ils n'eurent qu'une idée en tête : bâtir une citadelle en haut de la colline pour tenir la plaine sous le feu de leurs canons. Le commandant de la garnison, un certain William Desmond Hollisson, était l'unique rescapé d'un fort brûlé par les Peaux-Rouges, quelque part dans le sud. Il ne croyait plus aux palissades de rondins. Il rêvait de citadelles à l'ancienne, en bonne pierre solide, rebelle au feu, et sur laquelle viendraient s'émousser les flèches des « sauvages ».

Très vite lui vint l'idée de débiter en quartiers l'énorme bloc de roche s'élevant près de la rivière. Il ignorait bien sûr qu'il s'agissait là d'une pierre tombée du ciel. Avec le temps, la terre avait recouvert le météore, et l'herbe poussait sur ses flancs, lui donnant l'allure d'un banal bloc de granit.

— Pourquoi les Blancs vivent-ils dans des cavernes, comme les ours ? demanda David au sorcier. Ils se prétendent civilisés et s'emmurent dans des trous de pierre.

Mais le vieil homme, préoccupé, ne daigna pas répondre. Les papooses se moquèrent de David.

— Les Blancs aiment la pierre, ricanèrent-ils, tout le monde sait ça. Ils cherchent toujours à s'abriter derrière des cailloux. Même quand ils sont morts, ils s'entassent encore des pierres sur le ventre. Ce sont des fous.

Malassow se rendit chez les soldats.

— Le roc est mauvais, tenta-t-il de leur expliquer, il ne faut pas y toucher. Encore moins s'en servir pour construire une grotte au creux de laquelle vous vous abriterez, comme vous en avez l'habitude.

Personne ne l'écouta car il parlait mal la langue des Blancs. Quand il fit des dessins sur le sol pour essayer de se faire comprendre, Hollisson les effaça d'un coup de botte. On rudoya le sorcier et on le jeta hors du camp en lui intimant de ne plus revenir. David eut honte et mal pour le vieux sage. Il se lacéra la peau du ventre avec une pierre pointue, en signe de solidarité.

Te lacérer la peau du ventre ! Toi ? David ! Tu es bien trop douillet pour ça ! C'est Wahn-Ah-Too qui l'a fait, pas toi ! Toi, tu ferais mieux de remonter à la surface avant que les choses ne se gâtent ! Tu n'es qu'un petit Blanc, tu n'es pas armé pour affronter la magie !

Les Yanatos comprirent que le temps du malheur était revenu. Le tipi de pierre des Blancs se dressait maintenant au sommet de la colline, gros cube gris percé d'étroites ouvertures. Un drapeau flottait sur ses remparts, claquant dans le vent.

Quelques semaines après l'installation des soldats dans la citadelle, on découvrit sur l'herbe de la prairie les premiers animaux torturés. Des buffles, des coyotes, des daims. Parfois même un cheval sauvage. On les avait déchiquetés, démembrés, leur arrachant les yeux, la langue, les pattes, la tête. On avait dévoré tous leurs organes internes, faisant d'eux des carcasses de chair creuse.

La nuit, les guerriers placés en sentinelle voyaient passer des ombres inquiétantes. David-Wahn-Ah-Too les vit lui aussi.

— Des bêtes, essaya-t-il d'expliquer. Des bêtes

plus hautes qu'un homme, qui se déplaçaient sur leurs pattes de derrière, comme des ours. Des bêtes dont l'haleine répandait une puanteur insoutenable.

Malgré son jeune âge, on le crut. On alluma des torches et des feux, on tailla des flèches et des lances. Certains parlaient d'ours nus, sans fourrure, à la gueule aplatie. D'autres, d'hommes affreux, d'une taille dépassant la normale, à la peau grise et aux mâchoires hérissées de crocs.

Un guerrier, dont la peur faisait trembler la voix, affirma avoir reconnu Hollisson malgré les déformations de son visage.

— Il était agenouillé dans le ventre d'une jument morte, expliqua-t-il à David, et il puisait dans ses entrailles à pleines mains. Sa bouche était si large qu'il aurait pu avaler un bébé sans courir le risque de s'étouffer.

Par la suite, toutes les descriptions corroborèrent ce portrait : une bête immense et nue, à la bouche démesurée béant sur un fouillis de crocs plantés en désordre.

On parla aussi de mains recouvertes de corne, du bout des doigts jusqu'à la hauteur du poignet, de monstrueuses serres d'ivoire capables de griffer la pierre la plus dure. « C'était Hollisson, répétait-on. Hollisson et ses soldats. » Et David savait, tout au fond de lui, qu'il ne pouvait en être autrement.

Dans les ténèbres, la citadelle perchée au sommet de la colline brillait chaque nuit d'une étrange lueur phosphorescente, à la manière de ces feux follets qui se déplacent à la surface des marais, au-dessus des tourbes méphitiques.

Quand les animaux eurent déserté la plaine, les squaws commencèrent à disparaître. Cela se passait toujours de la même manière : la bête, silencieuse malgré sa taille, se glissait dans le campement, éventrait une tente de cuir et s'emparait d'une dormeuse. Le lendemain, on retrouvait la tête de la malheureuse dans l'herbe. On lui avait mangé la langue, sucé les yeux et la cervelle. Même chose pour le corps dont on avait absorbé tous les organes internes sans toucher à la chair. Les monstres ne se nourrissaient que de viscères. Ils ne dépeçaient leurs proies que pour mieux les vider. On s'aperçut qu'ils déchiraient le sexe des femmes pour pouvoir y introduire la tête, et qu'une fois enfoncés jusqu'aux épaules à l'intérieur de leur victime, ils festoyaient en toute tranquillité.

L'horreur s'empara de la tribu, mais les Yanatos ne pouvaient pas fuir une fois de plus sans perdre leur honneur de guerriers. Il fallait affronter le danger, si horrible fût-il, ou devenir la risée des autres tribus.

Trois femmes enceintes disparurent coup sur coup, dont la mère et la sœur aînée de David-Wahn-Ah-Too. On retrouva leurs dépouilles vides, comme les autres. Hollisson et ses monstres avaient dévoré leurs entrailles... ainsi que les enfants qu'elles portaient dans leurs flancs. Cette fois la colère l'emporta sur la peur. On éleva plusieurs jeunes Indiens au rang de guerriers, et David, qui n'avait pourtant pas atteint l'âge, se vit remettre une lance, un couteau, pour participer à l'expédition. On lui offrait là l'occasion de gagner sa première plume... mais cette première plume risquait d'être aussi la dernière.

Les Yanatos se peignirent le visage, sortirent leurs armes et montèrent à l'assaut de la citadelle. *Je vais au combat,* pensait David qui marchait à l'arrière de la colonne. *Dans quelques instants, je mourrai en guerrier et je galoperai à jamais dans les prairies célestes.*

Il n'était ni triste ni effrayé, toutefois ses doigts devinrent moites sur la hampe de la lance trop grande pour lui.

Chose curieuse, personne ne sonna l'alarme en les voyant approcher, le canon ne fut pas mis en batterie et aucun soldat ne vint prendre position sur les remparts, le fusil au poing. La porte de la citadelle était béante, la plupart des soldats paressaient sur l'herbe, en tenue débraillée, certains complètement nus. Les mains croisées sur le ventre, dans une attitude de bêtes repues qui digèrent. Ils souriaient en regardant le ciel, indifférents à l'arrivée des sauvages.

— Tuez-les tous ! ordonna Malassow. C'est la pierre de lune qui fait d'eux des monstres chaque nuit. Qu'il n'en reste pas un seul !

Les guerriers se jetèrent sur les soldats, les clouant au sol de la pointe de leurs lances, leur ouvrant la gorge à coups de poignard. Et David les imita. Il n'était qu'un enfant, pourtant il tuait, avec la même détermination, la même efficacité.

Pas une de leurs victimes ne poussa le moindre gémissement de souffrance. Aucun des hommes n'ébaucha un geste de défense ou de fuite. Ils se laissèrent massacrer sans cesser de sourire... d'un sourire plus horrible que la grimace d'un homme dont on arrache les parties génitales avec un coutelas chauffé à blanc.

Malassow et les guerriers trouvèrent Hollisson dans la chambre des cartes, nu, rose comme un monstrueux bébé. Il rêvassait, les yeux dans le vague, un livre de poésie entre les mains. Sur un phonographe un disque tournait, diffusant une rengaine. Les guerriers le crucifièrent sur le sol avec leurs couteaux, puis ils lui crevèrent les yeux avec un porte-plume qui traînait sur le bureau. Enfin ils l'émasculèrent, le scalpèrent, et lui ouvrirent le corps, du pubis à la pomme d'Adam. Malgré cela, et au travers du sang qui le barbouillait, William Desmond Hollisson ne cessa ni de sourire ni de fredonner.

Cette fois David Wahn-Ah-Too crut qu'il allait s'évanouir. Frappés d'une terreur sacrée, les guerriers se replièrent, les mains tremblantes. Dès qu'ils eurent franchi le seuil de la citadelle, ils se mirent à courir en désordre, se bousculant pour dévaler les pentes de la colline. Ils rentrèrent au camp, couverts de sang et claquant des dents, nullement soulagés par cette victoire inacceptable.

— Ce n'est pas une belle bataille, conclut Malassow. Et personne parmi nous ne peut en être fier.

Il n'y eut ni danses ni chants et, ce soir-là, chacun tourna ses regards vers le sommet de la colline où la citadelle brillait d'un éclat inaccoutumé.

Durant une semaine il ne se passa rien. Le huitième jour, David aperçut Hollisson qui faisait du cheval autour de la colline. Il était nu, ses cheveux avaient commencé à repousser, et sur son torse une cicatrice formait un bourrelet blanchâtre mais solide. Il trotta jusqu'au camp et salua Malassow fort civilement. Terrifié, le sorcier put voir qu'au fond des orbites massacrées, les globes oculaires du soldat étaient en train de se reconstituer.

Invincibles... le mot courut aussitôt de bouche en bouche. David, qui avait eu assez de courage ou d'inconscience pour s'approcher à un jet de pierre du fortin, rapporta que les soldats avaient repris leur train-train quotidien : jouant aux cartes ou cirant leurs bottes en dépit des blessures monstrueuses qui sillonnaient leurs corps. La plupart des plaies étaient d'ailleurs en voie de cicatrisation et offraient au regard un bel aspect rosé, sans nulle trace d'infection.

— Ils guérissent, balbutia David en se cramponnant à la main desséchée du sorcier. Nous les avons tués et ils sont déjà prêts à recommencer. Nous aurions dû les couper en morceaux, les brûler, les...

— Cela n'aurait servi à rien, déclara Malassow. Tant que la pierre de lune les protégera, leur chair n'aura rien à redouter du tranchant de nos lames. Ils ne sont plus humains, leurs corps se sont modifiés. Si nous voulons leur causer préjudice, il faudra recourir à la magie.

Observant ses indications, la tribu planta sur la colline des totems taillés à l'effigie d'un monstre coiffé d'un croissant de lune, puis Malassow fit ensemencer les alentours du fortin avec une graine mystérieuse dans laquelle il mettait ses derniers espoirs.

A la première pluie, les semences engendrèrent

des arbres majestueux à croissance rapide. En quelques mois, les versants de la colline se couvrirent d'une végétation serrée, aux troncs énormes, rapprochés. La citadelle se trouva encerclée.

— Si nous ne pouvons les tuer, soupira Malassow, essayons au moins de les mettre en cage !

David constata avec un certain soulagement que la stratégie du vieil homme se révélait payante. Les arbres colossaux, indéracinables, gênaient la progression des hommes-bêtes. S'ils avaient joui de toutes leurs facultés, ils auraient pu, durant le jour, s'emparer d'une hache, d'une scie, et les jeter à bas, mais leur esprit battait la campagne. On les voyait sourire, multiplier les politesses, avec une grâce efféminée de mignons. La nuit, drainant toute leur bestialité, les laissait épurés, niais, sans initiative.

Bientôt, heureusement, les arbres furent assez gros pour interdire aux monstres de quitter la colline. Ils essayèrent de grimper le long des troncs mais les branches cassèrent sous leur poids. Les Yanatos tassés autour de feux de camps entendirent alors d'épouvantables hurlements s'élever de la citadelle en direction de la lune. C'étaient des cris inhumains proférés par des gueules immondes aux cordes vocales conçues pour grogner, rugir. La meute des soldats-monstres hurlait jusqu'au lever du soleil, ne laissant aux Indiens aucun répit.

— Que va-t-il se passer ? demanda David à Malassow. Vont-ils devenir assez forts pour déraciner les arbres et se frayer un chemin dans la forêt ?

Mais le vieil homme secouait la tête sans répondre. A la fin de la première semaine, les cris changèrent. A la rage se mêlait maintenant la douleur. Les hurlements des fauves se faisaient parfois glapissements.

— Malassow, suppliaient les guerriers, dis-nous ce qui se passe, par pitié !

— Vous ne comprenez donc pas ? ricana le sorcier. Ils ont faim. Ils sont en train de se dévorer les uns les autres. Bientôt ils seront tous morts. Et s'il n'en reste qu'un, celui-là dévorera son propre corps pour apaiser sa faim.

— Mais ils ne peuvent pas mourir, protestèrent les hommes.

— Un homme ne peut pas tuer un monstre, corrigea Malassow, mais les monstres peuvent se tuer entre eux.

C'est ce qui arriva. A la fin de la seconde semaine, les cris s'éteignirent. Les Yanatos décidèrent de se glisser entre les troncs pour monter jusqu'à la citadelle. Là-haut, ils ne découvrirent que des carcasses déchiquetées, inidentifiables. Hollisson, moribond, s'était traîné dans la chambre des cartes. Pour apaiser son horrible fringale, il s'était dévoré les jambes et les bras. Homme-tronc dérivant aux frontières de la mort, il fredonnait en souriant de sa bouche maculée de sang.

Les Yanatos le descendirent jusqu'à la rivière et placèrent son corps sur un radeau, en espérant que le courant l'emporterait au loin, vers la mer, et qu'ils n'entendraient plus jamais parler de lui.

Trois mois plus tard, une nouvelle colonne de cavalerie arriva. Elle grimpa droit au fort et trouva les corps mutilés auxquels les Indiens n'avaient pas osé toucher. Le massacre fut porté au crédit des Yanatos, et la tribu canonnée sans pitié. Malassow mourut comme beaucoup d'autres, déchiqueté par un boulet. Seules quelques squaws purent prendre la fuite, leur bébé serré sur la poitrine. La région fut déclarée « pacifiée », et l'on vit arriver les premiers chariots. Une ville champignon sortit de la plaine : Willoughby Point.

Mais David-Wahn-Ah-Too ne put transmettre le secret de la colline à ses habitants, car il était déjà mort à cette époque. Au terme de l'ultime bataille, il avait essayé de suivre les squaws pendant quelques kilomètres, mais il avait reçu un mauvais coup de sabre sur la tête, et le sang l'aveuglait. Il avait fini par se coucher, exsangue, sur l'herbe de la plaine.

« Les prairies célestes, murmura-t-il en s'allongeant. J'entre dans la grande prairie. Elle est verte... Oh ! qu'elle est verte. »

*

David sentait maintenant son corps se refroidir, pourrir, les humeurs s'accumuler dans son dos. Il mourait avec Wahn-Ah-Too. Il mourait et son esprit s'enracinait dans la terre de la plaine. Il comprit qu'il devait faire un effort s'il ne voulait pas rester prisonnier de l'enveloppe corporelle d'un jeune Indien du siècle dernier. Il lui fallait échapper à la magie du peyotl, réintégrer son corps, retrouver sa propre vie, cesser de dériver dans le courant du temps. Mais Wahn-Ah-Too essayait de le retenir.

« Reste avec moi, petit Blanc, disait-il en ricanant. Je serai moins seul. Et il faut bien quelqu'un pour rassembler mes pauvres os éparpillés sous l'herbe. Tous les enfants du monde savent jouer aux osselets... Tu reconstitueras mon squelette. Reste, petit Blanc. Je t'ai prêté mon nom et mes souvenirs ; en échange, tiens-moi compagnie. Reste... »

David se débattait, essayant de s'arracher à l'étreinte de l'herbe, de cette tombe qui n'était pas la sienne.

« Je m'appelle David, balbutiait-il. Je ne suis pas un Indien. J'ai simplement regardé dans la tête d'un mort... Je vais me réveiller. Ce n'est qu'un tour de passe-passe, un délire dû à la drogue. Anatos m'a hypnotisé, simplement hypnotisé. »

Il fut pris de convulsions, et ce fut comme s'il donnait un coup de pied au fond d'une piscine pour remonter à la surface, mais l'eau était épaisse, collante. Il crut qu'il n'y arriverait jamais. Il eut un spasme, vomit, faillit s'étouffer dans ses déjections.

— Là... Là, c'est fini, lui murmura la voix sourde d'Anatos. Tu reviens, tu es en train de revenir. Ne t'affole pas.

Il essuyait le menton et la poitrine de David avec un chiffon puant. L'enfant ouvrit enfin les yeux. Ses paupières se décollèrent douloureusement comme une cicatrice qu'on déchire, et il gémit.

Anatos haletait, le visage luisant. David, toujours nu, sentait son cœur battre contre ses côtes. Son esprit ne se rebellait nullement contre ce qu'il venait de vivre. Quelque chose lui murmurait que les esprits indiens n'avaient pas menti et qu'il n'était pas fou. Pendant toute la durée du « voyage », il lui avait semblé entendre gronder la colline sous ses reins. Cela ne le surprenait pas, il l'avait toujours su mauvaise, dès le premier jour, dès le premier regard.

— C'étaient des loups-garous ? demanda-t-il. (Maintenant qu'il ne suffoquait plus, il n'avait plus peur.) Hollisson et les autres. Ceux que Wahn-Ah-Too m'a fait approcher... c'étaient des loups-garous ?

Anatos haussa les épaules.

— Peut-être, mais ils ne ressemblaient pas à ceux qu'on bricole habituellement dans les films. D'ailleurs, personne n'a réussi à faire d'eux une description exacte. Ceux qui les ont approchés d'assez près pour les voir ne sont jamais revenus.

— Après, chuchota David, ça a recommencé ?

— Après, et après, et encore après... jusqu'à ce que les gens de Willoughby commencent enfin à comprendre, jusqu'à ce que personne ne veuille plus habiter la citadelle.

— Ils n'ont pas essayé de la détruire ?

— Si, mais rien n'y a fait. Ni les tonneaux de poudre, ni la dynamite. Cette chose est tombée de la lune, elle a traversé l'espace, pourquoi veux-tu qu'elle s'écroule sous l'effet d'une simple bombe ? Elle est indestructible comme ceux qu'elle engendre. La citadelle est restée longtemps inhabitée, puis la légende s'est perdue. Quelqu'un l'a rachetée, l'a transformée... Et chaque fois les monstres sont revenus. En un siècle on a fait d'elle une prison, un hôpital, un établissement psychiatrique, un centre de cures thermales, un hôtel, et chaque fois... Les gens de Willoughby ont dû apprendre à vivre avec la malédiction. La plupart du temps ils parviennent à écarter la menace en faisant fuir les nouveaux locataires, en les effrayant par des manifestations d'hostilité, mais certains s'entêtent.

— Comme mes parents ?

— Oui. Peut-être parce que ceux-là sont particulièrement sensibles aux émanations de la maison. Parce qu'ils sont tout de suite envoûtés.

— Tu veux dire qu'ils vont se... *transformer* ?

Le mot eut du mal à passer, et David eut un moment l'impression de recracher un insecte avalé par mégarde.

— Oui, martela Anatos. Ils vont devenir des bêtes dont la faim va grandir de jour en jour. Et rien ne pourra les arrêter, ni les pièges, ni les balles, ni les explosifs.

— Et les... balles d'argent ? balbutia David.

Anatos haussa les épaules.

— On n'est pas dans un film à effets spéciaux, ricana-t-il. Ce sont des conneries inventées par les scénaristes d'Hollywood, rien d'autre.

— Mais moi, hoqueta l'enfant, moi, je vais aussi me transformer...

La peur faisait s'entrechoquer ses os. Il crut qu'il allait s'affaisser. La main d'Anatos s'abattit sur son épaule.

— Non, trancha-t-il. Pas toi, parce que tu es un gosse. Les cas observés au cours du siècle écoulé prouvent que les radiations émises par les pierres n'agissent que sur les adultes.

— Pour... pourquoi ?

— Question de sécrétions hormonales. Plus un gosse est jeune, plus il est immunisé contre les effets de la maison. A condition, toutefois, de n'avoir pas été conçu à l'ombre du météore. C'est la condition essentielle. Les bébés des Yanatos naissaient garous parce que leurs parents les avaient fabriqués à l'intérieur de la zone d'irradiation. Pour toi, le problème ne se pose pas puisque tu n'es pas né sur la colline. Tu es donc naturellement protégé des effets du rayonnement.

Il fit une pause avant d'ajouter :

— Par contre rien ne t'immunisera contre les morsures de tes parents. S'ils décident de te dévorer, tu finiras en bouillie, comme les deux gosses qui t'ont précédé. Quand la Bête a faim, rien ne l'arrête, il lui faut une victime, n'importe laquelle.

Les dents de David s'étaient mises à claquer. Il se mordit le pouce pour interrompre ce bruit insupportable.

— A... Alors il faut partir ? haleta-t-il d'une voix qu'il ne reconnut pas.

— Trop tard, fit Anatos. La maison les tient en son pouvoir. Elle les a déjà satellisés. Dans quelque temps, ils vont commencer à sortir la nuit pour trouver à manger. Les arbres ne les retiendront pas, nous ne sommes plus au temps du sorcier Malassow, il y a une belle route au flanc de la colline, une route ouverte par les Blancs, c'est elle qu'ils emprunteront. Ils vont descendre au village et ne trouveront que grilles et portes blindées. Alors ils iront s'embusquer sur la route en espérant le passage d'une voiture. Il leur faudra manger, tu comprends. Manger à n'importe quel prix !

— Et s'ils ne trouvent rien ? gémit David.

— Alors ils commenceront à penser à toi. A se dire « Pourquoi s'attarder ici ? Nous trouverons bien quelque chose à la maison. »

— Ils ne feront pas ça ! rugit David.

Lenox et Buddy rirent dans son dos.

— Oh si, ils le feront, chuchota Anatos. Parce que pour eux tu ne représenteras plus rien que quelques dizaines de kilos de viande rouge sur pied. La gamine et son frère, ceux qui étaient là avant toi, ont dit la même chose.

— *Ils ne le feront pas,* nasilla Buddy en contrefaisant une voix de péronnelle. *P'pa et Mman nous aiment trop*.

— Oui, ils les aimaient, renchérit Lenox, mais *crus de préférence.*

David se boucha les oreilles. C'était un geste mélodramatique, toutefois il n'avait pu le réprimer.

— Arrête de faire l'imbécile, gronda l'Indien. Si tu crois que ça nous amuse de penser que dans trois ou quatre jours personne ne pourra plus mettre le nez dehors dès la tombée de la nuit ! J'ai vu tes parents ce matin, ils avaient l'air déjà bien entamés. Ils ont changé n'est-ce pas ? Tu le sais ? Hein ? Tu le sais ?

— Oui ! hurla David avant de fondre en larmes.

— Alors il faut faire vite, soupira l'Indien. Nous entrerons dans les détails après. Tu dois mémoriser les règles de base, savoir que la maison ne pourra rien contre toi, que tu échapperas physiquement à son influence, mais que tu seras néanmoins en danger chaque fois que le soleil se couchera à l'horizon. Tes parents, eux, vont suivre le cycle normal des métamorphoses. Et s'ils s'accouplent pendant une transformation, ils engendreront un monstre. Comme les Yanatos qui s'étaient approchés trop près du météore.

— C'est dégueulasse, bafouilla David en essuyant ses larmes d'un revers de la main.

— Tant que tes sécrétions hormonales resteront celles d'un gamin, tu ne risqueras rien ; si tu avais de la barbe, ce serait différent.

Il se tut, détourna les yeux et ajouta d'une voix chargée de gêne :

— Maintenant passons au plus délicat...

David redressa la tête, devinant que le pire était à venir. Il s'était barbouillé de morve en s'essuyant mais n'en avait cure.

— Il n'y a qu'un moyen de tuer le loup-garou, dit lentement Anatos, et la balle d'argent n'a rien à faire là-dedans. Pour en finir avec la malédiction de la lune, il faut que la Bête soit abattue par quelqu'un de sa propre famille.

— Ou... Quoi ? gargouilla David.

— Plus le lien de parenté est étroit, plus la blessure a de chance d'être mortelle, se hâta de préciser Anatos. Je ne cherche pas à l'expliquer, j'affirme que cela s'est constamment vérifié au cours du siècle écoulé. C'est le choc des sangs. Le sang pur contre l'impur. Le problème ne peut se résoudre qu'en famille. La Bête ne se décide à mourir que si elle se voit abattue par quelqu'un de sa propre lignée, quelqu'un qui lui est cher. C'est cette condamnation qui la convainc de sa monstruosité et de la nécessité de disparaître. Il n'existe aucune autre échappatoire. Aucune.

— Vous êtes tous fous, souffla David avec horreur.

Il esquissa un mouvement pour se relever, mais la poigne de l'Indien le cloua au sol.

— Tiens, môme, murmura Buddy en lui passant un flacon de gnôle artisanale. Bois un coup, t'en as besoin.

Machinalement David porta la bouteille à sa bouche et avala une gorgée du tord-boyau. Une bouffée de chaleur lui embrasa aussitôt le visage, amplifiant la confusion qui régnait en lui.

— Il fait froid dans la maison, dit-il sans regarder personne. Les meubles flottent au-dessus du sol, et il fait toujours nuit dans les pièces, même en plein jour.

— C'est l'atmosphère lunaire, commenta Anatos. A la tombée du jour, les pierres retrouvent leur pouvoir. La gravité s'allège, comme sur la lune. La température baisse. Les murs reflètent une lumière sans chaleur.

— Tu y es entré ? interrogea David.

— Oui, une fois, avoua l'Indien. Ça a failli me coûter cher.

Il écarta son tee-shirt, dévoilant les blessures parallèles de sa poitrine.

— Je pensais que la magie des anciens me protégerait, fit-il avec un ricanement. Je suis le dernier des Yanatos. Mais la Bête était là, je n'ai pas eu le temps de l'apercevoir. Elle n'a fait que m'effleurer. Je me suis hissé dans un arbre où elle n'a pas pu me suivre. Généralement ils sont trop lourds pour grimper aux branches. Ils sont puissants mais manquent de souplesse. Le lendemain ils ne se souviennent de rien et passent la journée à digérer, comme des chats. Ils sont d'humeur charmante, très sociables, ne demandant qu'à rendre service. Tu t'en apercevras par toi-même.

— Je ne veux pas les tuer, martela David. Ce sont mes parents. Je les aime.

— Attends d'avoir vraiment peur, siffla l'Indien. Tu les aimeras peut-être moins.

David se détourna, attrapa ses vêtements et entreprit de se rhabiller.

— Vous êtes trois cinglés, laissa-t-il tomber. A l'école j'avais un copain qui sniffait du décapant. Il racontait des trucs dingues, comme vous. Vous vous amusez à vous payer ma tête, c'est tout.

— Tu ne crois pas un mot de ce que tu es en train de dire, observa Anatos. Tout ce que je t'ai raconté, tu l'avais déjà pressenti. Je me trompe ?

— Non, avoua David. Et j'ai vu flotter les armoires... Mais je ne veux pas tuer mes parents. Je vais leur dire qu'il faut partir.

Anatos fit la moue.

— Ça servira à rien. Ils sont déjà atteints. Digère ce qu'on vient de te dire mais réfléchis vite. A mon avis, la métamorphose commencera d'ici trois ou quatre jours. Nous essaierons de te protéger dans la mesure de nos moyens, mais dis-toi bien que c'est toi, *et toi seul,* qui peux mettre fin à cette menace.

Ils se levèrent et sortirent de la cabane conique.

Anatos enfourcha sa moto.

— La ville va se retrancher derrière ses grilles, dit-il en faisant sauter la béquille soutenant sa machine, Barlow sait qu'il ne peut rien contre les bêtes. Il a tout tenté dans sa jeunesse : les pièges, les embuscades fusil au poing, les explosifs. Il a perdu ses meilleurs amis en luttant contre les garous, maintenant il se terre comme les autres. Comme Hossecker qui s'enferme la nuit dans son église blindée pour siroter une gnôle qui rendrait aveugle un taureau. C'est à toi de jouer, môme. Nous t'avons exposé les règles, comme nous le faisons à chaque fois qu'une famille s'installe sur la colline.

— Est-ce qu'un enfant vous a obéi, une fois, une seule ? interrogea haineusement David.

Anatos posa sur son nez busqué ses lunettes de motocycliste.

— Oui, fit-il. Une fois. Une gamine de onze ans. Elle a tué son père et sa mère, avec un couteau de cuisine et...

— Et ?

— Elle s'est pendue après, avoua Anatos. On l'a retrouvée dans la forêt, accrochée à une basse branche, sa corde à sauter autour du cou.

Il se redressa pour peser de tout son poids sur le kick.

— Et lorsqu'ils ont dévoré leurs enfants, haleta David en s'accrochant au guidon de l'engin. Qu'est-ce qu'ils font ?

— Ils restent dans la région tant qu'ils peuvent y trouver à manger. Avec le temps ils deviennent rusés. Parfois ils réussissent même à s'introduire dans les maisons, à forcer les grilles, mais certains s'en vont chercher plus loin, ils quittent le pays.

— Est-ce qu'ils restent loups-garous ?

— Personne ne le sait. Peut-être que les métamorphoses s'estompent lorsqu'on n'est plus en contact avec la maison ?

— Alors, jeta David, plein d'espoir. Si j'arrive à les faire partir, mes parents redeviendront normaux !

— Ils ne partiront pas de leur plein gré, cracha Anatos avec la lassitude d'un professeur en face d'un élève obtus. La maison les tient. Elle ne les lâchera plus maintenant. C'est à toi de jouer. A toi seul... Et personne ne t'aidera.

La moto s'élança. Buddy et Lenox enfourchèrent leurs vélos pour se couler dans le sillage de l'Indien. David se retrouva seul. Entre ses pieds, son ombre s'étirait jusqu'au bas de la colline, immense...

Très loin en arrière, à des années-lumière, il entendit la voix de M'man qui l'appelait pour le goûter.

8

Quand il arriva au sommet de la colline, M'man avait disposé une assiette de gâteaux et un verre de lait glacé sur la vieille table à pique-nique constellée de graffitis. Elle lui demanda s'il avait fait une bonne promenade, s'il avait rencontré des fées et des lutins. Il réalisa qu'elle lui parlait comme s'il avait cinq ans. Il crut qu'elle allait s'asseoir, lui prendre la main, et lui raconter *Alice au Pays des Merveilles*.

Il grignota les biscuits, l'estomac noué. Assise dans l'herbe, M'man souriait en regardant une coccinelle courir sur son genou.

— Ça chatouille, gloussa-t-elle au bout d'un moment.

David se cramponnait à la table. Les paroles d'Anatos tournaient dans sa tête telle la lame d'une scie circulaire, saccageant son cerveau.

Conneries, se répétait-il. *Rien que des conneries.* Mais il savait que c'était faux, que les « traqueurs » n'avaient pas essayé de se moquer de lui. Du coin de l'œil, il examina la maison. C'était donc là que les hommes-loups du commandant Hollisson s'étaient entre-dévorés ? Les planches des parquets avaient bu le sang de leurs entrailles répandues, prenant une teinte vineuse que la cire — par la suite — n'avait jamais dissimulée. C'était ici que leurs griffes avaient labouré les murs ; il en restait probablement des traces, sous les diverses épaisseurs de papier peint. Des traces « historiques », affreuses. C'était encore là, sur cette même pelouse, que les Indiens les avaient cloués à coups de lance sans parvenir à les tuer...

« Aimables le jour, avait dit Anatos, monstrueux la nuit. La métamorphose mobilise toute leur agressivité ; au soleil ils ne savent que sourire. »

Le processus était déjà en marche, David le pressentait. D'un revers de la main, il renversa intentionnellement son verre de lait. M'man s'approcha et sourit.

— Petit maladroit, dit-elle en lui ébouriffant les cheveux.

David serra les mâchoires, il aurait préféré une gifle.

Il passa le reste de l'après-midi dans un vieux fauteuil de toile, faisant semblant de lire des BD. En fait, les yeux dissimulés par ses lunettes noires, il épiait ses parents, notant chacune de leurs attitudes. Au bout d'une heure d'observation, il dut s'avouer qu'il ne les reconnaissait plus. P'pa se fit piquer par une guêpe et se contenta d'ébaucher une grimace, alors que par le passé (la chose s'était déjà produite !), il se serait armé d'un marteau pour tenter d'écraser l'insecte coûte que coûte, tout en vomissant les jurons les plus abominables. David ne pouvait détacher son regard de la cloque douloureuse gonflant sur le biceps de son père.

Un peu plus tard P'pa et M'man chahutèrent sur l'herbe, comme des gamins... *ou comme de jeunes animaux.* Il y avait dans leurs mouvements une grâce féline, une souplesse qui coupait le souffle. M'man roulait, bondissait, tandis que sur ses cuisses, ses bras, se gonflaient des muscles que David ne lui avait jamais connus.

— Tu ne m'attraperas pas, tu ne m'attraperas pas...

Elle chantonnait d'une voix criarde de gamine excitée. Et P'pa bondissait, sautant par-dessus la table de pique-nique sans même avoir pris d'élan. Ils avaient l'air d'éprouver un grand plaisir à se malaxer, se pétrir, à toucher leur chair nue. A plusieurs reprises, ils se griffèrent en chahutant, se balafrant les épaules et les bras de stries rouges auxquelles ils ne prêtèrent aucune attention.

— Il est bien sérieux notre David, dit tout à coup P'pa en se plantant au pied du fauteuil de toile.

Pris en flagrant délit d'espionnage, David se ratatina au fond du siège délavé. Les yeux que son père braquaient sur lui avaient la fixité d'une pupille de chat se préparant à l'attaque.

— Tu veux que je te fabrique des jouets ? proposa gentiment P'pa en s'agenouillant. C'est facile, je coupe du bois, je sors les outils et hop ! Tu voulais un cheval à bascule, je crois. Je te le fais en deux jours ton cheval, d'accord ?

— P'pa, soupira David. Le cheval à bascule, c'était quand j'avais quatre ans.

Son père se redressa, troublé. Durant une seconde son visage se crispa, retrouvant l'expression de contrariété que David lui avait toujours connue. Allait-il se fâcher ? Lui expédier une gifle ?

Jamais David n'aurait pensé qu'il souhaiterait un jour avec autant d'ardeur le retour des colères paternelles. Mais la grimace s'effaça aussitôt, les traits redevinrent lisses. Souriants.

— Si tu ne veux pas du cheval, se contenta de murmurer son père comme s'il ne l'avait pas entendu, on trouvera autre chose. Un crocodile à roulettes ? Je réussis très bien les crocodiles à roulettes. Je lui ferai une queue articulée qui se dandinera quand tu le tireras derrière toi, au square. Tous tes petits copains en seront jaloux !

David déglutit. Le tremblement de ses mains se communiquait au journal de bandes dessinées, l'agitant d'un frémissement qui rappelait le bruit du vent dans les feuilles des arbres.

— Un crocodile, clama P'pa en s'éloignant d'un air résolu. Un chouette crocodile.

Mais il ne sortit pas ses outils. Au bout d'une dizaine de pas il avait déjà oublié son intention première et s'assit à la table pour bâtir un château de cartes. Chaque fois que le vent faisait s'écrouler le fragile échafaudage, il recommençait, inlassablement, sans jamais jurer ni esquisser le moindre geste d'impatience. David n'était plus qu'un bloc de glace. Ces sourires, cette bonne humeur que rien n'altérait, étaient pour lui autant de présages funestes. Ses parents ne se comportaient plus de façon normale. S'il avait grimpé sur le capot de la voiture pour défoncer le pare-brise à coups de pied, P'pa aurait probablement lancé une plaisanterie du genre : « T'as raison, fils, comme ça on respirera mieux ! » Et c'était bien cela le plus abominable : cette gentillesse prélude d'une bestialité en gestation.

David s'arracha au fauteuil et courut dans la maison pour se passer de l'eau sur le visage. Il comprenait soudain l'assurance inébranlable d'Anatos : « Tu ne pourras pas les décider à partir. La maison les tient en son pouvoir, c'est trop tard. » Oui, c'était inutile, il le sentait bien. Parler à P'pa ou M'man, c'était s'adresser à des statues de square, à des mannequins dans la vitrine d'un grand magasin. Ils étaient envoûtés. Leurs processus mentaux eux-mêmes ne fonctionnaient plus de façon habituelle. P'pa ne lui avait-il pas proposé aujourd'hui le cheval à bascule qu'il réclamait sept ans plus tôt ? S'il parlait de départ, ils lui opposeraient leur fichu sourire d'apôtres de la non-violence.

Que pouvait-il faire ? Ficher le camp ? Faire un baluchon et s'enfuir sur les routes ? Mais non, ç'aurait été dégueulasse, il ne pouvait pas les abandonner à leur sort. Il existait sûrement un moyen de les guérir. Il devait trouver ce moyen, et pour cela les observer, et les observer encore, comme s'ils étaient des animaux de laboratoire auxquels on a injecté un virus inconnu.

*

Dans les jours qui suivirent, il se cantonna à son rôle de témoin silencieux, notant les progrès de la maladie, cherchant la faille. Cette tâche de tous les instants occupait son esprit et l'empêchait de tourner en rond.

La nuit, il lui arrivait de rêver qu'il enfonçait dans le ventre de M'man le gros couteau de cuisine qui servait à découper le gigot. Il sentait très distinctement la lame lutter contre l'élasticité des muscles abdominaux puis, au terme de cette brève résistance, s'enfoncer dans un abîme de mollesse, saccageant tous ces organes compliqués que les femmes cachent dans leur ventre, et qui leur donnent tant de soucis.

A d'autres moments, il se voyait en train de frapper son père à la tête avec un marteau prélevé dans la boîte à outils. Le crâne de P'pa cédait avec un bruit d'œuf fendu, et des fissures se mettaient à rayonner autour du point d'impact, donnant à son visage l'aspect craquelé d'une vieille potiche.

La scène se répétait à l'infini, avec de menues variantes grotesques ou horribles : le couteau qui crevait le ventre d'Isa libérait par la même occasion le bébé monstrueux qu'elle portait en elle. Le nouveau-né jaillissant de la blessure aboyait comme un chien et tentait de mordre David au mollet...

Le cycle se terminait toujours de la même manière : David courait dans la forêt, une corde à sauter à la main... et se pendait à une basse branche.

Il sortait de ces cauchemars le cœur au bord des lèvres, en sueur malgré la température extrêmement basse qui régnait dans la maison. Désormais il avait peur de quitter son lit et préférait uriner dans une bouteille plutôt que d'affronter les couloirs déserts et leur phosphorescence maladive. Chaque fois qu'il entrebâillait la porte de sa chambre, il apercevait quelque chose qui lui glaçait le sang. Tantôt c'était une soupière flottant à un mètre du sol et dérivant entre les parois du corridor, tantôt c'était Isa, nue, les yeux révulsés, errant comme une somnambule et se frottant aux murs avec des halètements de chienne en chaleur. Une nuit qu'il braquait sur elle le faisceau de sa lampe torche, elle darda dans sa direction une langue démesurée, pointue, qu'elle agita de manière dégoûtante. David referma aussitôt sa porte et coinça une chaise sous la poignée.

Ses observations lui permirent de déterminer que l'allégement de la gravité agissait inégalement selon l'endroit où l'on se trouvait. Dans certaines pièces on n'en percevait guère l'effet, dans d'autres on se sentait presque soulevé de terre au moindre mouvement. En sondant les murs, il comprit que les grandes salles de la citadelle originelle avaient été divisées en chambres plus petites au moyen de cloisons de brique rouge. Ces chambres, bâties à partir de matériaux anodins, affaiblissaient le phénomène.

David notait ses conclusions dans un cahier. Il agissait ainsi pour résister à l'avalanche de terreur qu'il sentait gronder au fond de son inconscient. Le détachement « scientifique » était, de son point de vue, le seul moyen d'échapper à la démence… ou du moins de la retarder.

Il essayait le plus possible de ne pas penser à l'avenir, à cette solution finale suggérée par Anatos et ses complices. Mais le problème revenait sous forme de cauchemars dans lesquels il accomplissait, en d'interminables ralentis, les gestes meurtriers qui lui faisaient si peur.

Le couteau s'enfonçant dans le ventre de M'man. Son nombril, petite bouche, qui s'agite et hurle avec une voix de souris de dessin animé « Assassin ! »

Grotesque. Insupportable.

Le crâne de P'pa qui craque comme un œuf et révèle, en guise de cervelle, un énorme poussin duveteux, ramassé sur lui-même, qui fait : piou-piou...

Idiot. Atroce.

L'apparition du soleil au-dessus de la forêt n'apportait à David aucune délivrance. L'angoisse demeurait là, fichée dans sa poitrine, telle une pointe de flèche rouillée. Le petit déjeuner avalé, il se traînait jusqu'au fauteuil de toile et reprenait son poste de sentinelle, les yeux aux aguets, tandis que la sueur de ses doigts délayait l'encre bon marché du petit journal de BD.

*

Vingt-quatre heures après la révélation d'Anatos, P'pa se mit à pisser aux quatre coins de la maison pour marquer son territoire. Il ne se cachait nullement, et son urine répandait une odeur forte, aux relents de ménagerie.

M'man ne tarda pas à l'imiter. Sans se soucier de David, elle baissait son short et s'accroupissait sur la pelouse pour vider sa vessie. En entendant chuinter le jet entre ses jambes, David baissait la tête et s'abîmait dans la contemplation du Capitaine Météor qui, d'une case à l'autre, repoussait une invasion d'araignées géantes ou faisait ricocher à coups de poing une pluie de météorites menaçant son vaisseau spatial.

... Des animaux. Ils se comportaient comme des animaux, indifférents à tout sentiment de pudeur. Bientôt ils cesseraient de s'habiller, peut-être même s'accoupleraient-ils sur la pelouse ?

A l'intérieur de la chambre des parents régnait à présent une intolérable odeur de sueur. Leur couche sentait la litière, leurs vêtements eux-mêmes empestaient le suint. Les renifler c'était plonger le nez dans la laine grasse et pouilleuse d'un mouton. Chaque matin, David se retrouvait seul dans la grande salle de bains. Il était manifeste que les ablutions ne constituaient plus pour ses parents un devoir incontournable. David les observait tandis qu'ils s'installaient dans la crasse. Il eut l'impression que la barbe et les cheveux de P'pa poussaient plus vite qu'à l'ordinaire. *Ses ongles aussi.*

Lui qui avait toujours eu des ongles ras, trop courts parce qu'un peu rongés, arborait aujourd'hui des griffes épaisses et cornées, qui crissaient parfois sur la porcelaine des assiettes. Avec les cheveux longs qui touchaient ses épaules, ces ongles de femme oisive lui donnaient l'air un peu équivoque d'un giton trop musclé pour plage californienne branchée.

M'man, elle, dans un réflexe persistant de coquetterie, abusait des lotions déodorantes et des parfums. Par moments, elle affichait une expression de profonde perplexité qui ne durait jamais longtemps.

Les parents ne parlaient plus beaucoup, se contentant de communiquer par gestes ou par grognements. La plupart du temps ils demeuraient vautrés au soleil, les yeux grands ouverts, fixes, comme si la lumière éclatante qui tombait du ciel ne les gênait pas.

« Seuls les animaux jouissent du privilège de regarder le soleil en face sans ciller, nota David dans son journal. L'homme, lui, ne le peut pas. »

L'heure des repas constituait toujours pour David un moment de grande tension nerveuse car M'man, jadis excellente cuisinière, amenait à présent sur la table des mets de moins en moins élaborés. P'pa, très vite, se plaignit de ce que la viande était trop cuite. Bientôt, M'man et lui absorbèrent leurs steacks crus.

— C'est meilleur, dirent-ils à leur fils. On sent presque les vitamines craquer sous la dent. Tu devrais faire comme nous. De toute manière la viande cuite donne le cancer, c'est bien connu.

David bégayait des réponses approximatives. La plupart du temps M'man oubliait d'apporter les couverts et il fallait manger avec les doigts.

— Fais pas ta pucelle, rigolait P'pa. Tu crois que les trappeurs se servaient de couverts en argent ?

Et, se penchant au ras de la table, il tirait une langue interminable pour lécher son assiette. Sa barbe et ses cheveux auréolaient à présent son visage d'une crinière de lion. Les débris des différents repas restaient accrochés dans cette masse de poils entremêlés sans que M'man y trouve à redire.

Parfois, lorsque le vent tournait, David sentait passer sur lui l'odeur de ses parents. Une odeur inconnue qui n'évoquait plus ni le savon ni la lotion après rasage. Quelque chose de puissamment animal qu'il avait parfois senti sur les bêtes séchées de la collection de Billy Shonacker. « Une odeur de couilles », avait dit Billy dans son langage fleuri.

« Quand tu vas au zoo, approche-toi des lions, des tigres, et renifle, murmurait-il. Tu verras, ça sent le fauve, ça sent la couille. C'est leurs hormones qui font ça. Ils ne sont bâtis que pour deux choses : le rut et le massacre. »

Le rut et le massacre... Les mots tournaient dans l'esprit de David. Alors il regardait les ongles de P'pa sur la table. Des ongles durs qu'on ne pouvait déjà plus couper qu'à la tenaille. Des ongles épais, nervurés, qui l'auraient gêné s'il avait dû se servir de ses outils. *On ne voudrait pas de lui comme D-J,* songea David en retenant un rire hystérique, *il rayerait les disques en les attrapant !*

Le troisième jour, M'man apporta de la viande crue au petit déjeuner au lieu de crêpes et de sirop d'érable, et David faillit quitter la table pour dévaler à toutes jambes le versant de la colline. Un peu plus tard, en se curant les dents de la pointe d'un ongle, P'pa dit quelque chose à propos de l'absence d'animaux dans les parages de la maison.

— Ils ne sont pas encore habitués à nous, murmura-il en regardant fixement la forêt. Il faut qu'ils apprennent à nous aimer. J'aimerais bien que les oiseaux viennent picorer des miettes de pain au creux de mes paumes.

— Comme dans *Blanche-Neige,* renchérit M'man.

— Il faudrait aller à leur rencontre, reprit P'pa, leur prouver que nous ne voulons que leur bien. Leur présence me manque... J'aimerais... J'aimerais caresser une biche.

— Un faon, dit M'man, les yeux humides.

David frémit. Avant, quand tout était *normal,* ses parents entretenaient une méfiance vigilante envers les animaux qu'ils considéraient tous deux comme porteurs de maladies bizarres. « La teigne, lui avait-on maintes fois répété, la gale, la... »

— Glisser mes doigts dans le pelage d'un daim, répéta P'pa.

Il paraissait en transes, ses narines palpitaient beaucoup plus vite qu'à l'accoutumée.

— Allons dans la forêt, proposa M'man, une balade, une grande balade...

Elle se dressa. *Pas dans la forêt,* faillit crier David, *il y a des pièges.* Mais au fond de lui une voix terrifiée murmurait : *Peu importe, qu'ils s'y fassent prendre. Ce serait la meilleure solution, tu en serais débarrassé...*

Il ouvrit la bouche. Trop tard, déjà ses parents s'étaient éloignés sans plus s'occuper de lui. Au moment d'entrer dans le bois, P'pa arracha son jean et son caleçon. M'man l'imita, envoyant valser son short à l'autre bout de la pelouse d'un coup de pied négligent. Entièrement nus, ils bondirent sous les arbres en poussant des cris étranges. David les vit disparaître entre les troncs, indifférents à la morsure des ronces.

— Les animaux, hurlait P'pa. Où sont nos frères animaux ?

Et M'man gloussait en bondissant dans son sillage. David ferma les yeux. « Plonger mes mains dans leur fourrure », avait dit P'pa en étalant sur la table ses doigts aux ongles griffus. Ils allaient dévaler la pente de la colline, rebondissant d'arbre en arbre. Peut-être s'arrêteraient-ils près d'une flaque d'eau pour s'y rafraîchir en lapant le liquide à même la terre ?

Sur la table, la viande crue exhalait une odeur de sang caillé.

Un baluchon, songea David. *Piquer l'argent qui reste dans le portefeuille de P'pa... et ficher le camp. Ne pas attendre, ne pas chercher à savoir ce qui va se passer. Tu n'es qu'un gosse, tu ne peux rien faire pour eux, tu n'es pas dans une de tes saloperies de bandes dessinées ! Dans la réalité les gosses sont toujours des victimes, jamais des héros !*

Ses paumes avaient imprimé deux taches humides sur le bois de la table.

*

Andy et Isa réapparurent deux heures plus tard, constellés de zébrures sanglantes, les cuisses et les mollets hérissés d'épines arrachées aux ronces. Les basses branches, en les fouettant, avaient meurtri leur poitrine et leurs épaules. Ils n'en avaient cure et riaient tels des collégiens.

— Une sacrée belle balade, s'exclama P'pa. Un bon bol d'air, y a pas à dire, ça fait du bien.

A la tombée du jour, toutefois, son humeur s'assombrit et David remarqua qu'il reniflait comme un chien. Agenouillée sur la pelouse, M'man arrachait nerveusement des touffes d'herbe. Ni l'un ni l'autre ne s'était rhabillé et le sang des éraflures avait figé sur leur peau en croûtes brunâtres.

— Ça manque d'animaux, dit P'pa d'une voix rauque. J'aimerais bien en attraper pour les... tanner. Oui, les *tanner*. Mettre leurs peaux à sécher, fabriquer des objets de cuir.

— Des sacs, des vêtements, rêva M'man. Les touristes aiment ce genre de marchandises.

Ils reniflaient tous les deux, le cou tendu, comme si le vent leur apportait soudain mille informations que David ne pouvait pas déceler.

— Les animaux, fit P'pa.

— Ils sont loin, gémit M'man. Il y a une vache et deux veaux. Je sens leur odeur de lait.

— C'est là-bas, approuva P'pa. En ville. Mais il y a un chien, j'ai son odeur sur la langue. C'est un vieux chien, il sent la pisse.

Sous l'effet de la peur, David sentait son scrotum se rétracter, ses cheveux se dresser sur sa nuque. Le soleil se couchait et les parents avaient soudain perdu le sourire. Ils avaient maintenant des mouvements brusques de singes irrités par une trop longue captivité.

Saute dans la voiture, murmura la voix de la raison qui chuchotait dans la conscience de David. *Saute dans la voiture, mets le contact et fous le camp le plus vite possible pendant qu'il en est encore temps. Tu ne piges donc pas qu'ils sont en train de se transformer ?* Mais il demeura cloué sur place, à regarder sa mère qui reniflait comme une guenon et ne cessait de se passer la langue sur les lèvres. Soudain elle lui paraissait laide à faire peur. Avait-elle donc toujours eu ce profil prognathe ou était-ce une illusion due à la mauvaise lumière ?

— Allons nous coucher, proposa-t-il d'une voix tremblante.

Ces mots rompirent le charme. P'pa s'ébroua, ramassa son caleçon en maugréant.

— Oui, approuva-t-il, allons nous coucher. Demain il faudra penser sérieusement à cette histoire d'animaux, de peaux à tanner. On ne peut pas rester à se tourner les pouces.

« Mais tu es menuisier ! » eut envie de lancer David. Cependant, il jugea inutile d'envenimer la situation, il venait de comprendre que ses parents cherchaient un alibi pour approcher ce qui leur faisait le plus défaut en ce moment : des proies...

Camés, pensa-t-il. *Ils sont comme des camés. Bientôt plus rien ne pourra les arrêter. Il leur faudra leur dose, coûte que coûte.*

9

Le lendemain matin, P'pa décida d'une longue randonnée aux alentours pour « tenter de débusquer ces fichus animaux qui s'obstinaient à jouer les timides ».

— Je préfère ne pas t'emmener, dit-il à David. Nous marcherons vite et tu te fatiguerais.

M'man surenchérit, ils comptaient se risquer dans des endroits difficiles d'accès et David ne connaissait rien aux pièges de la campagne, *n'est-ce pas ?*

Ils partirent, sans sac à dos, négligeant gourdes et casse-croûte, mais on devinait chez eux une hâte fébrile de plonger au cœur de la forêt, de se débarrasser de leurs vêtements pour bondir au milieu des ronces. P'pa ne portait qu'une chaussure de tennis au pied droit, le gauche était nu, mais à aucun moment il ne sembla s'en apercevoir.

— Nous allons apprivoiser tous les oiseaux du voisinage, dit M'man avec ferveur. Il faut leur réapprendre le chemin de la colline. Ce serait tellement beau si, chaque matin, en ouvrant la porte, nous découvrions des biches sur la pelouse.

David les regarda s'éloigner avec un certain soulagement.

Une heure s'était à peine écoulée qu'un bruit de moteur retentit. Un vieux camion cabossé apparut au détour du chemin. Anatos était au volant, à côté de lui se tenait le shérif Barlow. A l'arrière, tassés au milieu d'un matériel hétéroclite, Buddy et Lenox grimaçaient sous l'effet des cahots. Le véhicule s'engagea dans la clairière. C'était vraiment un vieux camion comme on n'en voit qu'à la campagne. Une antiquité barbouillée d'une affreuse peinture vert olive. Une inscription au pochoir s'étalait sur les portières MAC O'LEARY. FORGERON. Anatos serra le frein à main et bondit sur le sol.

— On « les » a vus partir, annonça-t-il. On est venu pour te montrer les secrets de la maison, mais il faut faire vite, je ne voudrais pas que le vent rabatte notre odeur dans leur direction.

Il fit un geste. Buddy et Lenox sautèrent du plateau arrière et entreprirent de décharger un assortiment de plaques de tôle, de perceuses électriques. Barlow demeura tassé sur son siège, évitant le regard de l'enfant.

— Viens, dit Anatos. Je vais te montrer la cache de survie. C'est un gadget qui te sauvera la mise le temps que tu prennes une décision.

Il parlait vite et dégageait une odeur de sueur acide, comme les gens qui ont peur. La proximité de la maison le mettait mal à l'aise. Il entraîna David à l'intérieur du bâtiment et lui fit remonter l'un des couloirs tortueux de l'aile gauche.

— Il faudra que tu mémorises parfaitement le chemin, murmura-t-il. Tous les corridors se ressemblent et tu pourrais bien t'égarer.

Le fond du passage était occupé par un grand

miroir zébré de longues fêlures, dont le cadre doré avait beaucoup souffert. Anatos le décolla du mur, et David put se rendre compte que le miroir était, en fait, monté sur charnières, comme un volet. Derrière se dressait le battant blindé de ce qui ressemblait à l'entrée d'une chambre forte. Un ressort maintenait le miroir plaqué contre la porte, laissant juste assez de jeu pour qu'on puisse glisser la main entre les deux.

— C'est nous qui l'avons installé, dit fièrement l'Indien. Avant ce n'était qu'un placard, nous en avons fait un petit bunker, regarde !

La porte d'acier reposait sur des gonds énormes. Un cadre anti-pinces courait sur tout son périmètre. Malgré son aspect inébranlable, elle était cabossée et couverte de profondes éraflures comme si des pillards avaient essayé de la forcer à coups de bélier.

— On la verrouille de l'intérieur, expliqua Anatos. Personne ne peut la forcer ou traficoter la serrure.

Il fit pivoter le battant dont les gonds hurlèrent. Une bouffée d'air moite submergea David. L'enfant avança la tête dans le rectangle d'obscurité qui se découpait maintenant sur la paroi, découvrant une pièce étroite sans aucune ouverture sur l'extérieur. Cela empestait le cachot, la moisissure. Il distingua un matelas sur le sol. Un petit matelas prélevé sur un lit d'enfant.

Une prison pour gosses, pensa-t-il.

Anatos s'était agenouillé, tâtonnant sur le carrelage. Ses doigts trouvèrent enfin le briquet. Il alluma la lampe à pétrole, projetant une lueur jaune et tremblante sur les parois de la cellule. Il y avait des étagères sur les murs, des BD aux pages gondolées par l'humidité, des livres d'images, des crayons de couleur, des jouets de petit enfant : un ours qui n'avait plus qu'une oreille, des cubes, une auto rouge.

— C'est la fille qui était là avant toi, murmura Anatos. Elle est venue se cacher ici avec son frère pendant quelque temps.

David réprima un frisson. La pièce exhalait une odeur de tombeau. Sur le matelas, il aperçut une tablette de chocolat à peine grignotée. Contre le mur on avait entassé des provisions typiquement enfantines : paquets de gâteaux secs, boîtes de crème au chocolat, bouteilles de sodas, pots de confitures.

— C'est la chambre de survie, martela l'Indien. Tu as compris à quoi elle sert ou je dois te faire un dessin ?

— Ça va, protesta David d'une voix étranglée. On s'y cache la nuit pendant que...

— Ouais ! « Pendant que... » comme tu dis ! Quand la faim commencera à travailler tes chers parents, tu auras intérêt à te rabattre ici, en cachette, dès le coucher du soleil. Cette piaule, c'est ton unique canot de sauvetage, môme. Quand tu t'y rendras, prends soin de brouiller les odeurs derrière toi pour qu'ils ne puissent remonter la piste.

— Brouiller les odeurs ?

— Ouais. Suffit de dissimuler ta propre odeur sous une odeur plus puissante encore, et si possible désagréable pour un odorat développé. Du poivre, de la poudre de piment, du chili. Tu en jettes une poignée derrière toi sur le carrelage, ça suffira à leur enflammer la truffe et ils s'écarteront du couloir.

David fit quelques pas dans la pièce. Le réduit l'oppressait. Un gros réveil avait été posé près du matelas.

— N'oublie pas de le remonter, souligna l'Indien. Il n'y a pas d'ouverture sur l'extérieur et si tu t'endors tu n'auras aucun moyen de savoir si le jour est levé.

Pivotant sur lui-même, il désigna un seau émaillé jaune trônant au milieu des provisions.

— Pour la pisse et la merde, dit-il sans fioritures. Un coup de *bleach* et c'est prêt à resservir.

Se tournant vers la porte blindée, il montra à David comment verrouiller le battant au moyen des barres de sécurité transversales.

— Ça peut résister à une charge de rhinocéros, plaisanta-t-il d'une voix faussement gouailleuse, mais on va quand même la renforcer.

David réalisa soudain que le chambranle d'acier était zébré de marques profondes, comme si le tranchant d'une scie circulaire avait dérapé à sa surface en maints endroits. Le battant lui-même, malgré ses rangées de boulons, avait l'air d'avoir été embouti par un autocar.

— Ils sont... si forts ? dit-il dans un souffle.

— Ils sont terribles, fit Anatos sur le même ton (et sa voix avait soudain perdu toute trace d'enjouement). Aucun animal ne possède une telle puissance de destruction.

David hocha la tête et s'obligea à manipuler le système de fermeture de la porte. Le battant tiré, la pièce devenait encore plus petite, plus étouffante. Insupportable. Comment pouvait-on endurer cette claustration une nuit entière ?

— Je vais chercher Buddy et Lenox pour les réparations, lança Anatos. Je te laisse, fais comme chez toi.

Mais la plaisanterie tomba à plat.

David s'assit sur le matelas. La fillette avait donc dormi ici, son petit frère serré contre sa poitrine. Le gosse avait eu peur du noir, il avait pleuré. A certains moments, elle avait été forcée de le bâillonner pour qu'il ne trahisse pas l'emplacement de la cachette. Très vite leur double respiration avait alourdi l'atmosphère de la pièce, ils avaient eu la migraine, ils avaient fini par sombrer dans une torpeur épaisse.

Lançant la main au hasard, il préleva un livre sur l'étagère faisant office de bibliothèque : un roman d'amour historique édulcoré. La couverture représentait un château du Moyen Age. Au sommet du donjon, un chevalier en armure pressait contre sa cuirasse une belle jeune femme aux vêtements lacérés. Les bandes dessinées appartenaient vraisemblablement à quelqu'un d'autre car il s'agissait d'histoires de bidasses comico-pornographiques. *Les Aventures du sergent Screw et du caporal Prick.* Combien d'enfants s'étaient donc succédé ici, dans ce lieu de désespoir et de terreur ? Combien de fugitifs s'étaient recroquevillés sur le matelas, guettant le souffle d'une respiration animale de l'autre côté de la porte ?

David s'essuya les paumes sur la toile du matelas. Au milieu des crayons de couleur gisait un cahier de coloriage. La main malhabile d'un gamin y avait tracé la silhouette de ce qui semblait être une sorte de bête malfaisante, aux yeux rouges démesurés, et dont la bouche n'était qu'un zigzag de crocs. Les gosses avaient-ils eu le temps d'entr'apercevoir leurs parents en pleine métamorphose ?

David frissonna. L'atmosphère confinée du placard lui faisait battre les tempes. Le cahier terminé, on avait continué les gribouillages sur les murs. Une écriture ronde, féminine, avait tracé quelques phrases sur le plâtre marbré de taches rousses. David tourna la tête pour ne pas être tenté de les lire. C'était donc ici qu'il allait devoir apprendre à survivre ? Dans cette geôle taillée comme une oubliette ? Et si le système de fermeture se bloquait ? S'il se retrouvait prisonnier du placard ? Une vrille de frayeur monta en lui et il se mit à suffoquer. *Claustrophobie,* lui chuchota sa voix intérieure. *Tu deviendras dingue en trois heures dans ce placard.*

Non, non. C'était faux, il saurait affronter l'épreuve sans perdre les pédales, en vrai survivant. D'ailleurs, il avait lu dans un journal de vulgarisation scientifique qu'en prévision des futurs désastres nucléaires il était d'ores et déjà nécessaire de s'habituer à l'enfermement prolongé. Les savants multipliaient les simulations, pour tenter de déterminer si les gens étaient capables de se terrer plusieurs mois au fond d'un bunker sans devenir fous et s'entretuer.

Ce sera une bonne expérience, se murmura-t-il.

Comme ça tu seras fin prêt pour la troisième guerre mondiale.

Malgré ses efforts, ses pensées revenaient toujours à la fillette et à son petit frère. Il les imaginait là, sur le matelas. Il sentait presque le poids de leurs deux corps sur la mousse. La fille avait emmené des boules de cire pour se boucher les oreilles, pour oublier les frottements, les grincements de l'autre côté du battant, le bruit des griffes s'acharnant sur l'acier, les grognements aussi, des grognements de convoitise...

Combien de temps avait-elle tenu le coup ? Une semaine, deux ? Au bout de quelques jours, elle avait commencé à haïr son petit frère à cause de ses pleurs incessants, de ses caprices de bébé. Peut-être disait-il : « T'es méchante, j'm'ennuie, j'veux aller avec Maman, elle est plus gentille que toi. » La fillette avait craqué, elle l'avait giflé, pour le faire taire. Avait-elle été tentée d'ouvrir la porte, de pousser le gamin dans le couloir en lui disant : « Puisque Maman est si gentille, va donc la voir ! »

Non, tout de même pas... Non ? *Vraiment* ? En fait, il n'en savait rien ; dans ce genre de situation, tout était possible, le meilleur comme le pire ; et surtout le pire.

« Va donc voir Maman... » Et le gosse qui trottine de toute la vitesse de ses petites jambes dans le couloir qu'envahit déjà la lueur rouge du crépuscule. Il court, il tombe, il pleurniche. « M'man ? Tommy s'est fait bobo. M'man ? »

Il fait noir à présent. Tommy commence à avoir un peu peur, mais il ne veut pas retourner dans le placard. On y respire mal, et puis il y a les odeurs de caca et de pipi qui montent du seau, c'est sale, il n'aime pas ça. Et puis il a envie de crème glacée, et il n'y a pas de crème glacée dans le placard. « M'man ? » Quelque chose vient dans sa direction, un pas lourd qui fait trembler le plancher. Une odeur le submerge, une odeur affreuse. Maintenant, il a vraiment peur, il souffle sur son genou écorché, il s'entraîne à grimacer pour attendrir Maman lorsqu'elle va apparaître au détour du couloir. Car c'est elle qui vient ? N'est-ce pas ? C'est elle et pas la bête méchante dont lui a parlé sa sœur. D'ailleurs, il ne croit plus au croquemitaine, il est grand maintenant, il a presque cinq ans. Une ombre envahit le couloir, une ombre plus noire que la nuit.

David se redressa d'un bond, le souffle court, le visage luisant. Une chair de poule douloureuse hérissait le duvet de ses bras. Son cœur battait trop vite. Un bruit de ferraille le fit sursauter ; ce n'était que Buddy, les bras chargés d'outils. Anatos le suivait, remorquant la bonbonne d'un pesant chalumeau.

— Va faire un tour dehors, dit-il. Je crois que Barlow veut te parler.

David obéit. De toute manière il avait besoin d'air, de lumière. Sur la pelouse, le camion avait quelque chose d'incongru, d'anachronique. Le shérif se tenait toujours tassé sur le siège du passager, les yeux dans le vague. David le trouva trop âgé. Oui, c'était ça, il avait l'air d'un vieillard effrayé, ramassé sur lui-même pour résister aux coups. En ville, dans le métro, on voyait souvent des petits vieux recroquevillés sur les banquettes, se ratatinant chaque fois qu'un type en blouson de cuir grimpait dans le wagon. Des vieux qui répandaient une odeur de victime.

— M'sieur ? hasarda David en grimpant sur le marchepied. Barlow tressaillit. Il tenait quelque chose sur ses genoux. Un objet lourd enveloppé dans un chiffon huileux.

— C'est une drôle d'histoire, hein, petit ? marmonna l'homme. Je sais pas faire de discours, ça c'est plutôt l'affaire d'Hossecker. D'ailleurs, tu le verras peut-être se pointer ici, un de ces jours. Moi, je suis là pour te dire qu'il faut pas hésiter et que tu n'as pas à avoir honte. Ce sera un service que tu leur rendras... et je voudrais te donner ça.

Il saisit le paquet et le déposa entre les mains de David. C'était très lourd et, dès que ses doigts en eurent effleuré les contours, l'enfant comprit qu'il s'agissait d'un revolver.

— J'ai pas besoin de t'expliquer comment ça marche, hein ? grogna le shérif. Maintenant, tous les gosses savent ça dès le berceau.

David ne trouva rien à répondre. L'arme pesait comme une enclume entre ses mains. Barlow se passa la langue sur les lèvres. Il crevait de peur et devait déployer d'énormes efforts pour ne pas se glisser derrière le volant et mettre le contact.

— Y a rien à comprendre, dit-il dans un souffle. C'est comme ça, c'est la règle. C'est pas plus con que l'histoire de la balle d'argent. Tu dois les abattre la nuit, une fois qu'ils sont transformés. Le jour ça ne servirait à rien, ils guériraient et tout serait à recommencer.

— Mais pourquoi moi ?

— Parce qu'il faut être du même sang qu'eux pour les tuer, de la même race. Hossecker te citerait la Bible, moi je ne t'embrouillerai pas la tête avec des mots pompeux. Je te dis : tire à trois mètres, tu ne pourras pas les louper. Tiens bien le flingue à deux mains, sinon le recul te l'arrachera des paumes. Je t'ai apporté une boîte de balles, si tu veux t'entraîner sur les arbres avant de passer à l'action.

Il fit une pause. Il haletait comme les vieux fumeurs aux bronches saturées de goudron.

— Je sais que c'est moche, répéta-t-il. Mais y a que toi qui puisses le faire. « C'est à toi de purifier ceux de ton sang que la malédiction a rendus impies », voilà ce que dirait Hossecker. Si tu ne le fais pas, tu y passeras comme les autres gosses. On te retrouvera en bouillie, la tête d'un côté, le corps de l'autre. Tu crois que c'était un beau spectacle, cette gamine de douze ans ouverte en deux, l'intérieur du ventre récuré comme celui des carcasses que le boucher pend dans sa chambre froide ? Et le petit, bon sang ! Ils lui avaient mangé la langue, sucé les yeux. Tu imagines ? Des parents capables de faire ça à leurs propres enfants ? On a mis les deux crimes sur le compte d'une bête. Le moyen de faire autrement ? Et ils sont venus à l'enterrement, tu te rends compte ? Le père et la mère. Ils sont venus à l'enterrement dans leurs beaux habits du dimanche, et ils souriaient comme des apôtres.

On aurait dit des anges incapables de faire du mal à une mouche.

» Lui, c'était un poète végétarien, un type qui passait à la télé dans les émissions littéraires. Elle, elle faisait de la poterie d'art. Des jeunes parents, bien propres, blonds, jamais un mot plus haut que l'autre. Chierie ! On les a regardés enterrer leurs mômes en se retenant de leur tirer dessus à la chevrotine. De toute manière, ça n'aurait servi à rien qu'à faire des trous dans leurs habits. Après la cérémonie, Hossecker s'est soûlé comme un malade, à en dégobiller partout dans l'église.

David serra les doigts sur la crosse du revolver. Barlow parlait en fixant un point invisible dans l'espace, quelque part de l'autre côté du pare-brise. Des coups de marteau retentirent à l'intérieur de la maison. Anatos et les traqueurs réparaient le cabinet de survie.

— Te pose pas trop de questions, haleta le shérif. Dis-toi qu'ils sont atteints d'une sale maladie, que tu leur rends service en abrégeant leurs souffrances.

— Mais pourquoi moi ? gémit David en refoulant ses sanglots.

— C'est la malédiction, je te l'ai déjà dit, soupira Barlow en esquissant un geste vague. Peut-être un truc du démon pour rendre les choses plus horribles encore... ou alors un moyen d'expier les crimes du sang maudit ? Tu devras supporter le remords de les avoir tués toute ta vie, n'est-ce pas, et cette souffrance paiera les crimes commis par tes parents. C'est une sorte de pacte, de contrat... de remboursement avec intérêt. Tu comprends ?

Tu expieras à leur place, de ton vivant. Tu régleras leurs dettes par ton remords, mais tu ne seras pas damné.

Il toussa.

— C'est le baratin d'Hossecker que je te sors là, dit-il, à bout de souffle. Il a beaucoup réfléchi à la question. Mais moi, je dis qu'il faut pas trop gamberger, pense à sauver ta peau, tu verras ensuite.

— Et si après je me pends, comme la gosse avec sa corde à sauter, ça vous simplifiera l'enquête, pas vrai ? lança hargneusement David.

Barlow rougit et détourna les yeux. David imaginait sans peine le rapport concocté par le gros homme :

« Un gosse dément... tue ses parents et se suicide. » Facile, sans bavure.

— C'était une fille, protesta le shérif. Toi t'es un gars, tu t'en sortiras mieux.

— Et qu'est-ce que vous avez prévu pour mes parents ?

— Crime de rôdeur. Méfait de motards en vadrouille... Y a bien quelqu'un dans ta famille qui se chargera de toi ?

David eut envie de le frapper en plein visage avec le revolver pour voir son sang couler sur ses joues mal rasées. A cet instant Anatos et les traqueurs émergèrent de la maison, traînant leur matériel.

— C'est fait, dit l'Indien. On a encore consolidé la porte. Mais fais attention avec la lampe à pétrole, il n'y a pas d'aération, tu pourrais t'asphyxier.

Ils avaient tous l'air pressés de partir. David descendit du marchepied.

— Tu verras, avec un revolver c'est facile, insista Barlow. C'est pas plus dur que d'appuyer sur un interrupteur pour allumer une lampe.

Le camion s'ébranla, fit demi-tour et s'engagea sur le chemin en pente. David resta un moment immobile, puis s'approcha de la table à pique-nique où il déballa le paquet. L'arme apparut, énorme mais usée. Canon et crosse étaient éraflés et l'on distinguait des taches d'oxydation sur le barillet. Une boîte de cartouches l'accompagnait. *Tu voulais apprendre à devenir méchant,* lui souffla sa voix intérieure. *Tu te rappelles ? Tu croyais qu'on ne pouvait pas survivre à la campagne sans une certaine dose de méchanceté.*

Il prit le revolver dans la main droite et le tint levé devant lui. C'était lourd et vite fatigant. Et cela ne l'excitait pas du tout. Jadis il se serait fait couper les deux jambes pour pouvoir tenir entre ses doigts un pareil outil de mort. A l'école, certains gosses dont le père était policier prétendaient tout connaître du tir réel.

« Mon père, il m'emmène dans une décharge, racontaient-ils, et là on fait un carton sur les boîtes vides et les bouteilles, pif ! paf ! ça gicle dans tous les sens ! Pour mon anniversaire mon père me permettra d'essayer son fusil à pompe... »

Baratin ? David n'avait jamais pu le déterminer, mais il avait toujours éprouvé à l'égard de ces gosses, qu'il estimait privilégiés, une sourde jalousie. Aujourd'hui, l'arme qui lui tachait les paumes de traînées d'huile lui faisait peur. C'était un outil de bourreau, pas un jouet qu'on caresse et qu'on pose sur son oreiller pour le regarder en s'endormant.

Il le remballa et décida d'aller le ranger dans le placard de survie. Ce faisant, il s'entraîna à mémoriser l'emplacement exact de la cachette, et simula une course folle pour s'habituer à manipuler la porte blindée et ses barres de sécurité en un minimum de secondes. Il répéta jusqu'à en avoir le souffle court, puis ajouta de nouvelles provisions au tas déjà constitué. De l'eau, il fallait surtout de l'eau. On devait crever de soif dans ce réduit sans fenêtre.

J'y coucherai ce soir, décida-t-il. *Il faut que je commence à m'habituer.* Puis il sortit sur la pelouse pour fuir l'odeur de moisissure de la geôle.

10

Andy et Isa ne revinrent que le lendemain matin, boueux, lacérés d'estafilades, les vêtements en lambeaux. Ils paraissaient hagards et heureux tout à la fois. Ils se laissèrent choir sur la pelouse et restèrent là à dodeliner de la tête. David, en leur apportant du café, remarqua qu'ils avaient tous deux des traces de sang sous les ongles et des poils de provenance animale collés aux avant-bras (de la fourrure de lièvre, de blaireau ?). Ils frissonnaient comme des chiens malades, et respiraient la bouche ouverte, la langue pendante. Sans avoir prononcé une parole, ils se roulèrent en boule et s'endormirent sur l'herbe dans une tache de soleil.

David tourna autour d'eux comme on tourne autour de la cage des tigres au zoo, sans oser avancer la main. Ils avaient les pieds en sang, le bas des jambes labouré par les ronces. Il y avait une tache rouge sur le tee-shirt de P'pa à la hauteur de l'omoplate. David écarta le tissu, mettant à jour une blessure violacée, affreuse. A cet endroit, la chair avait été massacrée par une volée de plombs qui s'était incrustée dans le muscle. On distinguait les petites billes noires enchâssées dans la chair. Cela devait être douloureux. Des caillots s'étaient formés sur le périmètre de la plaie, là où la peau avait l'aspect d'un steack haché cru.

On leur a tiré dessus, songea David. *Un paysan effrayé dont ils ont volé les poules.*

Il ne savait pas quelle attitude adopter. Devait-il prévenir un médecin ? Mais quel médecin accepterait de se déranger pour soigner deux... *loups-garous ?* D'ailleurs Barlow et les autres n'avaient-ils pas affirmé que les blessures se refermeraient d'elles-mêmes ? C'était le moment ou jamais de le vérifier. David s'installa dans son fauteuil de toile, l'œil fixé sur ses parents entremêlés et sanglants qui dormaient d'un sommeil de fauves repus. Ils respiraient trop vite pour de simples humains, et leur attitude dans le sommeil était animale.

Epuisé par la mauvaise nuit qu'il avait lui-même passée dans le cabinet de survie, il finit par s'endormir. Quand il s'éveilla, vers midi, Andy et Isa dormaient toujours. David s'approcha d'eux en silence. Sur l'omoplate de P'pa, un tissu cicatriciel rosâtre était en train de se former, recouvrant les plombs. La plaie se refermait. Dans une heure, la peau aurait repris son apparence première et l'on ne pourrait plus détecter la blessure qu'en tâtant du bout des doigts les billes enfoncées dans les fibres musculaires.

Anatos n'avait pas menti. D'ailleurs les zébrures des mollets avaient pâli. Dans le sommeil, le corps des monstres se reconstituait, retrouvait son aspect lisse.

Un hennissement lointain fit tressaillir l'enfant. Cela venait du bas de la colline. Rapidement, il s'engagea sur le chemin et le dévala jusqu'à mi-pente. Il arriva juste à temps pour voir s'enfuir des paysans qui ne répondirent pas à son appel. A la lisière de la forêt on avait attaché à un piquet trois animaux au poil triste et à l'allure piteuse. Un vieux cheval efflanqué, un cochon malingre, et une chèvre. Le cheval était bon pour l'équarrissage, les deux autres ne valaient guère mieux.

David comprit qu'il s'agissait d'une offrande destinée à tromper la faim des bêtes humaines ; un moyen comme un autre pour les dissuader de s'approcher de la ville. Il voulut caresser le cheval, mais celui-ci s'écarta peureusement en tirant sur sa longe, comme s'il venait de repérer l'odeur d'un prédateur.

L'odeur, pensa David, *leur odeur, elle est sur moi et les bêtes le savent. Elles ont compris qu'on les avait conduites ici pour mourir.*

Le cheval efflanqué tremblait sur ses pattes interminables et détournait la tête pour ne pas voir David, dans l'un de ces réflexes qu'adoptent souvent les animaux terrifiés pour nier la réalité d'une menace contre laquelle ils ne peuvent plus rien.

David laissa retomber sa main. Il était complice des monstres, le vieux cheval le savait. Un instant, il fut tenté de détacher les bêtes, puis renonça. En remontant sur la colline il se fit la réflexion que ses parents étaient désormais des monstres sacrés auxquels on apporte un tribut. Des minotaures dont on essaie d'apaiser la fringale pour leur ôter l'idée de partir en chasse.

Lorsqu'il atteignit la maison, Andy et Isa étaient debout, douchés et vêtus d'habits neufs.

— Tu as une petite mine, dit M'man en lui caressant la joue. On dirait que tu as maigri.

— C'est vrai, approuva P'pa en lui pinçant la peau du ventre. Il faudrait qu'il prenne un peu de graisse.

David s'écarta, fuyant ces attouchements qui lui paraissaient soudain inquiétants.

— Il y a des animaux, en bas de la colline, dit-il pour attirer l'attention de ses parents sur un autre sujet.

Mais ils ne parurent pas l'avoir entendu et continuèrent à le regarder fixement comme s'ils essayaient d'évaluer les courbes de son corps à travers ses vêtements.

— Il est maigre, observa M'man, mais il a la peau si douce.

Il y avait dans sa voix une réelle convoitise. David lui jeta un coup d'œil effrayé. Elle avait la bouche rouge et luisante, elle venait de se passer sur les lèvres une langue trempée de salive.

— Douce, oui, acquiesça P'pa. Mais il faut aussi avoir de la graisse, sinon le muscle se dessèche et durcit. La chair devient filandreuse...

Surprenant le regard horrifié de son fils, il ajouta :

— Et l'on vieillit avant l'âge.

— A onze ans, il ne faut pas se priver, renchérit M'man. Mange tout ce qui te fait envie, n'hésite pas. Tu veux un gâteau au chocolat pour quatre heures ? Un énorme gâteau ?

David balbutia un oui étouffé. Il pensait, tout à coup, à ce conte dans lequel une sorcière cannibale tient un enfant bouclé dans une cage et le gave de sucreries pour le faire engraisser. Cette histoire l'avait terrifié lorsqu'il était plus jeune. Se pouvait-il que ses parents soient en train de nourrir les mêmes desseins à son endroit ?

Un peu plus tard, P'pa et M'man descendirent voir les animaux au pied de la colline. Dès qu'il les aperçut, le cheval se mit à hennir sur une note désespérée, le cochon tira sur sa longe en couinant de toutes ses forces.

— Nous les avons achetés hier, mentit P'pa en regagnant la maison. Evidemment ils sont un peu efflanqués, il faudrait les gaver pour obtenir un peu de lard.

— C'est le début de notre petite ferme ! plaisanta M'man en palpant une fois de plus le bras nu de David.

Fronçant les sourcils, elle ajouta :

— Tu es sale, tu veux que je te donne un bain ?

— M'man ! protesta David, je ne suis plus un bébé, je me lave tout seul depuis pas mal de temps, tu sais ?

Mais non, elle ne savait pas, elle ne savait plus. En formulant cette proposition, elle n'avait fait qu'obéir à la pulsion de gourmandise qui la poussait à caresser cette chair tendre, glabre, cette gourmandise qui l'obligeait à serrer les lèvres pour retenir le flot de salive lui emplissant soudain la bouche.

*

Au début de l'après-midi, la conversation ralentit et les parents sombrèrent dans une sieste molle dont ils sortaient de temps à autre pour échanger des répliques décousues. David s'était enfoncé dans la forêt pour échapper à leurs regards. Tapi derrière un tronc, il les observait en se rongeant les ongles.

— Il est très maigre, dit rêveusement P'pa. Il faudrait peut-être le castrer pour qu'il prenne du poids. La castration fait grossir, c'est connu.

— Oui, approuva M'man, mais tu n'as jamais fait ça, il risque de mourir, ce serait bête.

— On le castre et on le gave, continua P'pa sans tenir compte de l'interruption. En peu de temps il aura doublé son poids.

— Mmm..., fit M'man, dubitative. Evidemment, c'est tentant.

Une sueur glacée couvrit le corps de David tandis qu'un spasme lui nouait les intestins. Ses ongles s'enfoncèrent dans l'écorce de l'arbre et il se mordit les lèvres pour ne pas crier. Les paroles de P'pa flamboyaient dans son cerveau, lui incendiant les neurones. « Il faudrait le castrer, le castrer, le... »

Il parlait du cochon ! pensa-t-il précipitamment. *Du cochon et* UNIQUEMENT *du cochon. Qu'est-ce que tu vas imaginer ? Tu deviens fou ou quoi ?*

Son cœur battait à tout rompre et la sueur ruisselait sur son front, débordant ses sourcils. Statufié, il était incapable de bouger malgré les crampes qui lui sciaient les épaules.

« On castre les poulets pour leur faire prendre du poids, récita-t-il mentalement. On appelle ça des chapons. Les chats aussi, pour les empêcher de courir... et ils deviennent gros et gourmands. »

Tu oublies les eunuques, lui chuchota une méchante petite voix intérieure. *Les eunuques, à qui l'on arrache les couilles, et qui deviennent rapidement obèses, mous et gras. Les eunuques... Un délice pour un cannibale gourmand, non ?*

Il suait à grosses gouttes.

Ils ne parlaient pas de toi, se répétait-il en martelant chaque syllabe. *Ils parlaient du cochon, du cochon, et de rien d'autre !*

Mais la peur le faisait grelotter. Il se cacha la tête dans les mains. P'pa l'avait touché en lui comptant les côtes, M'man l'avait tripoté en vantant la douceur de sa peau. Ils l'avaient peloté comme un poulet plumé dont on éprouve l'élasticité du bout du doigt. Non, ce n'était pas possible, il se faisait des idées. De mauvaises idées !

Pour la première fois depuis son arrivée sur la colline, il se sentit menacé dans sa chair. Jusque-là, la peur était restée abstraite, entachée de « peut-être », mais maintenant la peur, la vraie peur, posait sa griffe sur lui, sur son ventre.

« Il est un peu maigre... » Pour la première fois, il pensa à ses parents avec haine, et l'image du revolver caché sous le matelas de la chambre de survie lui fut d'un certain réconfort. Cette réaction lui fit honte et il fondit en sanglots.

A quatre heures, M'man l'appelant pour le goûter, il fut contraint de sortir de la forêt. Elle avait préparé une collation pantagruélique avec crêpes, mélasse, crème glacée, gâteau au chocolat.

— Mange ! dit-elle avec entrain. Si tu restes maigre, les gosses du village te flanqueront des raclées chaque fois que tu passeras à leur portée.

David s'assit, l'estomac noué. Dans son souvenir, il gardait l'image d'une Isa lui serinant quotidiennement la complainte inverse dès qu'il s'approchait du réfrigérateur : « Arrête de te gaver de sucreries, toutes tes dents vont tomber et tu seras obèse comme le fils de M. Stryker ! »

— Mange ! répéta P'pa, et sa voix (malgré le sourire qui l'accompagnait) vibrait sur un ton de commandement.

David émietta le gâteau, piocha dans la crème glacée.

— Il est maigre le cochon, hein, P'pa ? risqua-t-il au bout d'un moment.

— Quel cochon ? s'étonna son père.

— Le cochon en bas de la colline, souffla David d'une voix sans timbre.

— Ah oui ! fit distraitement Andy. Je l'avais oublié, celui-là. C'est vrai qu'il faudrait faire quelque chose pour lui.

— Peut-être abréger ses souffrances ? proposa M'man avec un sourire lumineux.

L'estomac de David se verrouilla à double tour.

Ni Andy ni Isa ne touchèrent aux sucreries et David dut se forcer à manger pour donner le change. Le goûter terminé, M'man débarrassa la table, l'air maussade, puis alla rejoindre son mari au soleil. Sur l'omoplate de P'pa, la blessure avait disparu, et les billes des plombs soulevant la peau faisaient songer à de gros furoncles.

Heureusement il y a la chambre de survie, pensa frénétiquement David, *et le revolver sous le matelas.*

« Attends d'avoir vraiment peur, avait dit Anatos. Tu verras qu'après la chose te semblera plus facile. » Le jeune garçon s'adossa au mur, les jambes tremblantes. Il entendit hennir le vieux cheval au pied de la colline. Combien de temps les paysans accepteraient-ils de faire diversion ? Jusqu'à ce qu'ils aient épuisé leur réserve d'animaux malades, bien sûr. Cela lui donnerait un mince répit. Le temps de s'adapter à la plus atroce des idées. Le temps d'apprendre à détester ses parents au point d'envisager de les supprimer.

Ils ne te feront pas de cadeaux, songea-t-il, *tu le sais. Pendant quelque temps ils vont se faire les dents sur les animaux du voisinage, mais ensuite ? Ensuite, il leur faudra de la vraie nourriture, la seule capable d'apaiser l'appétit d'un monstre : de la chair humaine.*

Comme dans un rêve, il entendit son père qui disait d'une voix molle, un peu endormie :

— Il faudrait tanner les peaux la nuit. La nuit, il fait moins chaud et il y a moins de mouches.

Qui cherchait-il encore à tromper ? Tout se passait comme si une partie de son esprit (la part humaine ?) tentait de rationaliser les choses, de se forger des alibis. Tantôt il parlait de ferme et d'élevage, tantôt de tannage des peaux et d'artisanat du cuir. Sans doute avait-il besoin de se construire un cadre rassurant, d'ordonner le chaos qu'il sentait bouillir en lui, de brosser à sa folie un arrière-plan sécurisant ?

*

Au fur et à mesure que le soleil baissait, la nervosité d'Andy et d'Isa augmentait. Quand le ciel devint rouge, ils rentrèrent dans la maison, se dépouillèrent de leurs vêtements, et commencèrent à se frotter contre les murs. David devina qu'ils tentaient de s'imprégner du fluide anesthésiant exhalé par les pierres de lune pour affronter en toute sérénité la souffrance de la métamorphose.

Leurs corps en sueur laissaient de grandes taches sombres sur le papier peint et David nota qu'une monstrueuse érection tendait le pénis de son père. En transes, les yeux révulsés, Andy et Isa se traînaient le long des parois, arrachant le papier à coups d'ongles pour mieux dénuder la pierre phosphorescente dissimulée par la pelure peinte. Avec la venue de la nuit, une lueur verte se mit à palpiter dans la maison.

Fiche le camp ! hurlait la voix de la raison aux oreilles de David. *Saute dans ton canot de sauvetage sans demander ton reste ! Tu tiens vraiment à voir la suite du spectacle ?*

Mais il demeurait figé, prisonnier d'une curiosité contre laquelle il ne pouvait rien. La métamorphose allait avoir lieu, C'ÉTAIT POUR CETTE NUIT, et il restait planté là, comme un idiot, attendant l'inéluctable.

M'man émit un râle, une sorte de grognement d'extase sur une tonalité sourde. Elle se tenait la tête renversée, la bouche grande ouverte... *Dieu ! Qu'elle était grande, cette bouche*... Beaucoup plus grande qu'à l'ordinaire.

Fous le camp, crétin ! Prends tes jambes à ton cou et galope jusqu'au placard !

La moisissure des murailles saupoudrait le corps d'Andy d'une poussière luisante. M'man se laissa tomber à quatre pattes, ondulant de la croupe comme une chatte qui veut être couverte. Cette fois, David s'enfuit, se cognant au chambranle des portes.

Quand il fut à l'intérieur de la chambre de survie, il rabattit les barres de sécurité et se jeta sur le matelas. La guerre commençait, la vraie guerre, et il était seul au fond de son abri anti-atomique à attendre que s'éloigne la tourmente mortelle. Le revolver faisait une bosse dure sous le matelas. David se déplaça pour ne plus la sentir. Le nez sur la toile rêche, il détectait les odeurs des précédents réfugiés : un parfum un peu sucré de gamine qui s'arrose avec les échantillons abandonnés par sa mère. Une odeur d'urine, aussi. Le petit frère, sans doute, qui s'oublie dans son sommeil. Et par-dessus tout, l'odeur de la peur. La sueur des paumes moites qui se sont essuyées sur la toile à rayures.

Un cri étouffé retentit au centre de la maison. David ferma les yeux. La transformation commençait. Malgré l'anesthésie, ils allaient souffrir quand leurs os commenceraient à s'hypertrophier. Comment cela se passait-il ? Comme dans les films ? Sûrement pas, il n'y aurait pas de pelage poussant en accéléré, d'oreilles en pointe jaillissant de chaque côté de la tête, de museaux canins crevant la face. Non, tout cela, c'étaient des trouvailles de scénaristes en mal de sensationnel, des inventions de mecs payés pour fournir du « visuel », de la matière à effets spéciaux. Non, dans la réalité, les choses devaient être plus simples... plus effrayantes aussi.

Des sécrétions hormonales ultra-rapides, démultipliées, entraînant la stimulation de certaines fonctions. Les ongles qui poussent, la peau qui durcit comme du cuir, les os du squelette qui se modifient sous l'effet d'une crise d'acromégalie galopante. Tous les résidus vestigiels animaux dormant en l'homme soudain réactivés : le coccyx retrouvant sa véritable nature de queue. Cela devait être horrible, insupportable. Une torture interne qui vous rendait fou de douleur. La poussée des os étirant les tendons, déchirant les muscles.

Les chairs meurtries gonflaient en œdèmes monstrueux, le corps se parsemait de boursouflures et de poches de sang, d'hématomes énormes. La douleur vrillait le cerveau du monstre, lui ôtant toute possibilité de réflexion. Fauve blessé, il lui fallait passer sa rage sur quelque chose, sur quelqu'un, le plus vite possible. Torturer pour oublier la torture qu'on lui faisait subir.

Oui, cela se passait probablement ainsi : dans la fièvre et la souffrance. Dans la folie d'un système nerveux agressé au-delà du supportable. Un processus de croissance accéléré nécessitant une énorme énergie et, par là même, un énorme apport nutritif.

Elle mangeait de la chair pour que puisse

repousser sa propre chair déchirée, elle buvait le sang pour compenser les hémorragies déclenchées par la rupture de certains de ses circuits sanguins. Elle tuait pour s'auto-réparer, pour ne pas mourir elle-même, victime des blessures engendrées par la métamorphose.

Au bout d'un moment, l'équilibre rétabli, elle cessait de souffrir, mais alors ce corps géant, aux échanges chimiques trop rapides, lui imposait sa faim... Et elle devait recommencer à tuer, tout simplement pour ne pas mourir de fatigue et sentir son cœur ralentir jusqu'au décrochement final, jusqu'à la mort.

C'était un cercle vicieux. La créature ne tuait pas pour le plaisir mais pour survivre. Elle devait tenir jusqu'à l'aube, jusqu'au moment où la métamorphose s'effectuerait dans l'autre sens, la délivrant de la tyrannie d'un organisme démentiel aux besoins insatiables. L'aube survenait comme une délivrance, abolissant la douleur, redonnant aux chairs leurs justes proportions. La monstruosité n'apportait aucune jouissance, ce n'était qu'un calvaire, une épreuve terrible qui vous imposait sa loi et balayait votre esprit.

Un hurlement terrible perça l'épaisseur des murs. Ce n'était plus Isa ou Andy qui criait, c'était quelqu'un d'autre, quelque chose d'autre, d'inconnu. Une bouche qu'on n'avait pas conçue pour parler mais pour MANGER. Une gueule aux cordes vocales rudimentaires où tout l'effort avait été porté sur l'appareil digestif. Une mâchoire à l'angle de morsure étonnamment ouvert, nantie d'une incroyable élasticité dans l'articulation du maxillaire...

David égrenait les mots comme on parcourt la notice descriptive d'un moteur de Formule 1. Des souvenirs de sciences naturelles se bousculaient dans sa mémoire. Tout se mêlait soudain dans le creuset de son esprit : les émissions médicales, les documentaires sur la vie des bêtes, la *Revue du Praticien* feuilletée dans la salle d'attente d'un toubib de quartier...

Ces bribes se mélangeaient en un même amalgame d'effroi, en une boule palpitante d'où finissait par émerger la silhouette d'un monstre fou de douleur, déchiré, cassé, brisé et reconstruit.

« Il existe une hormone qui dilate les chairs au moment de l'accouchement », David l'avait lu quelque part, « une hormone qui leur confère une élasticité qu'elles n'auraient pas au naturel et qui leur permet de se distendre là où elles devraient normalement se déchirer. » C'était peut-être cette même hormone qui commandait la métamorphose du loup-garou et lui permettait d'acroître sa taille sans exploser à la manière d'une bombe emplie de tripes et de sang ?

Le hurlement retentit de nouveau, plus proche. On se cognait aux murs avec frénésie. David se recroquevilla en entendant s'écrouler un buffet, une armoire. Des assiettes explosèrent sur le carrelage tandis qu'un pas pesant faisait trembler le sol.

Ils vont venir, pensa-t-il. *Leur premier mouvement sera de se précipiter ici et d'enfoncer la porte.*

Il se tassa contre la paroi, les yeux fixés sur le

battant blindé, s'attendant à voir exploser les vis, se tordre les plaques de tôle. Quel aspect aurait la silhouette qui s'encadrerait alors dans le chambranle ? Serait-il capable de l'identifier ?

Cette nuit il ne serait pas véritablement en danger. Les animaux attachés au pied de la colline constituaient des proies faciles, vers lesquelles se précipiteraient les monstres. L'odeur des bêtes offertes en sacrifice emplissait l'air, mélange de sueur et de terreur qui dominait les autres fragrances. Non, les Créatures ne viendraient pas renifler du côté du cabinet de survie, pas encore, pas ce soir.

Le silence était revenu dans la maison. Une brusque frayeur s'empara de David. Et si P'pa, M'man' n'avaient pas survécu à la transformation ? S'ils étaient morts sous l'effet d'une souffrance trop vive ? Il les imagina, monstres incomplets gisant dans une flaque de sang et d'humeur, organismes inidentifiables aux chairs éclatées, aux os crevant les articulations. Etaient-ils assez forts, pour supporter les douleurs de la métamorphose ? Son cœur se serra.

Deux cadavres dans le salon, deux cadavres impossibles dont aucune autopsie ne résoudrait jamais le mystère. Crise d'acromégalie foudroyante, croissance spontanée et inexplicable de la structure osseuse entraînant le déchirement du tissu musculaire...

Il se dressa d'un bond et courut vers la porte contre laquelle il plaqua son oreille. Peut-être aurait-il dû aller voir avant qu'il ne soit trop tard, avant que ses parents ne perdent tout leur sang ?

Sa main rampa sur la barre de sécurité.

J'entrebâille la porte, pensa-t-il, *je marche sans faire de bruit jusqu'au bout du couloir et je jette un coup d'œil dans le salon, pour m'assurer que... Juste pour m'assurer...*

Pour s'assurer de quoi ? Que les deux monstres étaient en parfait état de marche ? Qu'ils avaient bien toutes leurs dents ? Toutes leurs griffes ?

M'man est fragile, pensait-il. *Elle attrape des rhumes pour un rien. Un simple courant d'air et hop ! on la retrouve au lit avec quarante de fièvre. Elle a failli mourir quand je suis né, elle a fait une hémorragie et...*

Oui, elle était fragile, anémiée. Comment, dans ce cas, pourrait-elle supporter l'immense douleur de la métamorphose ? Elle gisait peut-être en ce moment même dans le salon, la moitié du corps dévorée par les œdèmes, les membres crevés par les fractures ouvertes. Il devait aller à son secours. M'man n'avait pas la robustesse de P'pa, il était certain qu'elle avait mal supporté le bourgeonnement frénétique de son organisme. Elle était tombée, elle s'était recroquevillée sur elle-même, tordue par la douleur...

Au moment où David désengageait la première barre de sécurité, un pas lourd fit vibrer le sol, se dirigeant vers la sortie. En tendant l'oreille, il distingua le martèlement décalé d'une deuxième démarche, plus légère. L'avance d'une bête moins massive, d'une... femelle ? Le bruit des pas s'accompagnait d'un crissement régulier, et il lui fallut une minute pour comprendre qu'il s'agissait des griffes trop longues dont les pointes rayaient le dallage à chaque foulée. Les monstres étaient en train de quitter la maison. Comme s'il devinait sa mort imminente, le vieux cheval se mit à hennir. La porte d'entrée fut rabattue et le vent du soir pénétra dans la bâtisse en bourrasque, faisant siffler ses courants d'air sous les portes et dans les trous des serrures.

David recula pour reprendre sa place sur le lit. Maintenant *ils* descendaient la colline, maintenant *ils* marchaient vers les animaux entravés.

Il secoua la tête, il devait cesser de tout visualiser, seconde par seconde, s'il ne voulait pas devenir fou. D'un geste maladroit il saisit un livre sur l'étagère fixée au mur. Il fallait s'occuper l'esprit d'une manière ou d'une autre, faire le vide ou au contraire s'emplir la tête d'un brouillage imbécile qui tisserait un écran protecteur. Il feuilleta le roman à la lueur de la lampe torche dont il s'était muni. C'était l'histoire niaise d'une collégienne amoureuse du champion de football de son école. Trop effacée, trop bonne élève, elle effrayait les garçons qui lui préféraient les filles légères et impudiques. Gwendoline (elle s'appelait Gwendoline) était donc très malheureuse...

David laissa tomber le livre, le reprit, et décida d'apprendre par cœur la première page du premier chapitre. C'était un excellent exercice qui mobilisait tout son cerveau. *Gwendoline Mac Hyver avait la grâce modeste mais saine des fleurs des champs...*

Le hurlement du vieux cheval déchira l'air.

Jamais David n'aurait cru qu'un cheval à l'agonie pût crier aussi fort. La plainte monta vers le ciel, interminable, pour s'achever en un sanglot enfantin. David broya le livre entre ses doigts.

Gwendoline Mac Hyver avait la grâce modeste...

Surtout résister au défilement des images qui n'allaient pas tarder à surgir. Les griffes plongeant dans l'anus du cheval pour le déchirer, pour forer un trou assez grand où le monstre pourrait plonger la tête et commencer son lent travail de succion. Car c'était cela qu'avait décrit Anatos. Une épouvantable pénétration : gueule ouverte, crocs en avant, une aspiration frénétique qui gobait le long serpentin des entrailles, et...

Gwendoline, Gwendoline, Gwendoline Mac Hyver avait la grâce...

David se mit à lire à haute voix, ânonnant tel un enfant qui apprend à lire, s'attachant à détailler les syllabes de chaque mot.

Mais le livre était trop idiot, il le rejeta et fourragea désespérément sur l'étagère, bousculant les volumes. Derrière l'un d'eux, il aperçut un petit flacon pharmaceutique. C'était un barbiturique puissant. Il en connaissait le nom car la mère d'un copain de classe avait un jour tenté de se suicider en avalant un tube entier de ces saloperies. Qui avait amené les cachets ici, au cœur du cabinet de survie ? La fille aux romans d'amour ?

Quand elle avait compris qu'aucun subterfuge ne la protégerait de la folie, elle avait commencé à avaler des somnifères. Plongeant dans l'abîme du sommeil pour ne plus entendre les cris de la transformation, le bruit des pas dans le couloir, les coups sur la porte... Elle avait tenu trois mois en augmentant chaque semaine les doses, se réfugiant dans l'anéantissement des barbituriques pour ne pas céder à la tentation d'en finir avec cette vie de fou, pour ne pas être tentée d'ouvrir la porte et de s'avancer dans le couloir à la rencontre de ses parents en disant : « P'pa, M'man, je suis fatiguée, je voudrais que ça s'arrête, par pitié, ne me faites pas trop mal... »

Bon sang ! C'était toujours comme cela que ça se passait, on résistait, on résistait, et puis un jour les nerfs craquaient, aspirant à la délivrance, à la fin de la torture. On ouvrait la porte et on avançait dans le couloir, les yeux fermés pour ne pas voir le visage d'horreur qui allait surgir d'une seconde à l'autre.

Ne me faites pas trop mal...

Mais l'avaient-ils seulement exaucée ? Pour eux, elle n'était qu'un morceau de viande sur pied, un morceau de viande dont il fallait au plus vite sucer les entrailles. Ils l'avaient saisie par les chevilles, pour la fendre, pour l'ouvrir, pour...

Assez !

Il n'y avait rien à attendre de la Bête. Aucune pitié, aucune compréhension. La grande palpitation de la douleur emplissant son cerveau l'avait rendue amnésique, indifférente. En face d'un tel monstre on ne pouvait adopter qu'une attitude : les deux mains crispées sur la crosse d'un revolver, les deux index réunis sur la détente et...

La métamorphose amplifiait le vieux fonds de méchanceté dormant en chaque individu. P'pa avait été méchant dans sa jeunesse, cruel même.

N'avait-il pas raconté une fois qu'avec les copains de sa bande, il attrapait les chats, leur trempait la queue dans l'essence et y mettait le feu pour les voir courir « comme des avions de chasse » ?

Quant à M'man, elle n'était pas non plus tout à fait innocente. A douze ans, elle avait choisi comme souffre-douleur une petite débile de son village qu'elle terrifiait au moyen d'histoires d'ogres et de fantômes. Une nuit, la gosse, épouvantée par l'apparition d'Isa cachée sous un drap, s'était jetée dans le vide du haut du grenier où elle couchait. Elle s'était fracturé les jambes, le bassin. On l'avait emmenée à l'hôpital du comté et les mois s'étaient écoulés sans qu'elle revienne jamais au village. Généralement Isa concluait l'histoire en murmurant : « Il faut dire qu'elle était idiote, ça ne devrait pas être permis d'être aussi stupide. »

Oui, la métamorphose allait dénicher la vieille graine du mal enfouie dans le cœur des parents, elle allait la faire germer, l'épanouir, jusqu'à faire d'eux des criminels ignorant toute pitié, tout remords.

Barlow avait parlé d'euthanasie.

« Dis-toi que tu leur rends service... »

Instinctivement, David chercha la bosse du revolver sous le matelas. En arriverait-il là un jour ? Quand la fatigue et la peur deviendraient insupportables peut-être ? Quand il n'aspirerait plus qu'à la délivrance... Mais que se passerait-il ensuite ?

Tante May l'adopterait-elle ? Il détestait tante May et ses manies de bigote. Certains soirs elle forçait ses deux enfants à s'agenouiller sur le tapis du salon et à se confesser publiquement. Elle était adepte d'une religion comptant en tout et pour tout trente-cinq fidèles et, chaque mois, s'imposait un jeûne de dix jours.

S'il dévoilait à tante May la raison pour laquelle il avait été contraint d'abattre ses parents, elle ne mettrait pas sa parole en doute, mais elle lui construirait savamment, patiemment, une vie d'enfer pour qu'il expie son crime. Cela irait de la privation alimentaire aux sévices corporels journaliers. Elle lui dirait : « Dans quelle main tenais-tu ton arme ? » et lorsqu'il aurait répondu, elle lui enfoncerait un clou de charpentier au creux de la paume pour lui faire connaître les souffrances de Notre Seigneur Jésus... Oui, tante May était capable de ce genre de choses. Elle fouettait son fils et sa fille, bien qu'ils aient respectivement seize et dix-sept ans. David avait pu voir les longues zébrures de la cravache sur les cuisses de sa cousine un jour qu'elle cueillait des cerises dans le jardin.

Non... Pas tante May.

Il se laissa aller en arrière. La fatigue et la tension nerveuse lui chamboulaient l'esprit. Il décida d'avaler un comprimé de somnifère avec un peu d'eau tiède. C'était de la lâcheté mais il se sentait à bout de résistance. *Demain ça ira mieux,* se dit-il. *Je commencerai à m'endurcir.*

Un quart d'heure plus tard, il sombrait dans un sommeil sans rêve, un trou de la conscience profond comme la mort. Une parfaite approche du néant.

*

Il s'éveilla la bouche pâteuse, sans parvenir à déterminer s'il avait dormi une heure ou deux jours. Le réveil indiquait onze heures. Il se redressa en titubant, la tête pleine de coton sale. Les parents étaient-ils déjà debout ? S'étaient-ils inquiétés de son absence ?

Il déverrouilla la porte blindée en essayant de faire le moins de bruit possible et sortit dans le couloir. Le soleil brillait dans la découpe de l'étroite fenêtre, il faisait grand jour. Sur la pointe des pieds, il gagna l'entrée. P'pa et M'man dormaient dans l'herbe, complètement nus, abîmés dans un sommeil qui semblait proche du coma. Leur peau avait quelque chose d'irrité, comme si tout leur épiderme souffrait d'une monstrueuse inflammation. A certains endroits (le dos, les hanches), on distinguait des plaques ulcéreuses et des cloques. A la hauteur de chaque articulation la chair était boursouflée, violette, marbrée d'hématomes.

David décrivit un crochet pour ne pas passer près d'eux et s'engagea sur le chemin en pente menant au pied de la colline. Dès qu'il eut atteint la plaine, il vit que le cheval avait disparu. Le cochon, courant en cercles autour du piquet, s'était à moitié étranglé avec sa longe et couinait. La chèvre, elle, s'était abattue dans l'herbe. Son corps ne portait aucune trace de blessure et il était évident qu'elle avait été foudroyée par la peur. *Les poils de son pelage étaient devenus entièrement blancs !* Ce détail fit courir sur les bras de David un frisson de peur rétrospective. L'aspect des deux monstres était donc si terrifiant qu'il suffisait à provoquer la mort ? A cet endroit la terre était humide, brune. Sous l'effet de la frayeur, les animaux avaient libéré une grande quantité d'urine et d'excréments. Un peu plus loin, là où l'on avait abattu le cheval, l'herbe était rouge.

David s'avança, prêt à affronter un spectacle digne des pires films d'horreur... Mais il n'y avait rien. Ni chapelets d'intestins, ni viscères éparpillés, rien qu'une tache de sang de trois mètres de diamètre. Il fit un pas de côté et buta sur une vertèbre. Bien que soigneusement sucée elle était encore gluante. Ecartant les herbes, il repéra alors les différents ossements ayant composé le squelette du cheval. Ils étaient éparpillés au hasard, là où on les avait lancés après les avoir rongés. On en avait fracturé la plupart pour extraire la moelle. Au milieu des ronces, fripée comme une vieille couverture oubliée sous la pluie, s'étalait la peau du cheval avec ses taches de pelade et les maigres touffes de sa pauvre crinière. Cette défroque poisseuse, dépourvue de la moindre armature, fit se retourner l'estomac de David qui vomit sur ses chaussures.

Titubant, il battit en retraite et courut sans reprendre haleine jusqu'à la maison. Quand il voulut aller se laver dans la salle de bains, il réalisa que les sanitaires étaient recouverts d'une pellicule de sang coagulé. On s'était nettoyé ici, inondant le carrelage, constellant les murs d'éclaboussures écarlates qui viraient au brun en séchant.

Les monstres étaient venus faire leur toilette. La baignoire était pleine d'eau rougie, comme si un quelconque candidat au suicide venait de s'y trancher les veines. Une odeur d'abattoir y régnait.

David s'écarta de la porcelaine souillée et se retrancha dans une cabine de douche. Son estomac ne cessait de se convulser bien qu'il n'eût plus rien à rejeter.

Quand il se fut un peu ressaisi, il se passa de l'eau sur le visage et sortit sur la pelouse. P'pa avait enfilé un short et se tenait assis à la table de pique-nique devant un bol de café noir. Sa chair ne présentait plus aucune trace d'inflammation.

— Salut fils, lança-t-il en levant la main. On a fait du beau boulot cette nuit. On s'est occupé du vieux sac à crottin. Aujourd'hui, on va mettre la viande au congélateur et tanner sa peau.

— On est en train de devenir de vrais trappeurs ! plaisanta M'man en rassemblant ses cheveux sur sa nuque avec un élastique.

Elle était rose et belle. Fraîche comme une actrice dans un spot publicitaire. Il faisait beau, l'herbe était verte, humide de rosée. Le café était sur la table, fumant, délicieux, et les tartines aussi, et les œufs dont le bacon grésillait encore...

— C'est pour toi, dit M'man en poussant l'assiette sous le nez de David. Il faut que tu te remplumes.

Le soleil, le vert de l'herbe, les joues roses de M'man. P'pa qui se rapprochait d'elle et lui passait un bras autour des épaules. Une image de complicité, de sérénité. Quelqu'un qui les aurait surpris ainsi attablés aurait pensé : « Une jeune famille heureuse, épanouie. Un modèle de bonheur. »

Et c'est vrai qu'Andy et Isa faisaient plaisir à voir : beaux, lisses, sans une ride, sans un cerne ; ils respiraient la douceur de vivre. La joie d'habiter un corps en bonne santé, un corps qui ne connaît ni la fatigue ni la maladie.

— Mange ! ordonna M'man.

Le cheval n'avait duré qu'une nuit. Que restait-il ? Le cochon, la chèvre déjà morte ? Deux jours de répit, et après ? Que se passerait-il si les paysans n'amenaient aucune offrande supplémentaire ? *Tu le sais bien,* pensa David. *Ils descendront en ville, ils se heurteront aux grilles, aux maisons transformées en forteresses. Ils tourneront en vain dans les rues vides, griffant les façades et les affiches pour passer leur colère. Et au bout d'un moment, fatalement (et si aucun chien en rut n'a cette nuit-là la folie de s'échapper de sa niche), ils se mettront à penser :* Après tout, il reste bien quelque chose à manger à la maison, non ? *Alors ils reviendront te chercher, parce que tu seras pour eux la proie la plus aisément dénichable ce soir-là, le casse-croûte le plus commode...*

David tritura un morceau de bacon du bout de sa fourchette. La chèvre, le cochon, quarante-huit heures de répit... et après ?

Il allait devoir apprendre à vivre dans la terreur des couchers de soleil, dans l'espoir de l'aube, dans le désir du sommeil sans fond de barbituriques. Il allait, doucement, lentement, s'installer en enfer.

— Mange, dit P'pa. Je te pèserai tout à l'heure pour voir si tu te décides enfin à nous faire un peu de lard.

11

Le cochon fut dévoré le lendemain soir mais la chèvre demeura intacte, comme si les Créatures ne supportaient pas le contact de la chair morte. Les fermiers n'ayant pas apporté d'autres offrandes, David comprit qu'Andy et Isa allaient bientôt souffrir d'un terrible état de « manque ».

Pour l'instant, leur comportement oscillait entre le somnambulisme et des crises d'euphorie au cours desquelles ils multipliaient fous rires et plaisanteries idiotes. David avait l'impression de côtoyer des gamins au Q.I. plutôt modeste, des gosses speedés frôlant la crise de nerfs à chaque nouvelle blague. La plupart du temps, cependant, M'man et P'pa demeuraient immobiles, vautrés sur la pelouse, à se rôtir au soleil. Ils dormaient beaucoup, à la manière de ces fauves des jardins zoologiques, qu'on ne parvient guère à surprendre autrement qu'en pleine digestion, avachis, la panse collée au sol, le mufle sur les pattes.

Leurs corps nus avaient une apparence solide, parfaite. Rien de ce qu'on peut obtenir au terme d'une vie consacrée à la « gonflette », non, mais quelque chose de plus « vrai ». Une fermeté, une sûreté effrayante du moindre geste, une force nonchalante, toujours en éveil. Des réflexes d'une précision et d'une rapidité époustouflante. Il fallait voir P'pa rattraper au vol une bouteille de soda tombant de la table, ou cueillir une mouche entre le pouce et l'index, pour comprendre que leur perception de la nature s'était modifiée.

Toutefois, leur humeur s'aigrissait avec la venue de la nuit, quand le soleil commençait à s'enfoncer derrière la forêt. Alors on les voyait se redresser pour arpenter la pelouse et se gratter tels des animaux travaillés par la gale. P'pa s'emplissait la bouche de chewing-gum et mâchait avec une frénésie qui faisait saillir les muscles de ses mâchoires. La sueur jaillissait de leurs pores, leur faisant la peau huileuse d'un lutteur japonais. Dès qu'il repérait ces signes, David battait en retraite et gagnait le cabinet de survie en s'assurant que personne ne pouvait le voir.

Les barres de sécurité rabattues, il s'installait sur le matelas et avalait un comprimé de somnifère pour ne pas entendre les bruits de la métamorphose et le pas lourd des créatures se ruant dans le couloir pour partir en chasse. Depuis deux jours il était obsédé par une idée atroce qu'Anatos s'était d'ailleurs ingénié à souligner : si les deux monstres venaient à s'accoupler au cours d'une métamorphose ils engendreraient un enfant anormal, semblable à ceux que les Indiens avaient jadis vu naître peu de temps après la chute de la météorite.

Cette pensée ne quittait plus David. Il imaginait sa mère, grosse d'un fœtus à demi humain, d'une bête vaguement anthropomorphe qui, en guise de biberons et de bouillie, s'alimenterait de rats vivants ou de cochons d'Inde. Une chose immonde qu'il faudrait tenir dissimulée et qui grandirait dans le secret de la colline, devenant peu à peu plus puissante que ses géniteurs.

Dès qu'il s'étendait sur le matelas du cabinet de survie, David voyait venir les cauchemars : M'man le ventre dilaté par une grossesse monstrueuse lui marbrant la peau d'hématomes, le bébé difforme s'agitant dans son abdomen et claquant parfois des dents. Puis, plus tard, le nouveau-né déposé dans un berceau de fer, poussant toute la journée des cris de loup pour qu'on lui amène de quoi satisfaire une faim insatiable. Toute la quincaillerie des films d'épouvante déferlait sur David, peuplant son esprit d'images insupportables. Soudain il ne s'agissait plus de monstres de caoutchouc, de maquillages de latex, tout devenait RÉEL.

La peur grandissait en lui, une peur si vive qu'elle faisait reculer les effets des somnifères et le maintenait dans un état de veille comateux.

*

Le troisième jour, il entendit renifler dans le couloir, de l'autre côté de la porte, et réalisa que, tout à son angoisse, il avait omis de répandre derrière lui les épices destinées à brouiller sa piste. Anatos avait parlé de poivre, de poudre de piment... David avait oublié cette recommandation, et maintenant ses parents étaient là, dans le couloir, flairant son odeur sans parvenir à comprendre comment elle pouvait être si tenace, si présente, alors que l'enfant lui-même (la proie) ne se trouvait pas dans le cul-de-sac du corridor.

Ce ne sont que des bêtes, pensa-t-il. *Elles ne sont*

pas capables de réfléchir. Elles ne se douteront jamais de la présence de la chambre secrète.

Mais les fauves étaient opiniâtres. A la télévision, on disait certains lions capables de rester couchés trois jours sous un arbre si une proie y avait trouvé refuge. Les bêtes ne réfléchissaient pas, elles s'obstinaient sur l'évidence d'une odeur. Si le couloir sentait l'enfant, c'est que l'enfant s'y trouvait, quelque part, il ne s'agissait que de chercher en n'omettant aucun recoin.

Paralysé par la terreur, David essayait de retenir sa respiration malgré l'emballement de son cœur et les flots d'adrénaline déversés dans ses veines. Cloué sur le matelas, il sentait la toile rayée s'imbiber de sa sueur et se maudissait de multiplier ainsi les exhalaisons corporelles, augmentant du même coup les preuves olfactives de sa présence.

Les Créatures arpentaient le couloir d'une démarche pesante, se heurtant parfois aux cloisons qui se mettaient à trembler. David les entendait renifler, tels des porcs fouillant la boue. Les Bêtes s'énervaient, tournaient en rond, essayant de localiser la cachette de cette proie si proche et pourtant invisible. David ferma les yeux. Les somnifères (dont il avait ce soir doublé la dose) étaient en train de faire effet, emprisonnant son esprit dans une gelée paralysant toute réflexion.

Je vais m'endormir, murmura-t-il, *je vais tomber dans un sommeil si profond que je n'entendrai même pas le bruit que fera la porte lorsqu'on l'enfoncera. Elles me dévoreront pendant que je dormirai... et je ne sentirai rien.*

Cette perspective lui semblait soudain presque

séduisante. Il se laissa couler dans l'inconscience, tel un malade étendu sur une table d'opération et qui, dans la crainte de la douleur, aspire au néant.

Elles vont gratter sous la porte, pensa-t-il encore tandis que s'effilochait sa perception des choses. *Elles finiront par arracher le miroir, par desceller les gonds. Elles sont si puissantes.*

Finir dévoré dans son sommeil. Pourquoi pas, après tout, si cela ne faisait pas trop mal ?

Il coula, guettant l'éclatement de la porte, persuadé qu'il ne se réveillerait plus.

C'est mieux comme ça, parvint-il encore à penser. *De toute manière je n'aurais jamais réussi à les tuer...*

*

Quand il émergea du néant, le réveil, qu'il avait omis de remonter, était arrêté. Il tâta son poignet, cherchant le contact de sa montre, et se rappela l'avoir oubliée dans la salle de bains quelques jours auparavant. Bouleversé par le climat de folie des dernières vingt-quatre heures, il n'était jamais allé la reprendre. Le réveil mort indiquait 2 h 30. Depuis combien de temps ses rouages s'étaient-ils figés ? Dix *minutes*, dix *heures* ?

David se redressa sur un coude, aussitôt la tête lui tourna et il dut se rallonger, en proie au vertige. Il se sentait faible, cotonneux. Les soporifiques, trop puissants, et dont il commençait à abuser, lui jouaient là un méchant tour. Il resta un moment étendu, s'efforçant de discipliner les battements de son cœur. Une interrogation hurlait dans sa tête :

LE JOUR OU LA NUIT ? Il avait fort bien pu dormir vingt-quatre heures d'affilée et reprendre conscience en pleine nuit. Dans ce cas, ouvrir la porte du cabinet revenait à se jeter dans les griffes des monstres ! Le sommeil artificiel engendré par les cachets avait bouleversé son horloge interne. Il se sentait barbouillé, nauséeux.

Le jour ou la nuit ?

Il se leva en prenant appui sur les murs. Le sol tanguait sous ses pieds. Alors qu'il atteignait la porte, il eut un nouvel éblouissement et crut qu'il allait tomber sur les genoux. Des phosphènes multicolores dansaient sur sa rétine. Il posa les paumes sur le battant et colla son oreille contre l'acier. Mais la porte était épaisse, et d'ailleurs il n'existait sur la colline aucun de ces repères sonores qui, en ville, trahissent l'activité des hommes : rugissements de moteur, sirènes d'usine, marteaux-piqueurs défonçant les rues. Il n'y avait rien de cela ici. Pas de cris d'enfants jouant autour des bornes d'incendie. Pas de vendeurs de crèmes glacées klaxonnant aux carrefours pour attirer les gosses. Rien.

La colline était un bloc de silence, de jour comme de nuit. Les oiseaux avaient fui la forêt et il était inutile de guetter leurs chants ; quant à la ville, elle était si éloignée que sa rumeur ne perçait jamais l'écran des arbres. David s'agenouilla, espérant distinguer un rai de lumière sous la porte. C'était un espoir illusoire. La maison était si obscure, ses fenêtres si étroites que la nuit s'y attardait en plein jour. David eut un regard de haine pour le réveil aux rouages paralysés.

Pourquoi n'avait-il pas songé à le remonter ?

Parce que tu avais trop la trouille pour penser aux choses importantes, s'avoua-t-il sans détour.

Il secoua la tête, essayant par ce moyen dérisoire de chasser la brume qui stagnait dans son cerveau. Il but un peu d'eau tiède, grignota trois biscuits pour reconstituer ses forces, toutefois la peur lui nouait l'estomac et la nourriture passait mal.

La nuit ou le jour ?

Il était incapable de prendre une décision. Il avait l'impression d'avoir dormi très longtemps, mais cela ne voulait rien dire. Dans le passé, il avait déjà éprouvé cette sensation curieuse : la certitude de ne s'être assoupi qu'une minute alors qu'en réalité on vient de dormir neuf heures. Le sommeil était trompeur, le sommeil était un piège.

S'il ouvrait la porte pour se retrouver plongé dans les ténèbres d'une nuit épaisse, il était perdu.

Je ne ferai qu'entrebâiller le battant, se dit-il. *Un coup d'œil, un seul, et je referme aussitôt...* Mais c'était un mauvais plan. Les bêtes étaient peut-être, en ce moment même, assises sur le carrelage de l'autre côté du blindage, attendant avec la patience des grands prédateurs que leur proie se décide enfin à commettre une erreur fatale. Oui, elles étaient peut-être là, silencieuses, aux aguets, l'oreille dressée pour détecter le moindre frôlement. S'il déverrouillait le battant, ne fût-ce qu'une seconde, il verrait une patte énorme se jeter dans l'ouverture, une patte dont les griffes puissantes se ficheraient dans sa poitrine, sectionnant ses côtes et son sternum avec l'efficacité d'une cisaille d'autopsie. Il n'aurait pas le temps de rabattre la porte parce qu'il... *serait déjà mort !* D'un coup d'épaule les Créatures écarteraient ensuite le rempart de blindage pour se ruer dans la place et festoyer.

David rejeta les biscuits, s'approcha de nouveau du battant pour écouter les bruits de l'extérieur. Il avait l'impression, l'oreille ainsi collée contre le fer tapissé de boulons, d'être en train d'ausculter un robot. Il n'entendit aucun écho de conversation. Mais, encore une fois, cela ne signifiait rien. P'pa et M'man pouvaient dormir sur la pelouse, au soleil, en proie à l'un de ces accès de somnambulisme qui faisaient d'eux des automates silencieux au comportement purement instinctif.

Si c'était le jour, ils s'inquiéteraient de ton absence, décida-t-il. *Ils t'appelleraient, ils te chercheraient...*

Non, même cela c'était faux. La plupart du temps Andy et Isa côtoyaient leur fils sans lui accorder le moindre regard, le réduisant au rang d'ectoplasme. Repus, ils ne songeaient, le plus souvent, qu'à dormir en attendant le soir. Leur esprit ne daignait sortir de l'engourdissement qu'en de brèves périodes. Alors ils se mettaient à sourire et à plaisanter comme des adolescents, mais ces accès se faisaient de moins en moins fréquents.

Le jour ou la nuit ?

David s'était assis sur le sol, le front contre la tôle de la porte caparaçonnée, incapable de prendre une décision. Il ne pouvait tout de même pas rester là jusqu'à l'épuisement de ses provisions, dans l'attente d'un signe qui lui permettrait enfin de déterminer si c'était le soleil ou la lune qui brillait de l'autre côté.

Il renifla, essayant puérilement de localiser l'odeur des Bêtes. Mais il ne sentit rien, à part les exhalaisons d'urine du seau hygiénique, la moisissure des murs, et les relents de sueur de ses propres vêtements. Il leva la main, saissant la première barre de sécurité. Il fallait en finir d'une façon ou d'une autre.

Pourvu que cela ne fasse pas trop mal, songea-t-il en libérant le second verrou. Mais il ne se faisait pas d'illusion, *cela devait faire atrocement mal,* à moins d'être immédiatement touché à la tête et de mourir sur le coup, le cerveau déchiré. « Hélas ! les grands fauves ne s'en prennent jamais à la tête », il l'avait lu quelque part. « Ils égorgent ou ils éventrent leurs proies, ensuite ils leur arrachent les parties génitales et leur crèvent l'abdomen pour se repaître de la masse intestinale... »

Debout, les genoux s'entrechoquant, David poussa le battant. Après l'atmosphère confinée du placard, l'air du couloir lui parut glacé.

La coulée de lumière dorée qui brasillait dans la découpe de l'étroite fenêtre lui mordit la rétine. Il faisait jour.

Il soupira à petits coups, n'osant croire à sa chance, et se glissa dans le couloir, refermant la porte derrière lui.

Son premier mouvement fut de courir à la salle de bains pour récupérer sa montre-boussole, mais elle était arrêtée, elle aussi. Il maudit ses parents de n'avoir jamais voulu lui acheter une montre japonaise à quartz comme tous ses copains en possédaient, malheureusement P'pa détestait ce genre de gadget. « Rien ne vaut un bon engrenage, répétait-il. Une mécanique d'honnête artisan. Des ressorts, des roues dentées, des trucs naturels, quoi ! »

Il se passa de l'eau sur le visage et se rendit à la cuisine pour réchauffer du café noir. Il détestait cette boisson mais espérait qu'elle lui clarifierait le cerveau. Les adultes ne prétendaient-ils pas « être incapables de fonctionner avant d'avoir avalé leur premier café » ? Il en but deux tasses en faisant la grimace et jugea le breuvage définitivement dégueulasse. Il se sentait mieux.

Bouclant la montre autour de son poignet, il sortit sur la pelouse. Andy et Isa étaient, comme de coutume, étendus dans une flaque de soleil, nus. David s'agenouilla pour les examiner. Il vit tout de suite les taches de sang séché sur leurs lèvres et sous leurs ongles. Ils avaient donc trouvé à manger au cours de la nuit. Mais quoi ? Ou *qui* ? La chèvre ? Non, sûrement pas. Il leur fallait de la chair vivante, pantelante, fraîche, pour apaiser leur faim. Alors ? Un chien errant ? Un ivrogne n'ayant pas tenu compte du couvre-feu ? Un voyageur, des jeunes dans un vieux break ? Non, rien d'important car la salle de bains était restée propre. Cela signifiait que le meurtre n'avait pas eu les proportions du premier carnage et que les parents avaient pu se laver sans laisser de traces.

Un chien, décida David. Presque rien. Un en-cas, un casse-croûte. Ce soir ils seront affamés. Il leur faudra une proie importante, coûte que coûte.

Il s'éloigna et s'installa dans son fauteuil de toile pour prendre, lui aussi, le soleil. Les barbituriques le faisaient grelotter et il n'arrivait pas à se réchauffer. Vaincu par la torpeur des effets secondaires, il s'endormit à plusieurs reprises et sommeilla quinze ou vingt minutes. Ces éclipses de la conscience le terrifièrent. Une pensée angoissante le saisit : et s'il s'endormait au coucher du soleil, sans même s'en rendre compte ? S'il restait là, offert, tandis que dans son dos s'accomplissait l'épouvantable métamorphose ? Il se leva d'un bond et s'obligea à faire le tour de la maison à petites foulées. Mais il fut très vite à bout de souffle et le vacarme de son cœur emballé lui emplit les oreilles.

Ne sachant que faire, il passa la journée sur le qui-vive, ressassant les mêmes obsessions. De temps à autre, il s'approchait de ses parents et, tendant l'index, l'approchait de leur tempe tel le canon d'un revolver fictif. *Boum !* pensait-il en pressant une détente imaginaire. Les tuer durant leur sommeil ? Ç'aurait été sûrement plus facile car il y avait dans leur attitude quelque chose qui rappelait la posture des gisants de cathédrale. Boum ! Mais l'arme serait-elle assez « propre » pour ne pas faire trop de dégâts ? David ne voulait pas voir les têtes voler en éclats, les cervelles se répandre, comme cela se passe toujours dans les films. Non, il voulait quelque chose de discret : deux trous bien nets, et presque pas de sang. Une mort somme toute... rassurante.

Le revolver de Barlow était bien trop gros pour effectuer un travail en finesse. C'était un obusier conçu pour foudroyer un éléphant en pleine course. Il ne creuserait pas un trou discret mais un horrible cratère, il pulvériserait, il broierait, il...

David haletait, s'habituant à jouer avec cette pensée cruelle. Boum-Boum ! Un apprentissage qui pouvait le conduire tout droit à la démence. Mais Barlow avait dit : « Durant la métamorphose, *uniquement* durant la métamorphose ; le jour ça ne servirait à rien, ils guériraient et tout serait à recommencer. »

Cette règle de base impliquait un affrontement réel avec l'horreur. Cela voulait dire : attendre les monstres de pied ferme et faire feu. Par deux fois, David reprit sa place dans le fauteuil. Andy et Isa étaient-ils toujours Andy et Isa... ou bien quelque chose d'autre, quelque chose de mauvais, de maléfique, qui n'avait plus rien d'humain ? Etaient-ils incurables ou bien... ?

*

Très vite, bien trop vite en vérité, le jour déclina. David en déduisit qu'il s'était donc réveillé au début de l'après-midi. Il lui fallait cesser de se réfugier dans le sommeil et garder la tête froide. S'habituer à l'horreur au lieu d'y succomber. S'endurcir.

Il alla chercher du poivre dans la cuisine et en saupoudra le couloir jusqu'à la chambre secrète. C'était une précaution tardive, mais il ne voulait plus rien négliger. Quand le ciel devint rouge, il réintégra le cabinet de survie. L'étroitesse du placard, son atmosphère confinée, provoquèrent en lui un réflexe d'étouffement et, pendant quelques secondes, il crut qu'il allait rouvrir la porte, pour s'enfuir à travers la campagne. Dans un réflexe de rage, il saisit le tube de barbituriques et l'expédia à l'autre bout du réduit, au milieu des emballages de gâteaux qui constituaient ses provisions.

La métamorphose lui parut plus rapide que la première fois car les gémissements cessèrent presque aussitôt pour faire place au crissement des griffes sur le carrelage. Il se rétracta, se préparant à une charge dont la puissance cabosserait le blindage et lézarderait la muraille, mais rien de semblable ne se passa. Le crissement des griffes s'arrêta au seuil du corridor comme si les bêtes hésitaient... ou se concertaient sur la marche à suivre.

Un long moment s'écoula dans le silence sans que David puisse déterminer si les Créatures avaient quitté la maison ou se préparaient à une attaque en force. Sans doute étaient-elles allées rôder au pied de la colline ? Peut-être avaient-elles poussé jusqu'à la ville dans l'espoir de réussir à s'introduire dans l'une des étables bardées de fer ?

Le bruit retentit à l'instant même où David s'assoupissait. C'était un raclement sourd dont il ne parvint pas à déterminer l'origine mais qui évoquait le grincement d'une craie sur un tableau noir. La chambre de survie faisant office de caisse de résonance, le son semblait sourdre de partout à la fois. Il sortait des murs, du plancher, du plafond... David songea d'abord au crissement d'une mâchoire rongeant un os énorme, puis à une taupe géante forant une galerie dans un sol truffé de pierres.

Cette dernière image le fit tressaillir car elle était proche de la réalité. Il suffoqua et se mordit le dos de la main, il venait soudain de comprendre : Andy et Isa étaient en train de creuser le mur du placard, réduisant à coups de griffes la distance qui les séparait de leur proie.

Oui, ils étaient en train de faire un trou dans la cloison, de percer un tunnel pour s'introduire dans le terrier du gibier qui les narguait. C'étaient leurs ongles que David entendait, leurs ongles qui grattaient la pierre de la muraille, effritant les blocs poreux arrachés au météore. Là où la dynamite des humains avait échoué, les monstres engendrés par le caillou lunaire triomphaient, sans doute parce qu'ils évoluaient sur le même plan de réalité.

David se précipita d'une cloison à l'autre, essayant de déterminer d'où venait la menace. Quelle était l'épaisseur des pierres ? S'agissait-il d'une couche de briques banale ? Non, car dans ce cas un simple coup d'épaule aurait suffi à renverser l'obstacle. C'était de la vraie pierre, massive mais friable comme de la saponite. Les griffes des monstres allaient la réduire en poussière, forant un passage par où ils se glisseraient, contournant la porte blindée infranchissable.

Ils sont plus rusés que les autres, constata David, *au lieu de s'épuiser à essayer d'enfoncer le battant, ils ont décidé de s'en prendre directement au mur.*

C'était la méthode classique des pilleurs de tombeau. On contournait le bloc de granit en s'attaquant à la craie tendre des parois. David souleva le matelas pour récupérer le revolver et s'agenouilla au centre de la pièce, les mains soudées sur la crosse de l'arme, guettant un soudain effritement de la muraille, l'apparition d'un réseau de lézardes, quelque chose qui trahirait la localisation du tunnel.

Dans la lueur dansante de la lampe à pétrole allumée en hâte, il ne cessait de pivoter sur lui-même pour ne pas se laisser surprendre. Le bruit l'encerclait, courant de brique en brique. Combien de temps faudrait-il ? Tout le problème se résumait à ces simples mots. Les deux monstres auraient-ils assez d'une nuit, d'une seule pour perforer la paroi du cabinet de survie ? Et lui, David, aurait-il la force d'appuyer sur la détente quand, dans un geyser de débris, surgirait la gueule béante de... *l'ennemi ?* L'horreur, le dégoût, la peur enfin. Toutes ces sensations conjuguées lui donneraient peut-être le courage de presser la détente ?

Les grattements se faisaient plus proches, comme si la Bête creusait maintenant les bras engagés dans l'épaisseur de la muraille. Elle allait plus vite, elle avait trouvé son rythme et elle disposait de bons outils : ses ongles, capables de laisser leurs marques sur une porte blindée. Dans deux heures, elle aurait traversé l'épaisseur de la paroi, il lui suffirait alors d'agrandir le trou. David leva l'arme. C'est à ce moment qu'il lui faudrait tirer, visant la tête.

Il l'espérait horrible, cette tête. Il voulait voir pointer une face de cauchemar sur laquelle ne subsisterait plus aucun des traits d'Andy ou d'Isa. Un mufle de démon n'entretenant aucune ressemblance avec ses parents, quelque chose de répugnant et de terrible qu'il n'aurait aucune peine à détester et à... détruire. Oui, de cette manière (mais de cette manière seulement !) la chose serait envisageable. Une gueule hideuse. Une mâchoire gigantesque, béante, surmontée par deux prunelles rouges de prédateur nocturne, rien qui puisse rappeler le sourire de M'man, le regard de P'pa. Si cette chose émergeait du mur, alors, oui, il tirerait. Le dégoût et l'horreur guideraient sa main, donneraient l'influx nécessaire à la réalisation du crime.

Il ferma un instant les paupières et inspira pour retrouver son calme. Ses paumes dérapaient sur la crosse du revolver, il posa l'arme sur le sol pour s'essuyer les mains sur sa chemise. Ce fut quand il reprit le colt qu'il remarqua quelque chose d'insolite. Pendant deux secondes, il ne put déterminer d'où lui venait l'illusion que le sol se dérobait sous ses pieds, puis il comprit : le nez plombé des balles ne dépassait plus des alvéoles du barillet.

Quelqu'un était entré dans le placard et avait déchargé le revolver à son insu...

Il était désarmé, vulnérable. Offert. P'pa était venu cet après-midi, profitant de ce qu'il sommeillait dans le fauteuil de toile. Il avait vidé le barillet et volé la boîte de cartouches donnée par Barlow, faisant de l'arme un morceau de fer inoffensif.

David se leva d'un bond, courut vers la porte dans un réflexe de fuite incontrôlé. Il lui fallait quitter la chambre au plus vite, s'échapper avant que le mur ne s'entrebâille pour laisser passer les monstres. Pendant qu'ils étaient occupés à creuser, il pouvait sortir dans le couloir, quitter la maison et s'enfuir à travers la campagne. Le bruit des griffes raclant le mur couvrirait sa cavalcade. C'était la seule solution envisageable. Le cabinet de survie n'était plus qu'un piège. S'y attarder c'était laisser aux Créatures le temps de forer leur tunnel. C'était attendre la mort avec la résignation des proies trop faibles pour lutter. Les mains de David effleurèrent les barres de sécurité. Il allait entrouvrir la porte, parcourir les dix mètres du couloir sur la pointe des pieds et...

Et ensuite ? Courir vers la forêt peut-être ? Se hisser sur un arbre, là où les bêtes ne pourraient pas l'atteindre.

Il fit basculer la première barre et s'immobilisa tout à coup, saisi d'un doute. *Et si l'une des deux Créatures se tenait là, de l'autre côté de la porte, l'attendant... ?*

Elles n'étaient pas stupides. P'pa creusait tandis que M'man restait à l'affût, collée au battant blindé, en embuscade. Les monstres avaient sûrement prévu sa réaction ; ils s'étaient déployés de manière à l'encercler. S'il ouvrait la porte, il tomberait dans les bras d'Isa... dans les *griffes* d'Isa, et tout serait dit.

Il plaqua sa joue contre la tôle pour tenter de détecter la présence de la bête postée en sentinelle, mais le raclement des griffes emplissait le cagibi de son vacarme.

Combien de centimètres avant que la paroi ne cède, que la cloison ne laisse passer une patte griffue ? Quinze, vingt ? La muraille était épaisse. L'emplacement de la chambre de survie avait été déterminé en fonction de la résistance des murs. C'était un bunker en réduction. Avec un peu de chance, la bête qui creusait serait surprise par l'aube. Sa force diminuerait avec le lever du soleil, le rythme du travail ralentirait. Elle ne pourrait venir à bout du tunnel avant que la métamorphose ne lui restitue son apparence humaine.

David s'adossa à la porte et consulta la montre qu'il avait remontée au crépuscule, positionnant ses aiguilles sur une heure approximative déterminée d'après les indications portées sur le calendrier accroché dans la cuisine. Combien de temps avant l'aurore ? Deux heures, une seule ? La nuit était avancée mais il ne savait pas à quel moment la seconde transformation s'emparerait des bêtes. Avant l'aube probablement. De plus, ce soir, les monstres n'avaient rien trouvé à se mettre sous la dent, leurs forces allaient décliner plus vite qu'à l'ordinaire. D'ici peu, la fatigue leur tomberait dessus, ralentissant leurs mouvements. Leurs griffes s'amolliraient, s'émoussant sur la pierre, arrachant désormais au mur plus de poussière que de caillasse. C'était un coup de poker, un pari insensé.

Peut-être aurait-il mieux valu ouvrir la porte et s'enfuir ?

Mais non, c'était idiot. Il savait que M'man était là, de l'autre côté du battant, à l'attendre dans l'obscurité, immobile, retenant son souffle. Il devinait sa présence, monstrueux obstacle de chair obstruant le couloir, et dont la masse interdisait tout espoir de fuite.

Il s'assit, car ses jambes ne le portaient plus, et ramassa le revolver déchargé qu'il glissa dans sa ceinture. La perversité de ses parents le laissait abasourdi. Ainsi ils avaient fait semblant de dormir, attendant que leur fils s'assoupisse au creux du fauteuil de toile, puis s'étaient glissés dans le cabinet de survie dont la porte ne se verrouillait pas de l'extérieur. Ils avaient tripoté le miroir jusqu'à ce que le panneau de verre étoilé se décide à pivoter. Qui avait découvert l'arme sous le matelas ? P'pa ? M'man ? Qui avait eu l'idée de la décharger ?

Ils lui avaient bel et bien tendu un piège. Ils s'étaient attaqués au mur, sachant qu'ils ne risquaient plus d'être fusillés au sortir du tunnel. Ils l'avaient laissé s'enfermer dans la nasse, contournant l'obstacle de la porte blindée pour mieux pénétrer au cœur du réduit.

Comment avaient-ils détecté la présence de l'arme ? Leur flair sans doute ? L'odeur de la graisse et de la poudre, le plomb des projectiles ?

Ne te plains pas, se consolait David, *ç'aurait pu être pire encore. Si P'pa avait eu un chalumeau sous la main il aurait pu souder la porte blindée au chambranle, te coupant définitivement la retraite...*

Ils avaient préféré décharger l'arme, sachant que David ne penserait jamais à vérifier le contenu du barillet. Les détectives prenaient toujours cette précaution dans les films mais David n'était qu'un gosse... et puis le revolver lui inspirait un dégoût provenant de son éventuelle utilisation. P'pa ne s'était pas trompé en tablant sur le fait qu'il ne s'apercevrait du subterfuge qu'à la dernière minute, c'est à dire... trop tard !

Il consulta une nouvelle fois sa montre. Depuis trois minutes il lui semblait que le vacarme perdait en intensité. *A l'approche de l'aube, leurs ongles ramollissent,* exulta-t-il. *Leurs forces les quittent...*

Oui, dans une demi-heure, ils seraient en proie

aux spasmes de la métamorphose, et donc incapables de continuer à creuser. Il fallait que le mur tienne jusque-là.

Leurs ongles sont mous, se répétait-il pour se donner du courage. *Creuser la pierre commence à leur faire mal et ils n'auront pas le réflexe d'aller chercher un outil. Les bêtes n'utilisent pas de pioche. Ils vont devoir renoncer, ils vont...*

Il se dandinait sur place. Sa vessie, pleine à craquer, le faisait souffrir mais il ne pensait pas à se soulager. Vingt minutes plus tard, les raclements s'espacèrent, perdirent de leur puissance, puis cessèrent. David s'effondra sur le plancher, la tête dans les mains, balbutiant une prière fantaisiste dont il inventa les paroles.

Pas cette nuit, hoqueta-t-il, *ils ne m'auront pas cette nuit ! Ils ne m'auront pas !*

Les gémissements de la métamorphose éclatèrent peu après, étouffés par l'épaisseur de la muraille. David se recroquevilla sur le sol et ferma les yeux, épuisé. Dès qu'il eut uriné, le relâchement de la tension nerveuse le fit basculer dans le sommeil. Lorsqu'il rouvrit les yeux sa montre indiquait 10 heures. Le soleil devait briller haut dans le ciel. Il déverrouilla la porte. La lumière du jour tombant de l'étroite fenêtre le frappa de plein fouet, l'emplissant d'une joie qui le fit grelotter de plaisir. Le couloir était vide. Il sortit de la maison ; P'pa et M'man gisaient sur la pelouse comme deux cadavres abandonnés par un peloton d'exécution. Ils étaient pâles et respiraient difficilement. P'pa avait les bras couverts de poussière de plâtre, les doigts en sang.

David courut dans la maison. Dans une pièce qui jouxtait le placard, on avait creusé un trou aux bords ravinés. Le plâtre et les gravats avaient été rejetés au hasard, avec rage. Sur la pierre elle-même on distinguait les stries laissées par un outil à lames multiples... ou par une main pourvue de griffes aiguisées. Le trou était profond et le cabinet de survie sans aucun doute tout proche. Dave engagea le bras dans l'excavation et cogna contre la paroi. Elle sonnait le creux. Trois ou quatre centimètres le séparaient du cagibi, il s'en était fallu d'un cheveu...

Frissonnant, il battit en retraite. Le colt passé dans sa ceinture le gênait pour marcher. Il avait tout à la fois faim et envie de vomir, chaud et froid. Sur la pelouse il alla observer ses parents. Il leur trouva le visage cendreux, les traits creusés. La métamorphose, que n'avait compensé aucun apport alimentaire, les avait épuisés. Leur chair elle-même semblait flasque, et évoquait la mollesse des muscles de vieillard. M'man respirait par à-coups, et ses côtes saillantes soulevaient sa cage thoracique comme elles allaient crever sa peau d'une seconde à l'autre.

David s'arracha à sa contemplation, le cœur encombré de sentiments contradictoires. Il devait se rendre en ville pour demander conseil. Il n'avait plus de balles, le cabinet de survie avait cessé de constituer une cachette efficace. Bref, la situation devenait intenable et il ne savait plus que faire.

Il hésita à prendre la voiture. Sa mince expérience des manœuvres automobiles risquait de jeter le véhicule dans le fossé et il ne voulait pas se priver de ce moyen de retraite qui pouvait, par la suite, s'avérer d'un grand secours. S'armant de courage, il dévala la pente et prit la direction de la ville. A chaque foulée, le canon du revolver lui meurtrissait la peau. Il faisait frais et le vent du matin sécha en quelques minutes la sueur imbibant sa chemise.

Anatos trouvera une solution, se répétait-il. *Oui, une solution.*

Mais tous les dix mètres il regardait par-dessus son épaule pour s'assurer que ses parents ne le suivaient pas.

12

Il trouva l'Indien à la forge, penché sur une enclume, des lunettes de soudeur sur les yeux. Dans le fond du hangar, Buddy et Lenox chariaient des poutrelles d'acier en s'insultant à chaque fausse manœuvre.

Dès que David eut résumé la situation, Anatos rejeta son marteau avec colère. L'outil rebondit sur l'enclume, lui arrachant une gerbe d'étincelles.

— C'est de ta faute, vociféra l'Indien. Tu attends trop. Il faut te décider à la fin ! Qu'est-ce que tu espères ? Qu'ils vont guérir par magie ? Plus le temps passe, plus leur instinct se développe, ils flairent les pièges. Ils deviennent malins, mauvais. Il va falloir te méfier d'eux vingt-quatre heures sur vingt-quatre et garder en permanence une arme à portée de la main.

Il se dépouilla de son tablier de cuir, saisit l'enfant par l'épaule.

— Viens, ordonna-t-il. On va réclamer d'autres munitions à Barlow, et du ciment à prise rapide à Gomez, le maçon.

— Tu veux boucher le mur ? interrogea David.

— Oui, mais ça sera du raccommodage, de la bricole, rien de plus. Je ne sais même pas si ça tiendra toute la nuit. C'est ta peau qui est en jeu, mon petit vieux, ta peau !

Ils traversèrent la ville déserte, remontant la rue principale dans le vent de poussière qui leur cinglait la face. Derrière les grilles des fenêtres, les rideaux se soulevaient, démasquant des visages haineux, furtifs. David sentit la haine de la ville s'amasser sur ses épaules. Il lui semblait presque entendre les dialogues murmurés dans la pénombre des maisons-forteresses : « C'est lui, le fils des loups... Il ne s'est pas encore décidé, c'est un lâche, un égoïste, il ne lèvera pas le petit doigt pour nous. Un bon à rien... Oui, un bon à rien. »

Ils entrèrent chez Barlow. Sans un mot, Anatos arracha le revolver de la ceinture de David et en fit basculer le barillet pour le présenter au shérif.

— Tu t'es fait avoir, bonhomme, marmonna le flic. Plus tu attends plus ils deviennent rusés. La faim leur aiguise l'esprit. Ils ont déjà poussé deux fois jusqu'ici sans rien trouver à se mettre sous la dent. J'ai décrété le couvre-feu. Au coucher du soleil, tout le monde se boucle dans sa citadelle personnelle. La population est bien rodée, mais ce genre de situation ne peut pas s'éterniser. Et puis il y a la route, les automobilistes, les motards. C'est par là que tes parents vont se mettre à chasser dans quelque temps. S'ils te tuent, personne ne pourra plus les déloger de la colline, ils écumeront la région pendant des mois, ils nous assiégeront chaque nuit, ce sera l'enfer...

Il eut une grimace d'impatience et ajouta sèchement :

— Essaie d'avoir des couilles, bon Dieu ! Il faudra le faire, tu le sais bien. Pourquoi attendre ?

— Vous... vous me demandez de commettre un crime ! cracha David en serrant les poings.

— Merde ! rugit Barlow. Quel crime ? Un acte de civisme, oui ! Ce sont des tueurs, les pires qui puissent exister, et tu es en état de légitime défense. Personne ne te jettera la pierre si tu leur mets une balle entre les yeux !

Anatos rafla les munitions que le shérif venait de sortir d'un tiroir et rechargea le barillet.

— Assez discuté, coupa-t-il. Si on veut que le ciment soit sec ce soir, il faut boucher le trou dès maintenant.

Ils quittèrent le bureau du shérif et se rendirent chez le maçon. David attendit dehors tandis que Buddy et Lenox faisaient irruption au volant d'une camionnette antédiluvienne. Les sacs chargés, le petit groupe prit la direction de la colline. Anatos conduisait. A l'arrière, les deux voyous échangeaient des coups d'œil inquiets.

— Et s'ils nous sautent dessus ? hasarda Lenox, tu y as pensé ?

— Le jour ils dorment, expliqua David. Aujourd'hui ils sont très affaiblis parce qu'ils n'ont rien pu manger pendant la nuit. Je suis sûr qu'ils n'ouvriront pas les yeux avant le coucher du soleil.

— Oui, grogna Buddy. Mais alors là faudra garer tes miches parce qu'ils crèveront de faim !

— Ça va être un vrai carnage, approuva Lenox. Flingue-les ce soir ou tu es cuit, mec !

— Mais ce sont mes parents ! hurla David à bout

de nerfs, vous ne vous rendez pas compte de ce que ça signifie ?

— Vos gueules ! ordonna Anatos en crispant les mains sur le volant. Vos gueules tous ! Je suis d'accord, môme, c'est un boulot de merde mais il n'y a que toi qui puisses le faire. Ça sert à rien de discuter, tout ce que je peux pour toi c'est t'aider à gagner du temps, mais c'est tout !

Il était pâle et paraissait, lui aussi, effrayé. Lorsque la camionnette atteignit le sommet de la colline, ils descendirent en hâte, les sacs de ciment sur l'épaule et se précipitèrent à l'intérieur de la maison en évitant de passer à proximité d'Andy et d'Isa toujours couchés dans l'herbe.

— On va boucher ton foutu trou, cracha Lenox qui ruisselait de sueur. Mais crédieu, ce soir, essaie de te rappeler que tu as des couilles et conduis-toi en vrai mec !

David fondit en larmes pendant que les traqueurs s'engouffraient dans le bâtiment, personne ne lui prêta la moindre attention.

Anatos et ses amis travaillèrent une heure avant de battre en retraite.

— Je ne suis pas sûr que ça suffira, haleta l'Indien en étreignant l'épaule de David. J'essaierai peut-être de trouver autre chose d'ici ce soir. Un truc qui te permettra de gagner du temps, mais ce sera le dernier délai, petit. Après, faudra sauter le pas...

— Ouais, rugit Lenox, y en a marre de tes scrupules d'enfant de chœur.

Anatos lui lança une bourrade et le groupe bondit dans le pick-up. Aucun des trois garçons n'avait envie de demeurer une seconde de plus sur la colline. Dès que le véhicule se fut élancé sur la pente, David éprouva une affreuse sensation de solitude.

La fatigue le rattrapait, lui fermant les paupières. Il jugea plus prudent d'aller dormir dans le cabinet de survie afin d'éviter toute surprise désagréable. Après un dernier regard à ses parents, il courut reprendre sa place dans le cagibi dont il verrouilla la porte. Allongé sur le matelas, le revolver à portée de la main, il essaya de voir clair en lui mais ses sentiments lui apparurent sous la forme d'un fouillis de nœuds inextricables.

Andy et Isa lui faisaient horreur, et il était surpris de voir comment il s'était détaché d'eux au point de les considérer comme des étrangers. Malgré ce dégoût, il ne pouvait envisager d'ouvrir le feu sur leurs doubles monstrueux.

L'épuisement interrompit ses réflexions et le fit dériver vers la torpeur. Il décida qu'il ne courait pas grand risque. Andy et Isa ne se réveilleraient pas avant le coucher du soleil et, d'ici là, le ciment comblant la brèche aurait séché. De plus, s'ils se mettaient à creuser, le bruit des griffes le réveillerait aussitôt. Il ferma les yeux. De toute manière, il devait dormir s'il voulait affronter les fatigues de la nuit. Il se prit à espérer que les monstres, trouvant le trou rebouché, n'auraient pas la patience d'entreprendre un nouveau travail de sape et se précipiteraient au bas de la colline pour tenter de dénicher une proie plus facile. Anatos avait parlé d'un dernier subterfuge... Peut-être comptait-il amener un autre cheval ? Une vache hors d'âge ?

David s'endormit sur cette pensée rassurante.

*

Il rouvrit les yeux huit heures plus tard, le cœur battant à tout rompre, tiré du sommeil par le sentiment d'une catastrophe imminente. A peine s'était-il dressé sur un coude qu'une explosion fit trembler les bases de la maison, provoquant l'effondrement de plusieurs étagères. David se leva à l'instant même où une seconde déflagration faisait vibrer le sol et comprimait ses tympans. C'était comme un bombardement dont la colline aurait été la cible. Les explosions montaient de la terre tandis qu'une odeur de produits chimiques saturait l'air.

David se précipita vers le battant. P'pa essayait-il de faire sauter la porte blindée à la dynamite ? Non, c'était idiot, les monstres ne se servaient pas de stratagèmes humains pour capturer leurs proies, ils ne comptaient que sur leurs ongles, leurs crocs. On n'imaginait pas un loup-garou enflammant la mèche d'une bombe. D'ailleurs, les explosions venaient de plus loin... de l'extérieur. David les situa au pied de la colline, à l'endroit où le chemin en pente rejoignait la plaine, mais il ne comprenait pas la raison de tout cela. De la dynamite ? Avait-on piégé la route ? Mais dans quel but puisque les Créatures étaient réputées invincibles ?

Le silence revint. David colla son oreille au battant. Dans le lointain, il crut alors distinguer l'écho d'une plainte déchirante. Cela montait en une lamentation qui se cassait en sanglots insupportables... D'un seul coup il fut certain qu'il entendait la voix de M'man. Sa voix non humaine, sa voix de femelle monstrueuse, mais sa voix tout de même. Elle était blessée, elle souffrait et gémissait au pied de la colline. Les monstres étaient invincibles, soit, mais cela ne signifiait pas pour autant que les balles ricochaient sur leur chair ! David se mordit les lèvres, il se rappelait soudain les plombs fichés dans la chair de son père, il avait vu la blessure aux bords déchiquetés...

La dynamite... Quelqu'un avait piégé le chemin de la colline, barrant la route au moyen d'une corde reliée à un système de mise à feu rudimentaire. Quelqu'un...

Anatos ! C'était donc là le moyen qu'il avait imaginé pour gagner du temps ? Blesser les monstres pour entraver leurs mouvements ? David sentit une bouffée de haine l'envahir. Il se prit à détester l'Indien et ses manigances. Il avait blessé M'man, avait peut-être tué P'pa... Que savait-il de la survie des loups-garous ? De la dynamite c'était autre chose que quelques plombs de chasse ou qu'un coup de couteau. On était déchiqueté par l'explosion, le souffle vous arrachait les membres, la tête.

Il retint un sanglot. A nouveau le cri monta dans la nuit, vrille de souffrance intolérable qui n'avait plus rien de menaçant. C'était le vagissement d'un être blessé à mort, pas le hurlement d'une bête avide de carnage. David sentit qu'il devait aller au secours de ses parents. Oui, il lui fallait quitter ce cagibi où il se terrait comme un lâche et courir au bas de la colline...

Où se trouvait la trousse de premiers secours ? Dans le coffre de la voiture ? Dans la maison ? Il essaya de repasser mentalement les préceptes de secourisme qu'on lui avait enseignés au camp d'été, l'année dernière. Les garrots, les artères crevées qu'on bouchait du poing... Dieu ! A l'époque, il avait écouté ce baratin d'une oreille distraite, pensant que c'était le boulot des moniteurs. Aujourd'hui, il maudissait sa légèreté.

Les garrots, les tourniquets... Il y avait des précautions à prendre, il ne savait plus lesquelles. Des risques de gangrène lorsqu'on comprimait les artères trop longtemps.

C'est M'man qui avait constitué la trousse de secours, avait-elle su y mettre autre chose que des médicaments de fantaisie du style eau de Cologne et alcool de menthe ?

Il fit basculer la première barre de sécurité, puis la seconde. A l'instant où il entrebâillait la porte, il s'aperçut qu'il avait oublié le revolver ; il dut retourner le prendre, mais cette erreur suffit à ébranler ses certitudes, le doute le saisit.

Et si tout cela n'était qu'une ruse ? Une ruse pour l'attirer à l'extérieur et...

Douché, il s'immobilisa. Cependant il avait entendu les explosions et...

Les loups-garous sont invincibles. Et si les bêtes, se moquant des déflagrations et du pauvre piège d'Anatos, avaient imaginé de mettre à profit cet incident pour attirer leur fils à l'extérieur ? Elles étaient peut-être là, sur la pelouse, embusquées de part et d'autre de la porte, intactes, indemnes, le poil à peine roussi par les flammes, modulant des plaintes de douleur contrefaites...

Invincibles, les loups-garous sont... David étouffa un gémissement. L'indécision le mettait à la torture. Fallait-il aller de l'avant ou retourner se terrer au fond du placard ?

S'il attendait l'aube, il serait trop tard, P'pa et M'man auraient perdu tout leur sang.

La voix de la lucidité lui soufflait que cette histoire de loups-garous était grotesque.

Les avait-il seulement vus une fois, une seule, dans leur accoutrement de croquemitaines ?

Non, non, trois fois non !

Et s'il s'était laissé intoxiquer par un réseau de présomptions factices, par sa foutue imagination, par la crédulité superstitieuse de quelques paysans attardés ?

P'pa et M'man étaient probablement victimes d'émanations... toxiques, hallucinogènes... ?

Il fit un pas en avant, mais la lumière blafarde de la lune tombant sur l'herbe de la pelouse le figea.

De part et d'autre de la porte... Chacun les griffes levées.

Il saisit le revolver, mais aurait-il le temps de s'en servir ? Le danger était peut-être derrière lui, en ce moment même ? Il pivota sur ses talons, explorant du regard les profondeurs de la maison.

Le sanglot déchira la nuit, plus faible.

Ils étaient en train de mourir, et lui restait là, stupide, ligoté dans ses contes à dormir debout. En intervenant d'urgence, on pouvait encore les sauver, aveugler les hémorragies, les... *Les loups-garous n'existent pas*, se murmura-t-il. *Ce sont des histoires pour les enfants*. Mais la peur l'empêchait d'avancer, enracinait ses pieds dans le carrelage. Il imaginait les bêtes, éventrées, déchiquetées, mais trouvant encore le réflexe de lui arracher la tête au moment où il se pencherait sur elles. Tant qu'il leur resterait un ongle, un seul, elles demeureraient un danger pour lui.

La poitrine comprimée par l'angoisse, il recula pour réintégrer le cabinet de survie. Il devait attendre l'aube et n'intervenir qu'une fois les Créatures redevenues humaines. Maudissant Anatos et ses ruses de Peau-Rouge, il se recroquevilla sur le matelas en claquant des dents.

Les heures s'écoulèrent ainsi, affreusement longues. De temps à autre, il sanglotait et se bouchait les oreilles pour ne plus entendre les gémissements lointains des bêtes blessées. Des images de champ de bataille lui emplissaient la tête. Il voyait des chevaux morts, éventrés par les boulets, recouvrant de leurs tripes les cadavres des cavaliers foudroyés par la mitraille. Il lui semblait que le vent de la nuit portait jusqu'à ses narines des relents de poudre brûlée et de sang.

Il se rongea les ongles et se mordit les lèvres jusqu'au lever du soleil, alors seulement, titubant, les yeux cernés, le visage gonflé de pleurs, il sortit de la maison pour aller chercher la trousse de secours dans le coffre du break.

Il descendit le chemin en pente, le revolver passé dans la ceinture, la boîte de fer marquée de la traditionnelle croix rouge à la main.

En dépassant le dernier tournant, il aperçut le

sol ravagé par les explosions, les arbres à l'écorce lacérée. Deux grands cratères trouaient la plaine, au pied de la colline. P'pa gisait dans la terre remuée, sur le dos, les yeux vitreux. M'man pendait à un arbre. Ils étaient nus, et le sang, en séchant sur leurs corps, avait fait d'eux des statues de glaise rouge. David aperçut immédiatement l'entaille sur le ventre de P'pa. C'était une faille béante par où s'échappait la masse bleuâtre des intestins dont les méandres palpitaient, tels des serpents écorchés. Des éclats de pierre lui avaient entaillé les flancs et l'on distinguait les os des côtes qui brillaient au soleil dans l'entrebâillement des plaies.

David tomba à genoux. M'man avait été projetée par le souffle et s'était empalée sur les basses branches d'un sapin qui l'avaient crucifiée en l'empêchant de retomber. Des esquilles de bois sortaient de ses épaules et de ses cuisses comme des fers de lance. Pire que tout, elle avait eu les deux seins arrachés par l'explosion et des cratères béants saignaient sur son torse. David se cacha le visage dans les mains. Ses oreilles bourdonnaient et, pendant un moment, il fut sur le point de s'évanouir.

Anatos avait assassiné ses parents... Anatos leur avait tendu un piège horrible. Une fureur vengeresse s'empara de lui et il crut qu'il allait courir jusqu'à la ville pour abattre tous les comploteurs de Willoughby. Oui, il allait flinguer l'Indien, et le shérif, et les deux voyous si arrogants et... tout le monde ! *Il allait tuer tout le monde !*

Un gémissement le fit émerger de la brume de la colère.

C'était M'man qui se plaignait, la bouche entrouverte sur une salive de sang qui lui engluait la langue. Mutilée, déchiquetée, elle vivait toujours. David se précipita vers elle, essayant de la libérer de la herse des branches sur laquelle elle était empalée. Il ne savait comment procéder. Les esquilles de bois glissaient hors des plaies avec un horrible bruit mouillé. Bandant ses muscles, il la saisit à bras le corps et tira. Les plaies béantes de la poitrine mutilée s'écrasèrent sur sa chemise, y tatouant deux cercles écarlates.

— Ça va aller, M'man, répéta-t-il, titubant sous le poids de la jeune femme inconsciente, ça va aller...

Il la déposa sur l'herbe et lui nettoya le visage. Isa gémit en bavant une écume rougeâtre, et sa main gauche se mit à griffer l'herbe.

« Elle est vivante, exulta David. Elle est vivante ! »

Il se retourna vers P'pa, essayant, les paumes en coupe, de repousser la masse intestinale à l'intérieur de la blessure. Il n'avait plus peur, il ne pleurait plus, il ne tremblait pas. Il agissait avec une détermination de chirurgien. Le visage d'Andy était lacéré du menton à la racine des cheveux. La joue crevée laissait apercevoir l'émail des dents et l'os du maxillaire. L'œil gauche n'était plus qu'une bouillie vitreuse. David n'osa l'effleurer. S'ébrouant, il réalisa soudain qu'il ne pouvait en faire davantage. Il lui fallait un médecin. Un médecin au plus vite ! Abandonnant la trousse de secours, il courut vers la ville.

Il se tordait les chevilles sur les pierres inégales

sans pour autant ralentir son allure. A mi-chemin, il dut se laisser tomber sur une borne pour reprendre son souffle. Un point de côté lui sciait le flanc, lui donnant l'impression que ses poumons se déchiraient à chaque inspiration. Il haletait comme un coureur de marathon à bout de force. Malgré cela, il reprit sa course. Il atteignit enfin les limites de la ville et se rua dans la grande rue. Son arrivée figea les badauds sur les trottoirs. Les enfants interrompirent leurs jeux pour dévisager l'intrus, avec une expression de méchanceté. Plusieurs femmes se signèrent tandis que mouraient les conversations. Dans les boutiques, les gestes demeurèrent en suspens.

David courait, une main posée sur la crosse du revolver coincé dans sa ceinture. Au travers du voile rouge de l'épuisement, il aperçut Anatos qui pénétrait dans le bureau du shérif. La colère se mit à flamboyer sous son crâne et, l'arme brandie, il se rua dans le bureau de Barlow, repoussant la porte d'un coup d'épaule. L'Indien et le gros homme se figèrent et, l'espace d'une seconde, David vit briller une étincelle de panique dans leurs yeux.

— Salaud, hurla-t-il à l'adresse de l'Indien. Tu as blessé mes parents, salaud...

Mais il était à bout de souffle et les paroles qui sortaient de sa bouche se changèrent en gargouillis. Barlow leva les mains en signe d'apaisement.

— Calme-toi, petit, chuinta-t-il. C'est pas si grave, c'est pas si grave.

— Vous n'êtes que des assassins ! vomit David. Une ville d'assassins.

Le visage d'Anatos se crispa sous l'effet de la colère.

— Petit crétin, siffla-t-il. Tu ne piges rien à rien ! La dynamite c'était pour te donner du temps. Bon sang ! Quand je pense que cette saleté a failli nous péter à la gueule pendant qu'on la bricolait !

Barlow avait contourné son bureau, l'air penaud, les mains toujours levées. Quand il ne fut plus qu'à un mètre de David, il lança la jambe avec une remarquable souplesse et shoota dans le poignet de l'enfant. Le revolver traversa la pièce pour choir dans un placard vitré qui vola en éclats. L'instant d'après, il empoigna David par le devant de sa chemise et le gifla.

— Petit connard, gronda-t-il. Tu t'imagines que tu peux rentrer chez moi et me braquer comme ça, sous les yeux de la ville ?

Sa main s'abattit une deuxième fois, faisant éclater la lèvre de l'enfant. Anatos s'interposa.

— Merde, grommela-t-il. C'est qu'un gosse. Reprenez-vous.

— C'est pas un gosse, vociféra le shérif. C'est le fils des loups. Il les protège, tu ne comprends pas ? Il est leur complice.

— Allons, intervint Anatos. Vous savez bien qu'il a failli se faire bouffer à plusieurs reprises. Il faut lui donner un peu de temps.

L'Indien parvint à repousser le gros homme qui écumait de rage. La foule s'était amassée derrière les vitres du bureau, ne perdant rien de l'altercation.

— Mes parents, gémit David. Ils sont gravement

blessés, il faut faire venir une ambulance, appeler un docteur...

Il se jeta sur le téléphone mais Barlow le saisit par le col de sa chemise et le propulsa à l'autre bout de la pièce. David buta contre une chaise qui se renversa.

— Assassins ! hoqueta-t-il au milieu des larmes qui ruisselaient sur son visage.

Anatos s'agenouilla. Un tic nerveux agitait ses traits, il était visible qu'il déployait de gros efforts pour garder son calme.

— Cool, môme, murmura-t-il. Tes parents ne risquent rien. Merde, je les ai juste un peu handicapés pour les ralentir, c'est comme une voiture dont on aurait crevé un pneu, tu comprends ? C'était pour te donner du temps...

Mais David n'entendait rien, son esprit demeurait bloqué sur des images sanglantes de viscères dénudés. Il avait envie de mordre, de griffer, de faire mal. Anatos le saisit aux épaules et le secoua.

— Ils seront guéris dans quarante-huit heures, lui hurla-t-il au visage. Rappelle-toi ce que je t'ai raconté. Leurs blessures vont se refermer, ça se passe toujours comme ça. On ne peut pas les tuer, personne à Willoughby ne peut leur occasionner de préjudice mortel. Ils sont immunisés contre nous.

David se dégagea. L'Indien mentait, Barlow mentait. Il était tombé dans une cité de fous, de demeurés prisonniers de superstitions d'un autre âge.

— Vous êtes tous cinglés ! vociféra-t-il en bavant du sang. Les loups-garous n'existent pas. D'ailleurs je ne les ai jamais vus se transformer. *Jamais vus !* C'est vous qui m'avez bourré le crâne... Vous n'êtes qu'une espèce de secte de tarés. Oui, une secte ! Une secte !

Il avait besoin de nier l'horreur. Il voulait qu'on fasse venir une ambulance, qu'on emmène P'pa et M'man dans un hôpital. Là, il raconterait tout. On lui affirmerait que ces fadaises n'existaient pas. Oui, c'était cela qu'il voulait entendre ! Un médecin se pencherait, lui caresserait les cheveux et dirait : « C'est fini, mon petit bonhomme ! Ce n'était qu'un cauchemar. On va s'occuper de tes parents, ils seront bientôt guéris. »

Il parlerait d'émanations hallucinogènes, d'intoxication neurologique, il trouverait une explication naturelle, toute simple, *rassurante*.

Il fit une nouvelle tentative pour atteindre le téléphone mais Barlow le saisit par les cheveux avant qu'il puisse attraper l'appareil, et le jeta dehors. David roula sur la véranda tandis que le shérif tonnait :

— Va donc les supprimer, sale dégonflé ! C'est tout ce qu'on attend de toi... Graine de pédale. Va les tuer et tire-toi !

Il ne se contrôlait plus. Avant que David puisse se redresser, le shérif bondit à sa poursuite et lui expédia un coup de botte dans les côtes, le rejetant dans la poussière. Ce fut le signal de la ruée. De toutes parts, les coups se mirent à pleuvoir. C'étaient principalement les femmes et les enfants qui frappaient. Les mères excitaient leurs rejetons de la même manière qu'on lance un chien sur un vagabond.

— Lâche ! hurlèrent-elles, c'est un lâche. C'est à cause de lui que nous vivons dans la peur. Punissez-le, il faut le punir ! Lui donner une bonne leçon !

Usant de sa corde à sauter comme d'un fouet, une petite fille cingla David en plein visage, lui faisant éclater l'arcade sourcilière droite. Un grouillement de petits doigts poisseux s'abattit sur l'adolescent, lui arrachant ses vêtements, le griffant, lui tirant les cheveux. Il sentit qu'une main enfantine se glissait entre ses jambes pour lui tordre les testicules. Les plus jeunes le mordaient tels des chiots enragés, ne lui laissant aucun répit.

— Punissez-le ! hurlèrent les mères, c'est un lâche, un lâche ! C'est à cause de lui que vous mourrez peut-être demain !

Plusieurs d'entre elles étaient tombées à genoux et se frappaient la poitrine en récitant des prières. Une grosse femme se lacérait le visage et s'arrachait les cheveux en poussant des couinements de truie. David fut saisi par les chevilles et traîné dans la poussière. Les cailloux du sol lui écorchaient le ventre et la poitrine. Deux gamins ricanants entreprirent de lui arracher son pantalon et son slip. La petite fille à la corde à sauter continuait à trotter à sa hauteur, le flagellant de toutes ses forces, mais la corde visait maintenant le ventre et les parties génitales du petit garçon.

— Ne le tuez pas ! hurla la voix lointaine de l'Indien. Il n'y a que lui qui puisse...

Il tenta d'intervenir mais la foule compacte le

rejeta en arrière. David roulait dans la poussière, essayant de se protéger du mieux qu'il pouvait, les mains en coquille sur le bas-ventre. Une semelle s'abattit sur son visage et on entendit son nez craquer. Il avala du sang et des débris de dents. La peau de son crâne lui faisait si mal qu'il avait l'impression d'avoir été scalpé.

— Lâche ! Lâche ! scanda la foule des bigotes. L'enfant des loups. Purifiez l'enfant des loups !

David roula une nouvelle fois, face contre terre, se lacérant la face sur les cailloux. Un gosse s'assit à califourchon sur ses reins et entreprit de lui enfoncer le goulot d'une bouteille de bière dans l'anus. David hurla et se débarrassa de lui d'un coup de poing.

Il sentit qu'on le soulevait. L'instant d'après, il fut jeté dans un abreuvoir et plusieurs mains pesèrent sur son visage pour lui maintenir la tête sous l'eau. Des éclairs rouges zébrèrent ses paupières. Il coula. Au moment où ses poumons allaient exploser, une poigne d'homme le saisit sous l'aisselle pour le ramener à la surface. Il s'abattit sur le rebord de l'auge, hoquetant, tandis que la voix du révérend Hossecker éclatait à ses oreilles avec la puissance d'un coup de tonnerre.

— Vous voulez donc détruire la seule arme que nous ayons en notre possession ? vociféra-t-il. Imbéciles ! S'il vient à mourir, vous devrez subir la faim des bêtes jusqu'à ce que la région soit dévastée. Vous avez déjà vécu cela à plusieurs reprises. Vous n'avez donc aucune cervelle ?

Entre ses paupières gonflées, David distinguait confusément Anatos et les traqueurs qui jouaient des coudes pour se frayer un chemin à travers la foule.

— Merde ! souffla Buddy en s'agenouillant devant l'abreuvoir. Il est à moitié mort.

— Le toubib, ordonna l'Indien. Va chercher Morisson le toubib. Dis-lui de rappliquer en vitesse.

David devinait qu'on le sortait de l'abreuvoir pour l'allonger sur le sol. Son corps était une boule de douleur traversée d'éclairs déchirants. Il n'avait plus la force de remuer. Tous ses os étaient peut-être brisés. Sa salive était gluante, trop épaisse pour être simplement de la bave ; elle charriait des débris d'émail. Dans le lointain, la voix d'Hossecker résonnait, exhortant la foule à la sagesse. Malgré sa puissance oratoire, elle avait du mal à dominer le chœur des pleureuses en transes. Au bout de dix minutes, l'enfant détectait une nouvelle présence à ses côtés. Des mains le palpèrent.

— Transportez-le chez moi, ordonna une voix inconnue. Il faut le recoudre et nettoyer ses plaies.

— Merde, siffla Lenox. On croirait qu'il est tombé dans une moissonneuse-batteuse.

Quand on le souleva, la douleur fut si vive que David laissa échapper un hurlement.

— Ecoutez ! glapit une femme dans la foule. *Ecoutez le cri du loup !* C'est un signe ! Un signe !

Les lamentations reprirent de plus belle.

— Ça suffit, cria Anatos. Arrêtez vos conneries ! Vous l'avez à moitié tué !

Il y eut des mouvements divers. Buddy et Lenox distribuaient des coups au hasard pour faire reculer les lyncheurs galvanisés par les glapissements des pleureuses. On porta David en courant, sans se soucier des souffrances qu'éveillaient dans son corps ces manipulations. Quand les clameurs de la rue s'estompèrent, l'enfant sut qu'on venait d'entrer dans une maison. Des cris de fillette effarouchée saluèrent son apparition, et il entendit une femme murmurer :

— Oh ! Non, Jim, pas *lui !* Tu ne vas pas le garder ici tout de même, pense aux enfants...

— Bordel ! rugit Anatos, amenez-vous, toubib ! Il faut le recoudre et arrêter tout ce sang, vous ferez vos prières plus tard !

— Ma femme a raison, protesta timidement une voix affectée. J'ai des enfants et...

— S'il crève, vos enfants serviront bientôt de casse-croûte à ses parents ! coupa l'Indien. Ce gosse, c'est notre arme secrète, fourrez-vous ça bien profond dans la caboche.

Il y eut encore des murmures, des atermoiements, puis l'aiguille d'une seringue s'enfonça dans le bras de David et la douleur reflua d'un coup, faisant place à une délicieuse sensation de flottement.

Je me désincarne, pensa David en fermant les yeux.

Entre deux plongeons dans l'inconscience, il percevait les échos d'un affrontement verbal. Hossecker était venu à la rescousse, il essayait à présent de rassurer l'épouse du médecin qui lui opposait ses gémissements terrifiés.

— Vous allez le garder ici, expliqua le révérend. Jusqu'à ce qu'il soit capable de marcher. Bourrez-le de morphine si c'est nécessaire, mais il faut qu'il soit sur pied le plus vite possible. Tant qu'il restera inconscient nous serons désarmés, vulnérables.

— Ici ? glapit l'épouse du praticien. Mais s'il fait du mal à mes enfants ? Bessie et John sont si petits. Il pourrait les mordre, les...

— Ce n'est qu'un gosse ! gronda le pasteur. Il ne subit pas les effets de la malédiction. Il ne se transformera pas en loup au milieu de votre salon, si c'est ce que vous voulez savoir !

— Alors il faudra l'enfermer ! exigea la femme d'une voix obstinée. L'enfermer à double tour et... et l'attacher. Oui, l'attacher !

David se désintéressait de la conversation. Il entendait cliqueter des instruments chirurgicaux près de son oreille. On lui ouvrit la bouche pour extraire à l'aide d'une pince les débris de dents fichés dans sa langue, mais cela ne faisait pas mal. Pas mal du tout.

Il se dit que la chose risquait d'être fort longue et il décida de s'endormir. *Je suis sur un nuage,* pensa-t-il. *Un nuage de crème fouettée.*

Il ne s'était jamais senti aussi bien.

Curieusement, il rêva de tante May, la sœur aînée de M'man, cette femme laide au visage de carton rose.

Quand il était petit, il croyait que tante May portait un masque tant ses traits étaient dénués de toute mobilité. Quelque chose lui soufflait que tante May n'aurait pas désavoué la punition qu'il venait de subir. « Elle te prépare aux douleurs de l'expiation », aurait elle chuchoté. Il la voyait presque, s'approchant, tel un ange noir, une Bible dans une main, une cravache dans l'autre.

Tante May. Chaque fois qu'il l'embrassait, il lui fallait respirer son odeur de crasse mêlée d'eau de Cologne. Elle ne se lavait jamais, par humilité. Elle avait fait supporter à ses enfants les châtiments les plus pervers sous prétexte d'extirper de leur âme le démon de la luxure.

La femme du médecin lui rappelait tante May. Comme l'autre, elle devait s'endormir chaque soir la main sur la Bible, le dos encore douloureux des coups de ceinture qu'elle s'était infligés devant la glace, un instant auparavant. Non, tante May n'aurait pas désapprouvé le lynchage, elle y aurait vu une expérience bénéfique.

David haïssait tante May.

13

Lorsqu'il reprit conscience, il était étendu sur un lit dans une chambre au mobilier démodé mais douillet. Des élancements parcouraient son corps, et il était davantage emmailloté qu'une momie. Il avait soif, un goût de sang lui emplissait la bouche. Il voulut bouger mais des lanières de cuir lui entravaient les poignets, les chevilles. Les courroies l'écartelaient, liant ses membres aux barreaux de cuivre du lit. Il était nu et l'on s'était contenté de jeter un drap sur son corps débarbouillé à la hâte. David laissa retomber sa tête sur l'oreiller. Il se sentait nauséeux. Les déchirements sourds qui traversaient sa chair n'annonçaient rien de bon. La douleur allait revenir au galop.

Il perçut le grincement d'une porte et fit un effort pour relever la tête. Deux gosses de six ou sept ans se tenaient sur le seuil de la chambre, les yeux plissés par la curiosité, la bouche mauvaise. Un garçon et une fille habillés de manière identique. John et Bessie probablement.

— J'ai soif, murmura David. Est-ce que vous pouvez me donner à boire ?

Sa voix chuintait bizarrement dans sa bouche, comme si sa langue enflée lui interdisait d'articuler les mots. Les deux gamins s'approchèrent, les lèvres serrées. Ils étaient blonds et se ressemblaient. Sur leur tee-shirt on pouvait lire *Soyons vigilants, protégeons la faune et la flore de notre région !* David pouffa d'un rire nerveux qui réveilla ses douleurs dentaires.

— C'est toi le fils des loups ? dit le garçon avec hargne.

— On ne doit pas s'approcher de toi, récita la fillette. T'es pire qu'une bête fauve. Tu pourrais nous donner la rage.

— J'ai soif, gémit David. J'ai seulement soif.

Les deux gosses échangèrent un regard et étouffèrent un ricanement de mauvais augure.

— John ? appela David soudain inquiet. Il doit y avoir une carafe sur la table de chevet, si tu pouvais...

Bessie avait soulevé le drap pour examiner le corps du blessé. Visiblement déçue, elle chuchota à l'adresse de son frère :

— Il a le même zizi que toi, c'est pas une bête.

— C'est parce qu'il est encore déguisé en homme, lança sentencieusement le garçon. Mais la nuit, il se couvre de poils et il marche à quatre pattes.

— C'est vrai ? interrogea Bessie, plus curieuse qu'inquiète.

— Maman l'a dit, assura John. C'est une saloperie vivante qui va nous faire plein d'ennuis.

— J'ai soif, supplia David. Sur la table...

— *T'as soif ? T'as soif ? T'as soif ?* répéta le garçonnet en sautillant sur place. Eh ben, on va te donner à boire, ouais ! On va te donner le biberon !

Bessie éclata d'un rire strident et battit des mains.

— Ouais ! ouais ! le biberon ! approuva-t-elle.

John se hissa sur le lit, secouant le corps meurtri de David qui ne put retenir une plainte. Le garçonnet se dressa sur le matelas, debout, les pieds plantés de part et d'autre de la tête du blessé.

— Tu vas avoir à boire, dit-il en ouvrant sa braguette.

David tourna la tête au moment où le jet d'urine le frappait en plein visage. Il eut l'impression qu'on arrosait ses plaies d'eau de mer et se débattit, mais les courroies limitaient ses mouvements.

Bessie, elle, se roulait sur le plancher en hoquetant de rire.

— Alors ! interrogea John, c'est bon le *Pipi-Cola* ?

— Qu'est-ce qui se passe là-haut ? fit une voix de femme dans une autre pièce. Je vous avais pourtant interdit de monter.

John aussitôt sauta au bas du lit et se rajusta. Bessie feignit de se mettre à pleurer et se pelotonna contre son frère.

— C'est lui ! C'est lui ! hurla ce dernier au moment où une femme maigre faisait irruption sur le seuil. On a voulu lui donner à boire et il a essayé de nous mordre !

— Oui ! Oui ! renchérit Bessie, et en plus il a fait pipi partout.

La femme se précipita vers les deux marmots et les entraîna hors de la pièce en jetant à David un regard horrifié.

— Je le savais ! hurla-t-elle dans le couloir. Il ne fallait pas l'accueillir ici. Je suis sûre que son odeur va attirer ses parents. Mon Dieu ! C'est chez nous qu'ils viendront en premier, chez nous ! Tu seras responsable de notre mort, Jim !

— Mais je suis médecin, protesta faiblement l'interpellé. C'est mon devoir de...

— Il n'est pas humain ! hurla la femme. C'est une bête... Un monstre. Il fallait le piquer pendant qu'il était sur la table d'opération. Lui injecter du poison comme aux chiens malades.

— Janice ! protesta le médecin. Nous ne pouvons pas le tuer, tu sais bien pourquoi.

— *Mais il ne le fera pas !* sanglota son épouse. Barlow a dit qu'il ne le ferait pas, que c'était un lâche, un...

— Ça suffit, souffla l'homme avec lassitude. Il ne restera qu'un jour ou deux, pas plus. Tiens-toi loin de cette chambre, c'est tout. Et ne laisse pas les enfants y pénétrer.

— Mais c'est lui qui les a attirés, cracha Janice. Il a essayé de les mordre. Oh ! comment peux-tu te rendre complice de telles horreurs ?

Une porte claqua, et les échos de la dispute s'atténuèrent. David ferma les yeux. L'urine imprégnant ses pansements lui brûlait le visage, la poitrine. Malgré sa faiblesse, une bouffée de rage l'envahit. D'un seul coup il se mit à détester la ville et ses habitants, à les détester d'une haine dévastatrice et sans remords. Il réalisa qu'il aurait voulu les voir mourir les uns après les autres, voir leurs maisons s'effondrer, leur église brûler, leurs bêtes crever sur l'heure et pourrir au milieu des rues. Il suffoquait, tirant sur les lanières de cuir irritant ses poignets quand la porte se rouvrit. Un homme mince à la calvitie précoce vint à son chevet. Il avait l'air mal à l'aise, son regard fuyant évitait de se poser sur David.

— Il ne faut pas en vouloir à ma femme, murmura-t-il sur un ton d'excuse, elle est très nerveuse. Elle n'est pas née ici, elle a toujours eu du mal à assimiler les règles de la malédiction.

— J'ai soif, se contenta de répéter David.

Le médecin versa un peu d'eau dans un verre qu'il approcha prudemment des lèvres craquelées de l'enfant.

— Je comprends ce que vous vivez, dit-il. Celui qui vous a loué cette maison vous a joué un sale tour.

— A qui appartient-elle ? souffla David.

— On ne le sait plus exactement, avoua Morisson. Elle a été vendue et revendue des dizaines de fois au cours du siècle dernier. Chaque fois, les choses ont mal tourné, mais il se trouve toujours quelqu'un pour souscrire un nouveau bail, quelqu'un pour louer ce cauchemar... Cela fait peut-être partie de la malédiction, qui sait ?

Il marcha vers la fenêtre, l'ouvrit pour vérifier la solidité des barreaux.

— Mes parents, gémit David. Ils sont gravement blessés, il faudrait...

Morisson l'apaisa d'un geste.

— Ne vous inquiétez pas pour leurs blessures, dit-il en grimaçant un sourire. La vitalité de ces... *choses* est extraordinaire. Elles vont guérir d'elles-mêmes ; ce sera l'affaire de quarante-huit heures. Cela s'est toujours passé ainsi. Barlow a utilisé tout un arsenal pour tenter de combattre les habitants de la colline. Il n'est jamais arrivé à rien. Je me rappelle qu'une année, il y a de cela cinq ou six ans, il s'est même procuré un bazooka de contrebande. Un bazooka ! Le pauvre...

Il émit un rire triste. Puis l'inquiétude envahit de nouveau son visage.

— N'empêche que l'Indien a eu tort, dit-il. Chaque fois qu'on a blessé un loup-garou on n'a fait qu'amplifier sa haine et sa volonté de destruction. Vos parents vont revenir, mon petit. Demain ou après-demain, et leur colère sera terrible. Ils vont saccager la ville.

— De quoi avez-vous peur ? se moqua David. Vous vivez dans une forteresse. La nuit vous remontez le pont-levis et le tour est joué !

Jim Morisson secoua la tête. La lumière de la lampe éclairait son profil au menton veule.

— Ce n'est pas si simple, objecta-t-il. Avec le temps, les émanations de la maison deviennent plus puissantes. Elles fabriquent des monstres de plus en plus redoutables. Il a suffi de quelques jours pour que vos parents soient victimes de ses exhalaisons. Jadis, les choses étaient plus lentes. C'est cela qui me fait peur. Je suis certain qu'un jour les grilles, les barreaux, ne nous protégeront plus. Il faudra se résoudre à partir...

Ouvrant le tiroir de la table de chevet, il en tira une seringue, un flacon.

— Je vais vous injecter un analgésique, dit-il en retrouvant le ton du praticien. Il faut éviter de bouger pour permettre aux chairs de se ressouder. Je vous ai posé trente-cinq agrafes.

David se raidit dans l'attente de la piqûre.

— *Est-ce que vous pourrez le faire ?* demanda brusquement l'homme dans un souffle.

— Quoi ? gémit l'enfant.

— Vous savez bien de quoi je parle ! siffla Morisson d'une voix pincée. *Est-ce que vous pourrez tuer vos parents ?*

— Est-ce que vous pourriez tuer vos enfants ? répliqua David.

Les épaules du médecin s'affaissèrent.

— Je ne sais pas, avoua-t-il. On ne doit plus pouvoir vivre après ce genre de chose...

Il se redressa, rangea la seringue dans le tiroir et lissa ses mains moites sur le devant de sa chemise.

— On va vous apporter à manger, dit-il avec une gêne manifeste. Je regrette mais je ne peux pas vous détacher ; ma femme ne me le pardonnerait pas. Je vous nourrirai moi-même, à la cuillère.

14

Sous l'effet des analgésiques David dormait beaucoup. De temps à autre, Morisson faisait irruption dans la chambre, un bol de potage tiède à la main et s'asseyait au chevet du malade pour lui donner à manger. Il parlait peu et son regard fuyait celui de David. Le garçon ne put déterminer si le praticien avait honte de le tenir attaché pour obéir aux caprices de sa femme, ou s'il avait réellement peur de lui. A la fin du repas, Morisson installait un urinal entre les jambes de l'adolescent et lui demandait, poliment, de se soulager.

Comme il n'y avait ni horloge ni réveil dans la chambre, David perdit la notion du temps. Il dormait, s'éveillait en sursaut, se rendormait. Les courroies qui lui entravaient les poignets et les chevilles le blessaient. A l'un de ses multiples réveils il découvrit Anatos au pied de son lit. L'Indien était sanglé dans son tablier de cuir et se dandinait d'un pied sur l'autre.

— Ça va ? dit-il platement. La mère Morisson ne te fait pas trop chier ?

S'assurant que la porte était bien fermée, il s'approcha de la tête du lit et s'agenouilla au chevet de David.

— Tu sais, attaqua-t-il, hier je suis allé jusqu'à

la colline, à l'endroit où j'avais planqué la dynamite. Il n'y a plus rien.

— Plus rien ? bégaya David de sa bouche meurtrie.

Et ses lèvres laissèrent filer une plainte qui disait à peu près : « Uuh... ienn ? »

— Tes parents, souffla Anatos. Envolés. Je te l'avais dit, ils se sont traînés jusqu'à la maison pour s'exposer aux radiations émises par la muraille. Ils sont en train de se reconstituer. D'ailleurs, chaque nuit, la baraque brille au sommet de la colline, ça fait une tache verte sur le ciel, comme si un gigantesque feu follet crépitait au milieu de la clairière. Je n'avais jamais vu ça. C'est comme si...

— Comme quoi ? haleta David.

— Bordel, c'est comme si la maison mettait les bouchées doubles, cracha l'Indien. Je crois que j'ai fait une connerie. Les rayons des pierres de lune vont les « réparer », les « reconstruire » en fonction de l'agression subie. Ça veut dire qu'ils seront dix fois plus forts qu'avant, tu comprends ?

David comprenait. Dans un journal de vulgarisation scientifique, il avait lu quelque chose à propos des insectes qui digéraient les poisons du commerce, surmontaient l'intoxication et donnaient naissance à des rejetons immunisés contre tous les insecticides. Des super-cafards que rien ne pouvait plus empoisonner.

— Le préjudice était trop important, se lamenta Anatos. La métamorphose va réagir en conséquence. Elle va décupler leurs protections corporelles, augmenter leur puissance de destruction.

Il paraissait inquiet et des gouttes de sueur

piquetaient son front noirci par la fumée de la forge.

— Comment ça se passe en ville ? interrogea David.

— Les gens ont la trouille, avoua Anatos. Ils sentent que ce coup-ci les grilles et les blindages ne feront pas le poids. On n'arrête pas de courir d'une maison à l'autre pour renforcer les protections. Deux ou trois familles ont fichu le camp au lever du soleil. Les fermiers se sont réunis pour décider d'une offrande...

— Une offrande ?

— Oui, ils veulent attacher deux ou trois vaches à l'entrée du village pour dissuader les loups d'aller plus loin. Mais ça ne marchera pas. Cette fois ils vont venir pour nous exterminer, nous punir...

L'Indien se releva en tirant de la poche ventrale de son tablier un objet enveloppé dans un chiffon huileux. David comprit qu'il s'agissait du revolver de Barlow. Anatos le déposa dans le tiroir de la table de chevet entre les ampoules et les seringues.

— Parce que tu crois que je vais pouvoir m'en servir, ficelé comme je suis ? ricana David en grimaçant de douleur.

— Te fais pas d'illusion, chuchota Anatos. Ils vont te remettre sur pied pour l'affrontement final, et dès que tu tiendras sur tes jambes ils te jetteront à la rue avec ton flingue. Ça se passera au coucher du soleil, dans quarante-huit heures. Tu te retrouveras tout seul sur la place de la mairie, avec les maisons barricadées autour de toi, et tu ne pourras te cacher nulle part...

— Ça ressemble à un western, hoqueta David.

Le shérif dans la rue principale, qui attend les méchants pendant que tous les trouillards de la ville se planquent...

— En fait de méchants tu ne seras pas déçu, grinça l'Indien en marchant vers la porte. Reprends des forces, môme, t'en auras besoin, crois-moi. T'en auras besoin.

Sans un salut, il disparut dans le couloir. David essaya de s'installer plus confortablement. Il avait les bras ankylosés par les courroies qui gênaient sa circulation sanguine. Le bout de ses doigts avait déjà perdu toute sensibilité. L'oreille tendue, il réalisa que la ville était pleine d'un vacarme de marteaux et de scies. On consolidait en hâte les bâtiments, les ouvertures. Il imagina les habitants de Willoughby, cédant à la peur, et entassant brique sur brique pour condamner leurs fenêtres. Ils allaient s'emmurer vifs pour échapper aux griffes des monstres. Certains avaient probablement déjà prévu de s'enfermer dans leur cave et d'en souder la porte derrière eux. D'autres avaient aménagé des cachettes secrètes, des placards dissimulés sous les rayonnages d'une bibliothèque coulissante, où l'on se tasserait en compagnie d'un sandwich, d'une bouteille d'eau et d'un seau hygiénique.

La peur déferlait sur la ville, paralysant l'activité économique. Dans les fermes, on oubliait de traire les vaches, de nourrir les poules. A quoi bon, du reste, si toutes ces proies seraient dévorées le soir même !

La terreur allait descendre de la colline, de cette colline qui brillait dans les ténèbres d'une étrange flamme phosphorescente, d'un feu froid et pourtant plus terrible qu'un incendie de forêt. Les bêtes allaient s'avancer, furieuses d'avoir été blessées, déchiquetées... Elles seraient armées comme jamais elles ne l'avaient été auparavant. Elles allaient fondre sur Willoughby, éventrer les maisons-forteresses comme on ouvre une boîte de conserve, elles allaient briser toutes ces carapaces dérisoires pour en extraire leur ration de viande fraîche.

La sueur se mit à ruisseler sur le corps de David, irritant ses plaies. A ce moment la porte grinça, et les enfants Morisson entrèrent sur la pointe des pieds.

— Il n'a toujours pas de poils, observa Bessie. Je voudrais qu'il fasse le loup, comme à la télé. Est-ce qu'il ne pourrait pas pousser son cri ?

— T'as entendu, pourriture ? grogna John. Ma sœur veut que tu fasses le loup.

— Allez vous faire mettre ! répliqua David en tirant sur ses liens.

Il ne put en dire plus car John lui asséna un coup de poing sur la cuisse, là où un tesson de bouteille lui avait entaillé la chair sur vingt centimètres. La douleur le suffoqua.

— Fais le loup ! gronda le gosse.

— Ouais, fit Bessie dont les yeux brillaient d'excitation. Pousse ton cri de ralliement.

— Connasse ! souffla David au moment où un second coup faisait sauter les sutures de son genou.

Il rugit de douleur et sentit quelque chose de chaud imbiber le pansement. En désespoir de cause, les larmes aux yeux, il renversa la tête en arrière et se lança dans une pitoyable imitation de hurlement. Bessie battit des mains.

— Encore, encore ! trépigna-t-elle.

— T'as vu ? triompha son frère. C'est un vrai loup.

— Pour pas qu'il morde Maman, on va lui mettre la muselière qu'on a fabriquée, décida la petite fille.

John s'avança vers le lit et tira de dessous sa chemise un assemblage de courroies de cuir grossièrement rivetées constituant une sorte de masque aux croisillons serrés.

— Mets-la-lui ! lança la fillette. Comme ça il ne pourra pas faire de mal à Maman.

John se jeta sur David, lui plaquant sur le visage la cagoule de cuir trop étroite. La pression des lanières comprima les plaies de l'adolescent ainsi que les cartilages de son nez brisé. Cette fois, il hurla sans retenue.

— Serre ! siffla Bessie, serre bien !

John se battait avec les courroies et leurs boucles rouillées. A chaque nouvelle traction, les lanières de cuir exerçaient leur intolérable pression sur le nez fracturé de David.

— Maman ! s'écria soudain la fillette, voilà Maman, fichons le camp !

Ils battirent en retraite et David les entendit courir sur le tapis du corridor pour se cacher dans l'une des chambres de l'étage avant que Janice Morisson n'atteigne le haut de l'escalier. David essaya de se débarrasser de la muselière, mais plusieurs boucles étaient déjà fermées, rendant toute libération impossible. Il retomba sur l'oreiller, la nuque moite. Aussitôt la porte s'ouvrit et Janice fit irruption dans la pièce. Elle était livide et présentait tous les signes d'une grande agitation.

— Je vous ai entendu hurler ! haleta-t-elle. Je sais très bien ce que vous essayez de faire... Vous voulez *les* attirer ici pour qu'ils vous délivrent, mais je ne me laisserai pas faire, je défendrai mes enfants

— Vous dites n'importe quoi, bégaya David. Si mes parents arrivent jusqu'ici, je serai en danger, comme vous, comme tous les habitants de cette ville. Ils ne feront pas de détail, ils n'hésiteront pas une seconde à me tuer...

— Je ne vous crois pas ! trancha la femme maigre. Vous êtes du même sang. Tout à l'heure vous poussiez des cris de loup, vous étiez en train de communiquer avec eux !

— On ne peut pas communiquer avec eux ! protesta David. Lorsqu'ils se transforment, ils n'ont plus rien d'humain. Essayez de comprendre ça ! Et enlevez-moi cette foutue muselière !

Janice Morisson fit un saut en arrière et croisa les bras sur sa poitrine dans un geste instinctif de défense.

— Sûrement pas ! hurla-t-elle. Si mon mari a jugé bon de vous bloquer les mâchoires, c'est qu'il vous sait dangereux.

— Ce n'est pas votre mari, glapit David. Ce sont vos gosses, vos sales moutards.

— Taisez-vous ! couina Janice d'une voix suraiguë. Je vous interdis de parler de mes enfants. Si vous essayez de leur faire du mal je les défendrai. Jim est trop faible, il croit que son devoir est de vous soigner, il se trompe. A sa place je vous aurais déjà injecté une bonne dose de poison dans les veines.

Une étincelle de folie se mit à danser dans ses yeux.

— C'est d'ailleurs ce que je ferai si vous ne vous tenez pas tranquille, balbutia-t-elle. Je vais prendre une fiole et une seringue dans l'armoire à médicaments, et si vous ne cessez pas de hurler, je vous injecterai assez de poison dans les veines pour vous faire éclater le cœur.

— Je ne les appelais pas, protesta faiblement David.

— Si, si, s'entêta la femme du médecin. Vous étiez en train de leur indiquer l'emplacement de la maison. Vous savez bien qu'ils vont venir vous délivrer, vous êtes le produit de leur copulation. Vous êtes de leur lignée, un monstre comme eux... Un futur loup...

De la salive souillait les commissures de ses lèvres, et elle se griffait les épaules à travers la soie de son chemisier. Hagarde, elle recula vers la porte.

— Rappelez-vous, dit-elle d'une voix tranchante. Au prochain hurlement, j'irai chercher la seringue. Quand vous serez mort, la paix reviendra dans la maison. Je dirai à Jim de déposer votre cadavre au milieu de la rue principale. Oui, je le ferai...

Elle referma la porte et David entendit la clef jouer dans la serrure. Il soupira. L'affrontement l'avait épuisé, des taches de sueur apparaissaient sur le drap recouvrant son corps nu. Il avait envie d'uriner mais n'osait appeler. Il fit sous lui, incapable de se retenir plus longtemps.

Il passa la journée dans un état d'abattement, sursautant chaque fois qu'une marche grinçait, terrifié à l'idée de voir surgir la folle, sa seringue pleine de poison à la main. Personne ne lui apporta à manger. Vers le soir, Morisson entra dans la chambre, portant un bol de soupe. Il avait l'air épuisé. Il s'assit au chevet du blessé et le débarrassa de la muselière puis, sans un mot, souleva les pansements et examina l'état des plaies.

— Vous remuez trop, dit-il, vous avez fait craquer vos sutures, je vais devoir vous poser d'autres agrafes.

David lui résuma les événements de la matinée mais Morisson l'écouta d'une oreille.

— Janice est nerveuse, coupa-t-il. Elle a peur, comme tout le monde à Willoughby. Certaines personnes trouvent vos scrupules un peu louches. Selon eux, vous devriez avoir supprimé vos parents depuis longtemps déjà. Quelques-uns parlent de complicité. Il s'en trouve pour prétendre que la métamorphose vous a en partie affecté... et que vous vous transformerez d'ici peu.

— Et qu'est-ce que vous en pensez ? murmura David.

— Je ne sais pas. Vous êtes à un âge charnière, vos sécrétions hormonales ne vont pas tarder à se modifier. Bientôt vous aurez de la barbe, vos glandes...

— Je suis suspect, c'est ça ? interrogea David.

Le médecin détourna les yeux.

— Je l'ignore. Je ne veux pas y penser. Mon travail consiste à vous guérir le plus rapidement possible. Ensuite je ne sais pas. Je vous donnerai des comprimés contre la douleur, et Barlow...

— Barlow me remettra dans la rue, à la tombée de la nuit, martela David. Vous le savez. Vous allez me jeter dehors pendant que tout le monde à Willoughby se bouclera à triple tour. C'est ça, non ? C'est bien le scénario prévu par la municipalité ?

— Je vais vous envoyer le révérend Hossecker, conclut Morisson. Il prétend que vous n'avez aucun scrupule à avoir, que vous devez vous considérer comme un soldat face à l'ennemi. En tuant ces monstres vous agirez pour le bien de la communauté.

— Je ne veux pas voir Hossecker ! gronda David. Je veux qu'on me détache et qu'on cesse de me considérer comme une bête féroce.

— Je ne peux pas faire ça, chuchota piteusement le médecin. Ma femme ne le tolérerait pas.

Sitôt le bol de soupe terminé, il se précipita hors de la chambre comme s'il craignait de contracter une maladie contagieuse. David sommeilla un moment. Ce fut l'écho d'une violente altercation qui le tira de sa torpeur. Plusieurs personnes se disputaient au rez-de-chaussée et l'enfant reconnut le timbre de Barlow qui essayait de tempérer les inflexions mélodieuses de la voix d'Hossecker.

— C'est pour ce soir ! brailla le shérif. Bon sang ! doc', allez donc jeter un coup d'œil sur la colline, on croirait qu'un soleil vert s'est échoué au sommet. Les bêtes sont guéries, elles vont venir droit ici pour régler leurs comptes. Il faut que le môme joue son rôle.

— Ce n'est pas possible, protesta Morisson. Il est trop faible, il ne tiendra pas debout.

— Faites-lui une piqûre, merde ! Vous êtes toubib, oui ou non ? explosa le shérif. Injectez-lui quelque chose qui lui donnera un coup de fouet. Votre armoire est pleine de dope, vous croyez que je ne le sais pas ?

— Il est trop faible, s'entêta Morisson. Si on le drogue, il basculera dans la léthargie ou dans le coma. Il restera planté au milieu de la rue en riant aux anges et regardera s'approcher les monstres comme si c'étaient des moutons !

— Levez-le, ordonna Barlow. Je veux qu'il soit debout avant le coucher du soleil. J'en ai marre de votre foutue sensiblerie, nous sommes en guerre, vous comprenez ça ? EN GUERRE !

A partir de cet instant, la discussion sombra dans la confusion et tout le monde se mit à crier en même temps. Janice Morisson dominait le tumulte par ses lamentations aiguës. David l'imagina, les yeux exorbités, pressant ses enfants contre ses cuisses maigres, vivante statue du Devoir maternel. Une cavalcade ébranla l'escalier. La clef joua dans la serrure et la porte fut si violemment repoussée qu'elle vint battre contre le mur. Barlow fit irruption dans la pièce. Il avait le visage congestionné et s'essuyait le front avec un mouchoir à carreaux bleus.

— Détachez-le ! grommela-t-il. Grouillez-vous, la nuit va tomber dans moins d'une heure.

Morisson s'exécuta puis, se saisissant des

seringues rangées dans le tiroir de la table de chevet, administra à David plusieurs injections.

— Essaie de te redresser, petit, murmura-t-il d'une voix blanche.

La tête emplie de brouillard, David tenta de s'asseoir mais retomba sur le lit, victime d'un vertige. Barlow fit un bond, le saisit par l'épaule et le força à se redresser.

— Bouge-toi le cul, petit pédé, vociféra-t-il. Tu ne vas pas me jouer la demoiselle qu'a ses vapeurs, tu entends ? Lève-toi.

Sa main calleuse broyait l'épaule de David. Tout à coup, Anatos fut là, surgi on ne sait d'où. Empoignant le shérif par le col, il le tira en arrière.

— Ça suffit, Barlow ! hurla-t-il, vous êtes en train de le tuer. C'est déjà à cause de vos conneries qu'il est dans cet état-là !

— Toi le Peau-Rouge... cracha le shérif.

David ferma les yeux, essayant de s'isoler de la confusion qui régnait à l'intérieur de la pièce. Il perçut les pas des nouveaux arrivants, il eut l'impression qu'on se battait, que des meubles se renversaient. Hossecker exhortait les combattants à reprendre leur sang-froid.

— Messieurs ! Messieurs ! clama-t-il, la nuit approche. Ressaisissez-vous, pour l'amour de Dieu !

Les drogues installaient déjà dans le crâne de David un rideau de brume annihilant toute souffrance.

— Je veux regarder dehors, dit-il d'une voix à peine audible.

Son intervention ramena le silence. On le souleva pour le déposer dans un fauteuil devant la fenêtre. Anatos n'avait pas menti. Une lueur verte flamboyait au sommet de la colline, comme si la maison s'était changée en une énorme émeraude illuminée de l'intérieur par un feu mystérieux.

— A l'heure qu'il est, ils sont guéris, haleta Barlow. Jamais la maison n'a brillé comme ça dans le passé. On est foutus.

Puis, s'adressant à la cantonade, il répéta :

— Vous comprenez, bande de cons ? Si ce morpion ne se décide pas à avoir des couilles, on est tous bons pour la boucherie !

— Essaie de te lever, commanda Morisson en prenant David sous les aisselles. Fais quelques pas...

David obéit. La drogue lui donnait envie de rire. Soudain, il n'en voulait plus à personne. Il trouvait même Barlow amusant, avec sa figure rouge et son mouchoir grand comme un torchon. Il esquissa un pas, puis deux. Alors qu'il entamait le troisième, il entendit craquer les sutures de sa cuisse et un suintement rouge vif mouilla le pansement déjà taché. Pourtant il n'éprouva aucune souffrance.

— Ce n'est rien, dit-il. Je n'ai pas du tout mal.

— Vous voyez ? triompha Barlow, il dit lui-même que ça ne lui fait pas du tout mal. Il est presque guéri.

— Shérif ! gronda le médecin. Ce gosse est bourré de morphine jusqu'aux yeux. On l'amputerait d'un bras qu'il continuerait à sourire ! Ne me prenez pas pour un imbécile. S'il continue, il va perdre trop de sang et tombera en syncope. C'est ça que vous voulez ? Qu'il s'évanouisse dans la rue ?

— Je veux qu'il fasse son boulot, c'est tout ! vociféra Barlow. Donnez-lui son arme et conduisez-le devant l'hôtel de ville !

Anatos alla chercher le revolver dans la table de nuit mais David ne parvint pas à refermer ses doigts sur la crosse. L'arme était trop lourde pour lui. Il la laissa échapper. Le choc sur le parquet actionna le percuteur et le coup partit, fracassant un bibelot de porcelaine sur une étagère. Janice hurla comme si on l'éventrait.

— Vous voyez ! tempêta Morisson. Ça ne sert à rien. Il ne tiendra jamais le coup. S'il s'évanouit, son cœur risque de s'arrêter.

David oscillait, déployant une folle énergie pour conserver son équilibre. Sur sa jambe, le sang continuait à couler, d'un beau rouge brillant.

Ça va tacher les tapis de la mère Janice, se surprit-il à penser, plein d'une jubilation secrète.

— Assieds-toi, ordonna Morisson, tu ne peux pas continuer. Il faut que je te soigne.

— Non ! rugit Barlow en avançant les mains pour se saisir de l'enfant.

— Ça suffit ! trancha Anatos. Maintenant, ça suffit, Barlow. Il faudra attendre, c'est tout.

Il avait ramassé le revolver et le braquait ostensiblement dans la direction du gros homme.

— Saloperie d'Indien, grommela ce dernier.

— On s'en va, doc', conclut Anatos. Occupez-vous du gosse et fermez bien vos portes, va y avoir du chambard cette nuit.

Poussant Barlow devant lui, il quitta la pièce.

David les aperçut dans la rue. Le shérif vociférait contre Anatos qui semblait s'être entre-temps débarrassé de l'arme (sans doute l'avait-il déposée au rez-de-chaussée avant de sortir). David retomba dans le fauteuil, les yeux tournés vers la lueur verte qui flamboyait au sommet de la colline. Morisson s'était agenouillé devant lui et arrachait les pansements.

— On va refermer ça, chuchota-t-il nerveusement. Ça ne fera pas mal, ne crains rien.

C'était une recommandation inutile, David n'avait plus peur de rien. Il lui semblait même qu'il aurait pu voir surgir P'pa et M'man dans leurs habits de croquemitaines sans s'émouvoir outre mesure. « Salut, leur aurait-il dit. Mince, le maquilleur ne vous a pas arrangés ! »

— Janice, lança le médecin, vérifie encore une fois les portes et descends à la cave avec les enfants.

David reporta son regard sur la ville. La nuit s'installait. On avait allumé les réverbères, planté des projecteurs sur le toit de l'hôtel de ville pour éclairer la perspective des rues et chasser l'obscurité du moindre recoin. Malgré cela, les ténèbres s'épaississaient, étouffant la lumière artificielle. David distingua un troupeau compact massé à l'orée de la ville. Cette masse mugissait et meuglait, en proie à une terreur grandissante.

— Ces bêtes, balbutia David. Qu'est-ce que c'est ?

— Une offrande, souffla Morisson en posant de nouvelles agrafes. Mais ça ne les arrêtera pas. Pas ce soir. Elles ne viennent pas seulement manger, *elles veulent aussi se venger !*

David se rapprocha de la vitre, les yeux fixés sur la campagne déserte. La plaine avait l'air d'une mer d'encre noire. La colline la surplombait comme la proue d'un vaisseau porteur de mort.

— Voilà, c'est fini, dit Morisson en se redressant. Essaie de ne pas t'endormir.

— Éteignez la lumière, gémit David. Je veux pas qu'ils me voient.

Le médecin obéit. Dès que le lustre fut éteint, la ville étala sous les yeux de l'enfant sa perspective déserte. Les maisons auxquelles on avait soudé de nouvelles grilles dans le courant de l'après-midi avaient plus que jamais l'air de prisons. Certaines fenêtres avaient été entièrement murées, et des sacs de ciment à prise rapide encombraient encore les trottoirs. Çà et là, on avait déployé des rouleaux de barbelés ou planté des herses de fer sur l'efficacité desquels on pouvait s'interroger.

Et brusquement David sentit leur présence...

Ils étaient là, quelque part à l'extérieur, ils approchaient d'un pas lourd, et leurs griffes entaillaient les cailloux du chemin. L'enfant ferma les yeux. Il devinait la présence d'Andy et d'Isa dans sa chair. Ils n'avaient jamais été aussi forts, aussi menaçants... aussi furieux.

Un bredouillement retentit à côté de lui, dans l'obscurité de la chambre, et il s'aperçut que Morisson, agenouillé, la tête dans les mains, priait en étreignant un crucifix de cuivre.

Les animaux attachés à l'entrée du bourg se mirent à pousser des meuglements déchirants.

Leurs cris montaient en vrilles insoutenables puis cassaient net, comme si les cordes vocales qui les modulaient venaient d'être sectionnées d'un revers de griffes.

— *Ils* sont là, murmura David en étreignant les accoudoirs du fauteuil. Ils viennent d'entrer dans la ville.

— Seigneur Jésus, glapit le médecin en se signant.

15

Deux silhouettes aux contours torturés apparurent soudain à l'entrée de la ville. C'étaient deux formes vaguement anthropoïdes, aux proportions hideuses, et dont les membres antérieurs touchaient le sol. La clarté de la lune fit scintiller de curieux reflets d'os sur leurs crânes, leurs épaules, et David comprit qu'elles étaient caparaçonnées de cal. Ces plaques ossifiées jouaient sur leur torse telles les pièces articulées d'une armure, les protégeant des agressions. Les vaches offertes en holocauste meuglaient plus fort et des éclairs de lames déchiraient la nuit. C'était comme le miroitement d'un sabre de samouraï décrivant des arabesques meurtrières dans les ténèbres. Les lames frappaient en tous sens, zébrures d'acier qu'on avait à peine le temps d'apercevoir.

Ce ne sont pas des sabres, corrigea mentalement David. *Ce sont leurs griffes !*

Des griffes démesurées qui déchiraient l'air avec un sifflement soyeux pour se ficher dans la chair des bêtes affolées tirant sur leur longe. Durant quelques secondes les meuglements grimpèrent dans l'aigu, jusqu'à atteindre un registre insupportable, puis le silence revint d'un coup. Encore plus terrible.

— Elles les ont tuées, balbutia Morisson, maintenant elles vont manger et partir... oui, partir.

Mais il ne croyait pas à ce qu'il disait. La colère des monstres ne se satisferait pas de vaches faméliques. Les Créatures, agacées par cet obstacle leur interdisant l'entrée de la ville, avaient taillé dans la viande comme on creuse une paroi pour s'ouvrir un passage. Elles ne se contenteraient pas de cette vieille chair durcie alors que la ville était pleine d'odeurs si appétissantes. David les imaginait : la tête rejetée en arrière, flairant la nuit. Elles percevaient le parfum des hommes tapis derrière les façades, enfouis dans les cubes fortifiés des maisons. Elles sentaient la sueur des femmes, l'odeur de lait des enfants, la fragrance âcre des aisselles masculines. Et toutes ces transpirations confondues se changeaient en un fumet délicieux, en une sauce épicée agaçant leurs papilles. Le festin était là, tout proche, il suffisait d'arracher le toit des maisons bardées de fer pour puiser à même la marmite.

Les nerfs vibrant sous l'effet de la drogue, David éprouvait un étrange bouillonnement mental. Il se dédoublait, il était à la fois dans la chambre et dans la rue. Dans son corps et dans celui des monstres. Il fusionnait avec la cité et ses agresseurs. Il était partout, il était tout le monde. Le bruit de son cœur lui emplissait les oreilles, gommant les lamentations de Morisson toujours agenouillé sur le parquet. Il ne savait plus très bien s'il voyait par ses yeux ou par ceux des Créatures, s'il était horrifié... *ou délicieusement excité.*

Quelque chose en lui, une voix qu'il n'avait

jamais entendue, criait : « Tue ! Tue ! Mange ! Mange ! » Le vertige le submergeait, son cerveau tournait à l'intérieur de sa boîte crânienne tel un poisson rouge devenu fou à l'intérieur d'un bocal trop étroit. Soudain, il était fier, fier de voir ses parents forts, invincibles, fier de les surprendre terribles et sans pitié dans leur costume de bourreaux. Toute leur vie durant, ils avaient été des médiocres, de petites gens sans importance ; ils avaient souffert dans l'ombre de l'indifférence des autres, des moqueries, de la méchanceté ambiante... Et soudain, voilà qu'ils se dressaient, terribles, destructeurs et sans pitié. Voilà que le monde pliait et tremblait devant eux, voilà que sonnait l'heure de la revanche.

Une jubilation pernicieuse gagnait David. Un désir de complicité, une exaltation qu'il savait mauvaise mais contre laquelle il ne pouvait rien.

Tue ! Tue ! Mange ! Mange !

Le refrain le hantait ; un refrain de vengeance qu'il avait envie de scander en martelant de ses deux poings le crâne dégarni du médecin bredouillant.

Tue-Tue ! Mange-Mange !

Oui, il frapperait en cadence, accompagnant les mouvements de déglutition de P'pa et de M'man, il frapperait jusqu'à ce que des hématomes bleuâtres apparaissent sur la tête chauve de Morisson, il frapperait jusqu'à ce que les os de sa calotte crânienne se déboîtent. Il frapperait...

Il aspira une goulée d'air et se cacha la face dans les mains. Il avait les joues brûlantes. La fièvre incendiait son corps, du feu coulait dans ses veines, il allait s'embraser spontanément au creux du fauteuil et toute la famille Morisson périrait dans les flammes. Janice et Bessie, et John. Tous, ils rôtiraient sur le bûcher des meubles de bois ciré, et leur viande dégagerait un agréable fumet caramélisé.

Dans la rue, les silhouettes monstrueuses titubaient entre les façades, masses inidentifiables dont seules les griffes interceptaient la lumière de la lune. Des griffes interminables qui cliquetaient dans la nuit.

Brusquement les bêtes se jetèrent en avant, chargeant avec la puissance d'un pachyderme. Elles se ruèrent sur la première maison de la rue principale, et leurs épaules ossifiées firent voler le plâtre recouvrant les briques. La bâtisse résonna sous le choc telle une barrique heurtée encaissant la ruade d'un cheval. Les griffes se mirent aussitôt à racler la pierre, dédaignant les ouvertures que défendaient les barreaux. Les briques s'émiettaient dans un brouillard de poussière rouge tandis que les coups de boutoir faisaient apparaître de grandes lézardes sur la façade.

La stratégie du placard ! songea David. *Elles contournent l'obstacle. Elles se savent assez fortes pour ouvrir une brèche en quelques minutes. Cette fois leurs griffes ne les trahiront pas ! Les émanations de la maison les ont rendues plus terribles, plus tranchantes !*

Chaque coup de patte lacérait le mur qui s'effritait tel un château de sable trop sec. Les sens démultipliés de David perçurent les gémissements de terreur émis par les occupants de la demeure. Cette fois, rien ne les protégerait de la furie des bêtes, ni les grilles ni les blindages. P'pa et M'man étaient plus forts que tous les loups-garous dont Willoughby avait dû subir le joug. La maison avait fait d'eux des bêtes de mort indestructibles que rien ne pouvait plus ralentir.

Les griffes écorchaient la façade, les coups d'épaules éparpillaient les briques, une brèche s'ouvrait, un passage par où allait s'engouffrer la mort, la mort sous sa forme la plus horrible.

Brusquement, l'une des Créatures se rua dans la cavité, forçant l'ouverture qui s'agrandit sous sa gesticulation. Des hurlements d'épouvante jaillirent dans la nuit. Des cris de femme, d'enfants. Un fusil aboya, crachant une chevrotine dérisoire qui ricocha sur les plaques osseuses des monstres. Il y eut un vacarme de meubles renversés puis, soudain, la porte blindée s'ouvrit et une fillette se jeta dans la rue, courant en zigzag, la bouche ouverte sur un cri muet.

Elle était bizarrement coiffée d'un bonnet rouge et titubait en battant des bras. Alors qu'elle passait devant la maison des Morisson, David réalisa qu'elle ne portait pas de bonnet, *non*... elle avait été scalpée au ras des sourcils et la boule rouge qui brillait sous la lune était en fait sa boîte crânienne dénudée, une bille d'os à laquelle adhéraient encore, çà et là, des lambeaux de peau où s'accrochaient des touffes de cheveux. Elle courait en zigzaguant, les yeux révulsés, au bord de la syncope. Un homme sortit de la maison, les vêtements en lambeaux. Il avait le bras gauche sectionné à la hauteur de l'épaule et brandissait un fusil au canon tordu dans la main droite. Cette arme tire-bouchonnée avait quelque chose de grotesque qui donnait envie de rire, d'un rire noir et désespéré. David ne put s'empêcher de songer à ces vieux films comiques qui passaient parfois à la télévision : le canon qui explose, prenant l'aspect d'une fleur de métal, le revolver qui...

L'une des Créatures bondit à la poursuite de l'homme mutilé. Sa patte plongea dans le ventre de l'inconnu, s'y enfonçant jusqu'au coude pour se refermer sur les os de la colonne vertébrale qu'elle empoigna comme s'il s'agissait d'un manche à balai.

David décolla son visage du carreau. Il ne voulait pas en voir davantage. De la rue montaient à présent des déchirements visqueux, terribles. Un bruit de chair écartelée que ponctuait l'explosion sèche des tendons arrachés.

Des bruits de boucherie, songea-t-il. *Des bruits d'abattoir.*

L'image de la petite fille au bonnet rouge, *au bonnet d'os,* lui collait à la rétine. Il ne pouvait plus se réjouir de la puissance des monstres, prendre sa part de leur revanche. Il devait faire quelque chose, agir...

« Allons, lui souffla la voix mauvaise, pourquoi tant d'indignation ? Cette gamine, c'était peut-être celle qui te fouettait avec sa corde à sauter l'autre jour, cette petite salope qui visait consciencieusement ta bite pour te faire le plus de mal possible, qui sait ? Après tout elle n'a que ce qu'elle mérite ! »

David se débattait sur le fauteuil. Non ! Non ! Il

ne pouvait plus sympathiser. Il haïssait la ville et sa population de cagots, mais il ne pouvait pas laisser les Créatures poursuivre leur massacre.

Une femme hurlait dehors. Une femme qu'on déchirait lentement. *Une femme qu'on mangeait vive.*

« Ils déchiraient le sexe des squaws pour glisser la tête dans leur ventre et dévorer les intestins », avait dit Anatos un jour, au pied de la colline.

David frappa sur l'épaule de Morisson qui sursauta, perdit l'équilibre et s'affala sur le parquet.

— Faites-moi une piqûre et laissez-moi sortir, dit-il en rivant son regard dans celui du médecin.

— Une piqûre ? balbutia le praticien, mort de frayeur.

— Oui, il faut que je puisse marcher jusqu'au square. Là, je m'installerai sur un banc et je les attirerai vers moi. C'est ce que vous vouliez, non ? C'est ce que vous vouliez tous ?

— D'ac... d'accord, hoqueta le docteur en se traînant vers la table de chevet.

David l'entendit fourrager au milieu des seringues, des flacons. Il n'avait pas allumé le plafonnier et procédait à la seule lueur de la lune.

— C'est... c'est dangereux, dit-il dans un dernier réflexe de conscience professionnelle. Votre cœur peut lâcher.

— Allez-y, coupa David. Personne ne vous poursuivra pour faute professionnelle.

Morisson enfonça l'aiguille à tâtons et pressa le piston trop vite. Le liquide épais modela une boule sous la peau de l'enfant. La veine, dilatée, formait une hernie prête à éclater. Très vite cependant la souffrance s'atténua et David se sentit gagné par une impression de flottement.

— Mes vêtements, jeta-t-il à l'adresse de Morisson. Habillez-moi.

Le médecin plongea dans une armoire, en tira une chemise et un pantalon souillé qu'il drapa malhabilement le blessé. Quand ce fut fait, David se cramponna aux accoudoirs du fauteuil et se redressa. Des images grotesques défilaient dans son cerveau, comme projetées par un appareil déréglé. Il revoyait la baraque et les types bombardant le jardin au moyen de bouteilles de bière remplies de pisse ; il revoyait Billy Shonacker et sa collection de crapauds séchés. Tout cela lui semblait sans consistance. C'étaient des images qui ne le concernaient plus, des bribes de feuilletons télévisés, des choses sans épaisseur, étrangères. Invraisemblables. La réalité, la seule réalité, c'étaient les monstres saccageant la ville, les monstres festoyant dans les rues. *Les monstres...*

— Aidez-moi, souffla-t-il. Aidez-moi à descendre l'escalier.

Morisson le prit par le bras et le fit sortir de la chambre. David regardait bouger ses pieds sans parvenir à se persuader que ces appendices lui appartenaient. Ces excroissances ridicules faisaient-elles partie de son corps ? C'était difficile à croire. Il aurait préféré des roues... Des roues avec de gros enjoliveurs chromés.

Il secoua la tête. Ses pensées lui échappaient mais c'était peut-être mieux ainsi ? Le crime lui paraîtrait plus facile à accomplir.

— Si vous vous asseyez, chuchota Morisson,

essayez de ne pas fermer les yeux, vous vous endormiriez immédiatement.

Sur la table de la salle à manger, le revolver abandonné par Anatos brillait d'un éclat huileux.

— L'arme, souffla David. Glissez-la dans ma ceinture.

Le médecin s'exécuta. Arrivés à la porte, ils s'immobilisèrent devant l'architecture des multiples verrous et barres de sécurité. Le praticien hésitait à baisser le pont-levis. Il émanait de lui une odeur d'urine, comme s'il s'était oublié dans son pantalon.

— Vous allez ouvrir, observa David, ou vous voulez que je passe par le trou de la serrure ?

— D'accord, d'accord, haleta Morisson, mais faites vite, je vous en supplie, faites vite.

Abandonnant David, il entreprit de libérer les verrous un à un. Les engrenages cliquetaient avec un bruit huilé de mécanique de précision. Quand le battant fut libéré de ses innombrables points d'ancrage, Morisson se signa.

— Bonne chance, dit-il d'une voix à peine audible. Et surtout résistez au sommeil...

David haussa les épaules. La main posée sur la crosse du revolver, il s'avança. Morisson entrebâilla le battant, David se glissa dans l'ouverture. A peine avait-il franchi le seuil que la porte claquait dans son dos.

La rue était déserte si l'on exceptait le cadavre de la petite fille au bonnet rouge qui gisait dans la poussière. David longea les façades. Le square se trouvait tout au bout de la rue principale, à deux cents mètres. Il se demanda s'il arriverait jusque-là. Les extrémités de son corps s'engourdissaient et ses doigts percevaient mal les contours de l'arme passée dans sa ceinture.

Je suis un enfant, pensa-t-il en écoutant l'écho de ses pas sur les façades. *Tout cela n'est pas réel. Des choses pareilles ne peuvent pas arriver à un enfant. Je vais me réveiller dans quelques minutes. Nous serons toujours dans la baraque. Les voyous baiseront contre la palissade, ils jetteront ensuite leurs capotes sur les citrouilles. Billy Shonacker passera en fin d'après-midi pour me montrer sa dernière trouvaille et...*

Mais il savait qu'il se racontait des histoires. Il n'était plus un enfant, il était le fils des loups, la malédiction avait posé sa marque sur lui. Il ne connaîtrait plus jamais l'innocence ou la joie. Désormais, même en plein soleil, son ombre serait plus noire que celle des autres humains, plus noire que la nuit la plus obscure.

Désormais il était maudit.

Il ne savait pas où se trouvaient les monstres. Devant lui ? Derrière ? Quelque part dans la ville, occupés à défoncer une autre maison, à éventrer d'autres malheureux ? Il tendit l'oreille, mais les bourdonnements qui lui vrillaient les tympans le rendaient sourd aux bruits de la nuit. Son corps n'était plus qu'une machine malhabile dont il ne possédait pas la maîtrise. Les jambes, les jambes surtout, lui faisaient mal. Elles se révélaient aussi peu souples que des échasses. Il dépassa une maison éventrée, dont la façade semblait avoir encaissé l'impact d'un boulet de canon. David fit un écart pour ne pas glisser sur les méduses qui tapissaient le sol à cet endroit.

Des méduses ?

Il s'arrêta, plissa les yeux pour tenter d'identifier les choses gluantes étalées à ses pieds telles des pieuvres rougeâtres. Il comprit qu'il était en train de contempler des scalps... Les scalps ensanglantés de toute une famille, éparpillés sur les planches de la véranda. Il y avait de longs cheveux de femme dont les mèches, agglutinées par le sang, se séparaient en tentacules. La plus petite des méduses avait des nattes.

David refoula un rire nerveux. Les nattes, qui avaient sans doute été blondes, étaient ornées de rubans rouges s'harmonisant avec les flaques de sang. David éclata de rire tandis que des larmes jaillissaient de ses yeux. Il ne contrôlait plus ses réactions nerveuses. Quelque chose lui soufflait de se déconnecter avant de perdre la raison, de s'allonger dans le caniveau et de fermer les yeux pour dormir d'un profond sommeil.

« Tu l'as bien mérité, lui chuchota la voix amicale. Après tout ce que tu viens d'endurer, il est normal que tu prennes un peu de repos. »

Il fut tenté de céder. Tout son corps aspirait à l'oubli, au néant. Des bulles multicolores explosaient dans son cerveau *Pif ! paf !* l'emplissant de sonorités bizarres. Chacune d'elles était un petit carillon, une cymbale aigrelette et cristalline. *Pif ! Paf !* David enjamba les scalps, essayant de ne pas déraper dans les lambeaux de cuir chevelu. La petite fille au bonnet rouge allait peut-être se mettre à ramper jusqu'ici, pour essayer l'une des coiffures abandonnées dans la poussière ? Que choisirait-elle ? Les longs cheveux noirs, la petite perruque sanglante aux nattes enrubannées... ou cette coiffure plus stricte, probablement masculine, aux cheveux coupés en brosse et déjà grisonnants ?

Il lui faudra un miroir, pensa David. *Je devrais peut-être aller en chercher un chez le barbier ?*

Il avait envie de faire plaisir à cette petite fille à bonnet rouge qui semblait si seule, si triste, allongée dans la poussière, au milieu de la rue. Il irait chercher un miroir, la conseillerait, l'aiderait à choisir sa nouvelle coiffure... Pas les cheveux gris, de toute façon, c'était hors de question.

Réveille-toi, bon sang ! Tu es en train de perdre la *boule ! Réveille-toi ! Tu perds du temps !*

Il bâilla. Il ne savait plus très bien ce qu'il faisait dans la rue à une heure aussi tardive. P'pa et M'man ne l'autorisaient jamais à traîner dehors après le coucher du soleil à cause des voyous. Mais il n'y avait peut-être pas de voyous ici ? C'était une ville tranquille, où tout le monde s'aimait. Une ville sans agressions.

La drogue distordait sa conscience, il ne parvenait plus à faire la part du rêve et de la réalité. Il lui sembla que des gens hurlaient, que des murs s'écroulaient mais, au fur et à mesure qu'il concentrait son attention sur les cris, ceux-ci devenaient de plus en plus mélodieux, agréables. Ces gens qui mouraient avaient choisi d'exprimer leurs souffrances par des chants d'opéra afin de ne pas incommoder leurs voisins, et les meubles qui craquaient, les murs qui s'effondraient, tissaient derrière les voix un arrière-plan musical d'une grande douceur.

C'est la drogue ! pensa David dans un éclair de lucidité. *Tu es en train de décoller. Essaie de te concentrer sur ce que tu fais. Le square ! Tu dois marcher jusqu'au square !*

Mais son corps avait envie d'aller à la rencontre de la musique et des chants. Le revolver pesait à sa ceinture, il fut tenté de s'en débarrasser pour avancer plus commodément. D'ailleurs était-ce bien un revolver ou une petite enclume ? Ses yeux avaient du mal à effectuer une mise au point correcte. Pourquoi s'était-il muni d'une enclume ? C'était grotesque et cela lui meurtrissait la hanche.

Je vais m'allonger par terre, comme la petite fille au bonnet rouge, pensa-t-il, *et je vais dormir jusqu'au matin. Après j'irai mieux. Beaucoup mieux.*

Il se déplaçait avec lenteur, les yeux fixés sur le square qui tantôt se rapprochait, tantôt s'éloignait, comme si la rue principale était élastique. Le minuscule jardin public appartenait sûrement à la catégorie des mirages. Il s'évanouirait dès que David ferait mine d'en pousser la grille. D'où il se tenait, l'enfant distinguait un banc derrière la pelouse. Ce banc l'hypnotisait, il rêvait de s'y allonger, de fermer les yeux.

« La meilleure solution, lui dit la voix qui ronronnait dans sa tête. La meilleure solution. »

La meilleure solution à quoi ?

Il fut surpris de pouvoir toucher la grille du square sans qu'elle s'évanouisse sous ses doigts. Il fit encore une dizaine de pas et se laissa tomber sur le banc.

Il était là pour faire quelque chose mais il ne se rappelait plus quoi. Un travail important, capital. Il ferma les yeux, les rouvrit. C'était si tentant de s'allonger et d'oublier. D'autres chants montèrent de la ville, une berceuse douce, si douce... Il y avait un chœur d'enfants, de très jeunes enfants. Ils chantaient bien, poussant les notes dans les aigus avec un savoir-faire consommé. David aurait voulu chanter avec eux, il ne demandait qu'à apprendre. Mais qui dirigeait cette chorale ? Quels professeurs ?

Des monstres ! Imbécile ! Des monstres !

Un court-circuit mental grésilla le long de ses neurones, le ramenant sur terre. Il se retrouva, haletant, les yeux écarquillés sur la nuit et sur la perspective de la rue déserte.

« Attire-les ici, lui murmura une voix. Tu dois les rabattre sur toi, leur faire sentir ton odeur. »

Disciplinant les bulles de couleurs qui ricochaient contre les parois internes de son crâne, il se débarrassa de ses vêtements et arracha ses pansements. Les plaies étaient là, sous ses yeux, bourrelets maintenus serrés par le fil chirurgical et les agrafes. Il avança les doigts, s'aidant de ses ongles pour faire céder le catgut, tirant sur les sutures comme s'il déchirait un vieux vêtement. Il y eut un craquement. Il vit la plaie de sa cuisse s'entrebâiller tandis qu'un sang rouge jaillissait entre les croisillons du fil. Cela ne lui causa aucune douleur, aucune. Cette abolition de la souffrance avait quelque chose d'irréel. Il aurait bien continué indéfiniment, comme cela, pour voir, se déchirant bout par bout pour lorgner à l'intérieur de son corps.

Pas mal du tout...

Le sang coulait le long de sa jambe, tombait goutte à goutte dans la poussière de l'allée. Il songea qu'ainsi entrouvert il ressemblait à un jouet en peluche décousu. Sa main tâtonna au milieu des vêtements pour trouver le revolver.

— Mon odeur ! cria-t-il. Vous la sentez ? Je suis là ! Je vous attends. Tuez-moi et vous n'aurez plus rien à craindre de personne. Je suis votre ennemi. VOTRE SEUL ENNEMI !

Il croyait crier mais les paroles s'échappaient de sa bouche en un vagissement sans force. Le sang coulait de sa plaie, teignant sa jambe en rouge. On eût dit qu'il portait un bas, un unique bas écarlate.

— Je suis là, répéta-t-il. Et son pouce ramena le percuteur de l'arme en arrière.

— Je suis là, gémit-il. Venez avant que je m'endorme. Je suis tellement fatigué.

Il ferma les yeux.

— P'pa, M'man, sanglota-t-il. Je vous en prie...

Il piqua du nez, se ressaisit et se plaqua contre le dossier du banc. Deux ombres remontaient la rue principale, deux ombres dont les membres antérieurs touchaient le sol.

David ferma les paupières. Sa fatigue était immense et la chaleur quittait son corps. Il sommeilla trois secondes, se redressa de nouveau. Les ombres étaient proches à présent. Une odeur fade de boucherie les précédait. Elles s'enfoncèrent dans les buissons bordant le square et, durant une minute, David n'entendit plus qu'un craquement de brindilles froissées. Elles étaient là, dans les massifs, l'observant. Elles étaient là, quelque part derrière le rempart de feuilles, préparant l'ultime assaut. Il rassembla ses deux mains sur la crosse du revolver, posa ses deux index sur la détente.

Lourd. Lourd comme une enclume. Jamais il ne pourrait le redresser à l'horizontale...

Les buissons craquèrent. L'air était plein d'une odeur d'abattoir.

Et soudain elles furent là, devant lui, énormes et noires. La lumière de la lune brillant dans leur dos les réduisait à deux silhouettes. David entrevit deux machines de mort musculeuses et difformes qui respiraient lourdement. Elles demeuraient là, immobiles, à trois ou quatre mètres du banc, les ongles plantés dans le sol.

David leva l'arme. Il savait qu'il n'aurait pas le temps d'appuyer sur la détente, que, d'un bond, d'un revers de patte, les bêtes allaient lui sectionner la tête et les mains, mais il voulait faire semblant, prouver qu'il n'était pas lâche. Les bêtes allaient tendre le bras, enfoncer leurs ongles dans ses orbites, dans sa bouche...

Mais rien ne se passait. Les deux monstres haletaient, crachant une vapeur à l'odeur de sang. Peut-être ne savaient-elles pas qu'elles étaient en ce moment même, et pour la première fois depuis leur métamorphose, véritablement en danger ? Non, c'était invraisemblable.

Elles avaient senti le sang de David et elles étaient venues. L'instinct de la malédiction leur avait dicté la route à suivre, elles avaient su reconnaître l'odeur de *la* proie essentielle. Alors, pourquoi cette soudaine immobilité, ces griffes plantées dans le sol comme une ancre immobilisant un navire ? On eût dit qu'elles...

Qu'elles se retenaient ! Oui, c'était cela : elles accordaient volontairement à l'enfant le temps de...

Quelque chose était en train de court-circuiter la pulsion bestiale commandant à tous leurs actes, un souvenir, une parcelle d'humanité. Un grain de sable enrayait la machine. Cela ne durerait que dix secondes, pas plus. Le temps d'un soupir, d'un râle, d'un grognement.

Le temps de...

Un répit. C'étaient P'pa et M'man qui retenaient les bêtes, qui écrasaient le frein. P'pa et M'man qui hurlaient silencieusement aux oreilles de David :

— Pour l'amour de Dieu ! Dépêche-toi ! !

Ils lui laissaient le temps de tirer, ils lui donnaient sa chance. C'était comme s'ils suppliaient, comme s'ils chuchotaient :

— Délivre-nous du mal !

Ils auraient pu le prendre à revers, l'encercler, l'attaquer sur deux côtés à la fois. Ils auraient pu tout simplement attendre qu'il se rendorme, vaincu par les drogues. Au lieu de cela, ils s'étaient avancés de front, à découvert. Lui laissant le temps de...

Le temps de...

Les doigts de David étaient glacés sur la détente, morts, ankylosés, paralysés par l'indécision.

— M'man, sanglota David. P'pa...

Sa voix rompit le charme. Il vit les griffes s'arracher du sol avec un crissement de lame glissant hors du fourreau. Les pattes se levèrent, accrochant des éclats de lune.

— D... Daaa... viid, mugit une voix horriblement déformée. Vite !

L'enfant pressa la détente au moment où la première bête se jetait sur lui. Il crut que le recul allait lui arracher le revolver des mains.

C'est idiot. Ce n'est qu'un minuscule morceau de plomb. Un morceau de plomb inoffensif.

Mais la Créature fauchée dans son élan s'abattit sur le banc, broyant sous sa masse les planches du siège.

David fut projeté sur le sol. La deuxième bête poussa un hurlement et fendit l'air de ses griffes comme si elle voulait lacérer la nuit.

David se redressa, les mains soudées sur la crosse de l'arme. Il tira deux fois, trois fois, quatre fois, sans toucher sa cible tant ses poignets tremblaient. Au moment où l'ombre gigantesque le recouvrait, il enfonça une dernière fois la détente, ouvrant le feu presque à bout portant. La Créature se figea puis s'abattit.

David se sentit écrasé par cette masse comme par un chêne foudroyé. Il entendit ses côtes craquer, les os de son bras droit se rompre.

Un rocher l'écrasait, un rocher d'où s'écoulait un sang noir. Il suffoqua, enterré vif sous le cadavre du monstre qui le clouait au sol. Il voulut remuer mais une montagne pesait sur lui.

Je suis mort, pensa-t-il. *C'est mieux comme ça, C'est mieux...*

Et il perdit connaissance.

16

La pièce sentait le désinfectant, les draps étaient rêches. David comprit qu'il était inutile de remuer, son corps était pris dans un carcan de plâtre et de bandages ne lui laissant aucune marge de manœuvre. Son bras en extension, le carrelage recouvrant les murs, lui apprirent qu'il se trouvait dans un hôpital. On avait tiré le store devant la fenêtre, de manière à laisser filtrer une lumière tamisée qui baignait la chambre de sa douce pénombre. Sur l'un des murs s'étalait l'affiche d'une agence de voyages, une grande photo abîmée représentant une plage, des palmiers. Quelque chose de banal qui ne signifiait rien.

David baissa les paupières et se rendormit.

Il se réveilla ainsi cinq ou six fois, sans pouvoir déterminer le laps de temps qui s'écoulait entre chacune de ses périodes de lucidité. La septième, il aperçut une infirmière penchée sur son lit. Comme elle se tenait près de lui, il put vérifier qu'elle ne portait pas grand-chose sous sa blouse, malheureusement elle était grosse et laide. Elle le palpa, rajusta ses pansements, prit sa température sans lui adresser la parole. Un peu plus tard il entendit sa voix, venant du couloir, qui disait à quelqu'un :

— Le gosse du 34 s'est réveillé, qui va se dévouer pour lui annoncer la nouvelle ?

David sombra de nouveau. Cette fois, cependant, il fut tiré du néant par la douleur lancinante qui vrillait son torse à chaque inspiration. C'était comme un anneau de fer chauffé à blanc se refermant à intervalles réguliers sur ses poumons. Il transpirait beaucoup et ne put se retenir de gémir. L'infirmière revint. Elle n'était ni belle ni gracieuse, et ses gestes brusques effrayaient David chaque fois qu'elle l'approchait.

— Comment tu te sens ? demanda-t-elle. Le docteur Lucker va venir te parler tout à l'heure. Repose-toi en attendant.

Elle avait débité sa tirade d'une traite pour couper court à toute éventuelle question. Quand elle quitta la chambre, David l'entendit chuchoter :

— C'est drôle, il n'a rien demandé à propos de ses parents.

— C'est le choc, répondit une voix plus jeune. L'accident a dû le secouer.

Le docteur Lucker était un grand type aux cheveux gris soigneusement peignés, et qui devait faire des ravages chez les infirmières. Il s'arrêta au pied du lit, scruta la feuille de soins pour se donner une contenance.

— Je ne suis plus à Willoughby, n'est-ce pas ? demanda David.

Lucker fronça les sourcils, décontenancé.

— Willoughby ? Non... C'est à plus de trois cents kilomètres ! Tu as eu un accident. La voiture de tes parents a heurté un arbre et...

— Quoi ?

Lucker fit la grimace.

— Il faut que tu sois courageux, dit-il en récitant une phrase qu'il avait dû entendre dans une série télévisée. Tes parents...

— Mes parents sont morts, dit doucement David.

Le médecin poussa un soupir de soulagement. Ses traits se détendirent, trahissant son bonheur d'avoir échappé à la corvée.

— Tu t'en doutais ? dit-il. Tu as été éjecté au moment du choc, on t'a retrouvé sur le talus. C'est ce qui t'a sauvé la vie.

— La voiture a brûlé ? interrogea David.

— Tu t'en souviens ? fit prudemment Lucker. Tu n'avais pas encore perdu conscience ?

— Non, soupira David. Je ne m'en souviens pas mais je m'en doute...

Sa réplique laissa le médecin perplexe.

Un accident, la voiture qui heurte un arbre ou un poteau, qui brûle, carbonisant les corps des passagers. Le gosse éjecté au moment du choc.

Qui avait concocté cette mise en scène ? Barlow ?

David imaginait le gros shérif se penchant au-dessus de lui, à l'aube, dans le petit square dévasté, et lançant à Hossecker :

— Il est presque mort, on ferait aussi bien de l'achever. On lui rendrait service.

Qui s'était interposé ? Anatos sans doute. Il était allé chercher le vieux break tandis que Morisson extrayait des corps d'Andy et d'Isa les projectiles compromettants.

David aurait voulu pleurer mais il ne le pouvait pas. Ses yeux restaient secs, ses paupières rêches comme du papier de verre. M'man et P'pa étaient-ils redevenus humains dans la mort ? Sûrement. Sinon Barlow n'aurait pas pris le risque de simuler un accident.

Ils avaient conduit la voiture loin du village, afin que personne ne puisse faire le lien entre Willoughby et ces touristes malheureux, carbonisés au pied d'un platane.

— On aurait mieux fait de l'achever, avait répété Barlow, de toute manière après ce qu'il a vécu il est bon pour l'asile. Dès qu'il va revenir à lui il parlera de loups-garous, de monstres. Les toubibs lui passeront la camisole.

— Pas sûr, avait objecté l'Indien. C'est un gosse intelligent. Il saura se taire.

Ils avaient incendié la voiture et pris la fuite. Anatos avait prévenu la police d'une cabine de secours sur l'autoroute :

— Un accident, ouais, sur la 23... Ouais, ça crame dur, grouillez-vous.

Ils avaient tous fui, comme des lâches, lui laissant la chance de survivre jusqu'à l'arrivée des secours, et Barlow avait grogné tout le temps du retour :

— Tout de même, c'était une affaire à régler entre nous. C'est chiant de laisser un témoin.

— Tu l'as dit toi-même, avait coupé Anatos. S'il l'ouvre on le prendra pour un dingue. Et puis on lui devait bien ça.

— Merde ! avait-craché Barlow. On ne lui devait

rien du tout. C'est sa famille qui nous a causé préjudice, c'est sa famille...

David se représentait la scène sans difficulté : la ville nettoyée en hâte, les brèches comblées et camouflées, les rapports d'autopsie fabriqués sur le coin d'une table, les cadavres enterrés. Tout était rentré dans l'ordre, *jusqu'à la prochaine fois...*

— Tu avais des blessures sur le corps quand on t'a amené, dit Lucker. Des traces de suture, comme si tu étais déjà blessé au moment de l'accident...

— Je ne me souviens de rien, lâcha David. De rien du tout.

Non, il ne parlerait pas des loups-garous. Il ne tenait pas à finir chez les dingues, assommé par les drogues, enfermé dans une cellule capitonnée.

— J'ai oublié, répéta-t-il. J'ai comme un trou noir dans la tête.

— C'est rien, fit Lucker, rassurant. Ça te reviendra plus tard, ne t'angoisse pas.

Quand il se décida enfin à quitter la pièce, David s'installa dans sa douleur, mais il ne s'inquiétait pas trop. Il saurait l'affronter, il en était sûr. Il avait de l'entraînement maintenant.

Le lendemain, un policier vint l'interroger et lui demanda des renseignements sur sa famille. David joua de nouveau la carte de l'amnésie et prétexta qu'il souffrait pour abréger l'entretien. Comme pour le punir de ce mensonge, au cours de l'après-midi la souffrance devint effectivement insupportable mais il l'accueillit avec un certain soulagement parce qu'elle l'empêchait de réfléchir. La fièvre continuant à monter, on lui administra des analgésiques qui le firent sombrer dans un sommeil peuplé de cauchemars.

Il rêva qu'il n'était plus seul sous les draps mais que la petite fille au bonnet rouge partageait sa couche. Elle se penchait vers lui pour l'embrasser sur la joue et David se détournait pour ne plus voir la calotte rougeâtre de ce crâne dénudé qui tachait l'oreiller, tout près de sa propre tête.

— Tu as été courageux, disait la gamine. Bien plus courageux que tous les gens de Willoughby ; je regrette de t'avoir fouetté, avec ma corde à sauter.

Mais David ne voulait pas dialoguer avec ce fantôme à la tête ensanglantée. Il s'arc-boutait pour tenter de lui échapper. A travers les brumes du rêve il entendait converser les infirmières.

— La fièvre ne tombe pas, disait l'une d'elles. Et toutes ces horreurs qu'il raconte, ça me fait froid dans le dos.

— Des cauchemars, rétorqua une autre. Probablement un gosse qui regardait trop la télévision. De toute manière je crois qu'on a prévenu quelqu'un de sa famille.

*

La petite fille au bonnet rouge s'obstinait à vivre dans le lit de David. Parfois elle lui tirait les cheveux et ricanait devant ses protestations.

— Tu es mauvaise, cracha David. Mauvaise, comme tous ceux de Willoughby. Quand je serai grand, je reviendrai, j'irai habiter la maison de la colline et je vous dévorerai tous. Vous ne méritez pas d'être sauvés.

Il se débattit du mieux qu'il put pour l'expulser du lit et sa gesticulation conduisit les infirmières à l'attacher.

— Non ! hurla-t-il. Si vous m'attachez je ne pourrai pas me défendre contre John et Bessie.

— Allons, le gronda une voix féminine. Tu es à l'hôpital, il n'y a personne de ces noms-là ici.

On le garotta. Il fit sous lui, comme là-bas, dans la maison des Morisson. Il réclama un revolver, on lui donna un verre d'eau.

— Je reviendrai, répéta-t-il, quand j'aurai dix-huit ans, je louerai la maison. Et vous ne pourrez rien contre moi. Je vous ferai payer pour tout ! Pour tout !

Et pour les effrayer, il poussait son cri de ralliement. Le cri des loups montant à l'assaut.

La nuit, quand il ouvrait les yeux, il appelait la garde pour la presser de s'assurer que les meubles ne flottaient pas au-dessus du sol.

— C'est comme ça que ça commence ! expliqua-t-il. C'est à cause de la gravité. La gravité de la lune ! La lumière sort des murs et envoûte les gens. La lumière...

— Il est très agité, dirent les gens penchés sur lui. La garde de nuit a noté une prolifération fantasmatique étonnante chez un enfant de cet âge. Des constructions oniriques à caractère morbide. Elle pensait qu'une assistance psychologique...

— Quelqu'un de sa famille est en route, rétorqua

Lucker. Je crois que sa présence aura un effet bénéfique.

Le troisième jour, la fièvre tomba. Quand David ouvrit les yeux, tante May était assise à son chevet, raide, noire dans sa robe étroite. Elle tenait une Bible dans ses mains aux ongles ravagés par les travaux domestiques. David la trouva encore plus vieille et plus laide que dans son souvenir. Elle avait perdu du poids, ses vêtements bâillaient sur sa poitrine, révélant le nylon douteux de sa combinaison rose. Un ridicule petit chapeau de deuil coiffait ses cheveux ramenés en chignon et tous ses vêtements dégageaient une odeur d'anti-mites. Comment une femme aussi affreuse pouvait-elle être la sœur de M'man ?

— J'ai prié pour toi, dit-elle dès qu'elle comprit que David avait repris conscience. J'ai beaucoup prié.

Elle se signa et baisa dévotement sa Bible érodée par l'usage.

— Je t'ai écouté aussi, fit-elle d'une voix sourde. Car tu as parlé. Tu as beaucoup parlé.

David voulut protester mais tante May lui fit signe de se taire.

— Ne crains rien, dit-elle. Je ne te laisserai pas ici, ils ne peuvent rien pour toi. Je vais te ramener chez nous le plus vite possible, je m'occuperai de toi...

— Tante May, haleta David soudain gagné par la panique. Ce n'étaient que des cauchemars. Seulement des cauchemars. L'accident m'a dérangé l'esprit, il faut que j'aille consulter un psychologue, ils l'ont dit ! Oui, les docteurs...

Tante May fronça les sourcils et cette mimique donna à son visage un aspect terrible encore.

— Tu n'as rien à craindre de moi, mon petit, souffla-t-elle. Je sais bien que tu n'es pas fou. *Je te crois.*

— Hein ? haleta David.

— Tu as bien entendu, je te crois. Je ne mettrai pas tes paroles en doute. Je t'ai écouté, j'ai peu à peu recomposé toute l'histoire. La maison, la malédiction... TOUT.

— Non, hoqueta David. C'était la fièvre, seulement la fièvre.

La main de la vieille femme se referma sur son épaule.

— Pas de psychologues, chuinta-t-elle. Ils ne pourraient rien pour toi. Tu ne dois pas nier ta faute. Tu dois vivre avec elle... et *expier !*

David étouffa un gémissement. La vieille femme s'était penchée sur lui et lui embrassait les joues. Il se dégageait de sa chair une odeur de crasse et d'eau de Cologne bon marché.

— Mon tout petit, sanglota-t-elle. Il t'a fallu du courage mais il t'en faudra encore plus dans les années à venir, je te conduirai sur la voie du rachat. Je te montrerai le chemin de la rédemption. Je jure de consacrer tout le temps qui me reste à vivre à ta purification.

— Non, murmura David. Il faut que je reste ici, chez les fous. Je suis détraqué, malade. J'ai besoin de calmants !

— Non, coupa tante May, tu as besoin de

prières. Je t'aiderai à expier, je te ferai retrouver la paix de l'âme. Je te tiendrai la main sur le sentier de la douleur rédemptrice.

— Je suis dingue ! hurla une dernière fois David. Complètement dingue, vous m'entendez ? Je ne peux pas vivre en liberté, je suis un danger pour tout le monde.

Tante May lui caressa la tête.

— Allons, dit-elle. Ne cède pas à la panique. C'est Satan qui te dicte cette attitude de lâcheté. Tu dois expier avec noblesse, comme un homme conscient de sa faute mais désireux de se racheter. Tu verras comme tout ira mieux après, comme tu te sentiras soulagé. Je vais me consacrer à toi, David, mon petit. Tout à toi. Je te rendrai ta pureté, j'extirperai de ton âme la tache noire de la faute.

David aurait voulu fuir, se laisser tomber hors du lit et ramper sur le carrelage. Se traîner dans le couloir et supplier Lucker de l'enfermer chez les fous.

— Aujourd'hui, comme tu es encore un peu malade, nous commencerons doucement, dit tante May. Après, bien sûr, nous passerons à la vitesse supérieure...

Soulevant le drap qui masquait la poitrine bandée de David, elle abattit la grosse Bible sur les côtes fracturées de l'enfant qui laissa échapper un rugissement de douleur. Tante May lui enfonça une serviette dans la bouche.

— Il faudra t'habituer à ne plus crier, dit-elle. Ta souffrance doit rester intérieure. C'est uniquement de cette manière qu'elle te soulagera.

Elle abattit une seconde fois la Bible, plus fort. David se cambra.

— Dis après moi « Je regrette », murmura Tante May.

— Je regrette, bafouilla David à demi étouffé par la serviette. Je regrette...

Curieusement, il lui sembla qu'il se sentait déjà mieux.

Impression réalisée sur Timson par
MILANOSTAMPA S.p.A.
Farigliano (CN)
en février 2001

Imprimé en Italie
Dépôt légal éditeur: 10210 - 03/2001
Édition 1
ISBN 2 - 7386 - 5932 - 2

42/5932/1